中国古代作家与民间文学研究

郭永勤 ◎ 著

吉林出版集团股份有限公司

图书在版编目（CIP）数据

中国古代作家与民间文学研究 / 郭永勤著. — 长春：吉林出版集团股份有限公司，2021.8
ISBN 978-7-5731-0286-7

Ⅰ. ①中… Ⅱ. ①郭… Ⅲ. ①民间文学－文学研究－中国 Ⅳ. ①I207.7

中国版本图书馆 CIP 数据核字（2021）第 164650 号

中国古代作家与民间文学研究

著　　者	郭永勤
责任编辑	王　平
封面设计	林　吉
开　　本	787mm×1092mm　　1/16
字　　数	220 千
印　　张	10
版　　次	2021 年 9 月第 1 版
印　　次	2021 年 9 月第 1 次印刷
出版发行	吉林出版集团股份有限公司
电　　话	总编办：010-63109269
	发行部：010-63109269
印　　刷	北京宝莲鸿图科技有限公司

ISBN 978-7-5731-0286-7　　　　　　　　　　　　定价：58.00 元
版权所有　侵权必究

前　言

　　民间文学是劳动人民的语言艺术，是最古老的文学，有悠久的历史和优秀的传统；又是最有群众性的文学，始终受到亿万人民的热爱。从世界上最长的长诗到最短的谚语，民间文学有众多的体裁，其优秀之作可以同第一流大作家的作品媲美。我们看到许多神话和史诗具有永恒的艺术魅力，《诗经·国风》与乐府民歌确为我国古典文学的典范之作，无数优秀的民间文学作品集中了群众的智慧，深刻而精美，令人不能不惊叹劳动人民创造力之伟大。

　　民间文学在文学史上有崇高的地位。我国历史上的重要文学形式，不管是四言诗、五言诗、七言诗，还是词、曲、戏曲、小说，几乎都无例外地起源于民间文学之中；历代的文学高潮，不管是诗经、楚辞、建安文学、唐代诗歌，还是宋词、元曲、明清小说，都同民间文学有深刻的渊源；古今中外几乎所有卓有成就的伟大作家都受过民间文学的哺育……

　　本书对中国古代作家与民间文学两个方面进行研究，首先概述了民间文学的定义与范围、中国民间文学的发生与发展，然后详细分析了先秦民间文学、秦汉民间文学、魏晋南北朝民间文学、隋唐五代民间文学，以及宋、元、明、清民间文学及其重要作家等相关内容。

　　另外，本书在写作的过程中参考了大量相关著作的理论与研究文献，在此向涉及的专家学者们表示衷心的感谢。最后，限于作者水平有不足，加之时间仓促，本书难免存在疏漏和不足之处，在此，恳请同行专家和读者朋友批评指正。

目录

第一章 概论 ... 1
- 第一节 民间文学的定义与范围 ... 1
- 第二节 中国民间文学的发生与发展 ... 4
- 第三节 民间文学与作家文学的关系 ... 9

第二章 先秦民间文学及作家 ... 16
- 第一节 先秦民间文学概述 ... 16
- 第二节 《诗经》与民间文学 ... 19
- 第二节 《楚辞》与民间文学 ... 28
- 第四节 《左传》与民间文学 ... 31

第三章 秦汉民间文学及作家 ... 34
- 第一节 秦汉民间文学概况 ... 34
- 第二节 司马迁与民间文学 ... 40
- 第三节 班固与民间文学 ... 42
- 第四节 汉赋与民间文学 ... 44

第四章 魏晋南北朝民间文学及作家 ... 50
- 第一节 魏晋南北朝民间文学概况 ... 50
- 第二节 三曹与民间文学 ... 52
- 第三节 建安七子与民间文学 ... 55
- 第四节 陶渊明与民间文学 ... 61

第五章　隋唐五代民间文学及作家 …… 66

第一节　隋唐五代民间文学概况 …… 66

第二节　李白与民间文学 …… 77

第三节　杜甫与民间文学 …… 79

第四节　白居易与民间文学 …… 82

第五节　李商隐与民间文学 …… 87

第六章　宋代民间文学及作家 …… 91

第一节　宋代民间文学概述 …… 91

第二节　欧阳修与民间文学 …… 101

第三节　苏轼与民间文学 …… 107

第四节　陆游与民间文学 …… 109

第五节　辛弃疾与民间文学 …… 110

第七章　元明清民间文学及作家 …… 115

第一节　元明清民间文学概述 …… 115

第二节　元代作家与民间文学 …… 124

第三节　明代作家与民间文学 …… 129

第四节　清代作家与民间文学 …… 142

参考文献 …… 153

第一章 概论

第一节 民间文学的定义与范围

一、民间文学的性质

民间文学属于文学的一个特殊类别,是与作家文学、通俗文学相并行的一门独特的语言艺术。"文学"可以从不同角度划分为许多细小的门类,如,从时间上可以分为古典文学、近代文学、现代文学和当代文学;从体裁上可以分为诗歌、小说、散文和剧本;从国别上可以分为中国文学、外国文学;从民族上可以分为汉族、苗族、壮族、白族和满族等许多民族的文学。这里,我们将文学分为作家文学、通俗文学和民间文学,主要是依据文学作品的创作主体、流传方式以及其他内容和形式上的特点来划分的。

民间文学是一个民族世代传承的文化遗产,是民族文化传统的重要组成部分。早在原始社会时期,体力劳动与脑力劳动的分工尚未出现,阶级分化也未形成,民间文学就已经产生,并成为原始社会中唯一的文学。随着历史的演进,民间文学不仅在其所属民族中像火炬接力一样世代传递,而且不同时代的人们不断为其增加新的内容。一个民族的历史越悠久,民间文学的积淀也就越丰厚。许多传统的民间文学形象,如盘古、女娲、龙、凤、愚公、精卫、刘三姐、阿凡提等等,已经成了一种全民族的或地区性的文化符号。

民间文学具有悠久的历史,但它与静态的历史文物不同,它是一种"活"着的、始终保持着新鲜生命力的文化现象。民间文学与现实生活血肉相连:人民在利用和改造大自然的劳动与斗争中,有许多经验需要总结,有许多愿望希求实现;人民在不平等的社会制度下受着沉重的压迫与剥削,他们的痛苦需要倾诉,他们的愤怒需要宣泄;人民在平凡而丰富的日常生活中,过着深沉的内心生活,他们需要抒发自己的情感,描绘自己的理想。所有这一切,使得他们在创造了人类赖以生存繁衍的物质生活资料的同时,也以自己独特的艺术方式,创造了大量美丽动人的神话、传说、故事、歌谣等我们统称为"民间文学"的作品。正如拉法格所言:民间文学是"人民灵魂的忠实、率直和自发的表现形式;是人民的知心朋友,人民向他倾吐悲欢苦乐的情怀;也是人民的科学、宗教和天文知识的备忘录"。

当然，作为一种历时久远的口承文化，民间文学也必然会打上历史的烙印，并且受到统治阶级思想的浸染，所以其中也会泥沙俱下，夹杂着一些旧时代的、迷信、庸俗的成分。但它的主流始终积极、清新、健康，与时俱进，具有无穷的创造力与顽强的生命力。

民间文学作为一个民族共有的文化传统，固然包含了该民族各个阶层的共同创造，但从创作主体来讲，它主要还是占人口大多数的下层人民的作品，是相对独立于官方文化和作家文学之外的一种民间文化形态。在阶级社会里，每个民族的文化中都含有不同阶层的文化成分，其中既有占有优越的政治、经济地位的统治阶级所创造和保持的上层文化，也有处于社会下层地位的被统治阶级创造和传承的民间文化，还有社会中层阶级（如自由知识分子、商人和技术人员等）的文化。各个阶层的文化之间相互交流，相互影响，共同构成了一个民族的文化传统，民间文化是这个文化传统的基础部分。

民间文学创作和传播的主要载体是口语。之所以如此，是因为民间文学在发生之初，可凭借的信息手段主要是口语。文字发明之后，在漫长的阶级社会中，统治阶级掌握和控制了文字，以其作为压迫和控制人民的工具，绝大多数人被剥夺了受教育的权利，他们只能以与生俱有的口语作为主要的创作手段。久而久之，就形成了口耳相传的历史传统，并积累了许多以口语为媒介的创作形式与艺术技巧。当代社会正在发生急剧变化，人民受教育的程度普遍提高，信息传播的手段也日渐多样化，民间文学的创作、传播手段是否已发生根本变化，学术界还在观察与研究之中。

民间文学不仅具有民族性，而且是一种世界性的文学现象。世界上每个国家、每个民族都有民间文学。《大英百科全书》中介绍"民间文学"（Folk Literature）一词时说："民间文学主要是由不识字的人们所口头传播的知识。它像书面文字一样，由散文的或韵文的叙事作品、诗歌、神话、戏剧、仪礼、谚语、谜语等组成。在所有已知的人群中，无论现在或过去，都在生产着它。"民间文学在世界各国有不同的叫法，在西方国家，一般称它为"Folklore"，"Folk"为民众，"Lore"为知识，二词相合，意为"民众的知识"。在苏联，它被称为"劳动人民的口头创作"。在日本，则被称之为"口承文艺"。将世界各国民间文学进行比较研究，由此探寻各民族的不同文化性格和共同的人类本质，追溯历史上各民族之间的文化交流，是国际民间文艺学界极感兴趣并取得了许多成就的一个领域。

根据民间文学的上述性质，我们给民间文学下这样一个定义：民间文学是一个民族集体创作、口耳相传的语言艺术。它既是该民族人民的生活、思想与感情的自发表露，又是他们关于历史、科学、宗教及其他人生知识的总结，也是他们的审美观念和艺术情趣的表现形式。

二、民间文学的范围

一个民族所集体创造和传承的口头文学，主要体裁有神话、民间史诗、民间传说、民间故事、民间歌谣、民间长诗、民间谚语、民间谜语、俗语、歇后语、民间说唱、民间小戏等，这些体裁我们将在后面分别加以介绍。

民间文学与非民间文学的界限，常常混淆不清。最常见的一种情况，是将通俗文学统统看成是民间文学。如郑振铎在1938年出版的《中国俗文学史》中曾说："俗文学就是通俗的文学，就是民间的文学，也就是大众的文学。"郑先生的意见发表于近一个世纪之前，今天，随着学术研究的日益深入，民间文学与通俗文学的界限一般已不难划分。二者共同之处只是形式上的通俗易懂，主要差别表现在三个方面：一是创作者不同，民间文学是人民大众的集体创作，通俗文学则是个人的创作；二是创作流传形式不同，民间文学是口头创作和流传的，通俗文学则是书面创作和流传的；三是内容与思想倾向不同，民间文学是一个民族集体的创作，反映了整个民族或某一个群体的思想与情趣，通俗文学是个人创作，它反映的内容出自个人的生活感受，创作的动机多与商业因素相关，其思想和艺术水平也参差不齐。

民间文学与非民间文学相混淆的另一种情况，是将个人取材于民间文学的创作成果，简单地看作是民间文学。如将壮族作家韦其麟取材于民间故事《百鸟衣》而创作的长诗《百鸟衣》，看作是民间叙事诗。个人对民间文学素材的处理，如果只是在忠实于原作的前提下，进行出土文物式的科学整理，再发表出来，仍属于民间文学。如果是吸取民间文学素材，重新改编和再创作，那就属于作家文学了。

当然，这些区别都是相对的，在民间文学与非民间文学之间，有时很难划出一条截然不同的分界线，无论在民间文学与通俗文学之间，还是在民间文学与作家文学之间，都存在着少量彼此交叉的"模糊地带"。有的作品虽然是个人书面创作，如一些当代新故事和新歌谣，但它们脱离了文献记载，依靠人们的口头传播不胫而走，故事和歌谣的作者出处早已被人遗忘，变成了口头故事和民谣，这些作品就可以说既是通俗文学，也是民间文学。另一方面，作家吸取民间文学素材而创作的作品，回到民间又变成新的民间文学，这样的例子也屡见不鲜。像《水浒传》《西游记》《三国演义》《三言二拍》和《聊斋志异》这些古典名著，其中的许多故事情节和艺术形象最初都是产生于民间，后来经过文人提炼加工，成为雅俗共赏的书面作品。这些书面文学被民众接受之后，他们又在此基础上编讲新的关于三国、水浒、西游、聊斋等的口头传说。可以说"你中有我，我中有你"。

当然，上述"模糊地带"毕竟只是少数情况，绝大多数民间文学作品是可以明显地与通俗文学、作家文学区别开来的。了解民间文学的性质与范围，把不同性质、不同类型的作品加以正确的分类，这是我们鉴赏和研究民间文学作品的前提与基础。

第二节　中国民间文学的发生与发展

一、中国民间文学的起源

民间文学源于原始社会时期的口头文学活动。在原始社会，人类的文化还是混沌一团的统一体，所以民间文学不是一种单纯的文学活动，它与初民的劳动、语言、宗教、游戏、风俗等紧密连成一体。鲁迅曾形象地描绘过口头文学与劳动的关系，他说："我们的祖先的原始人，原是连话也不会说的，为了共同劳作，必须发表意见，才渐渐地练出复杂的声音来。假如那时大家抬木头，都觉得吃力了，却想不到发表，其中有一个叫道：'杭育杭育'，那么，这就是创作；大家也要佩服、应用的，这就等于出版；倘若有什么记号留存了下来，这就是文学，他当然就是作家，也是文学家，是'杭育杭育'派。"

原始形态的民间文学具体说来，主要有三个方面：一是建立在劳动节奏基础之上，渗透于生活各个方面的歌谣活动，二是宗教活动中叙述性的神话，三是休闲时借以消遣的传说与故事。原始的口头文学当然不可能原封不动地保留到今天，我们现在只能根据考古文物、古籍上的零星记载和当代原始民族的口头文学来推测它们的形态。

先说原始歌谣。我国古文献上多有古人歌舞活动的记述，例如《吕氏春秋·古乐篇》中就说"昔葛天氏之乐，三人操牛尾，投足以歌八阕：一曰载民，二曰玄鸟，三曰遂草木，四曰奋五谷，五曰敬天常，六曰建地功，七曰依地德，八曰总禽兽之极"。考古文物为原始歌舞活动提供了许多实物证据，新石器时代马家窑类型的彩陶舞蹈纹盆，云南沧源一带发现的古代崖画等，可以说都是先民歌舞的形象图解。我国民族学家在新中国成立前和解放初期考察边疆一些尚处于原始社会阶段的少数民族时，发现歌舞在他们生活中有着比在现代人生活中重要得多的作用。这些事实都说明：原始社会时期，我们的先民曾经有过无数歌谣创作，可惜他们那原始的歌声，早已随着时间飘逝了。

神话也是原始社会中十分繁盛的民间文学形式之一。马克思说："在野蛮时期的低级阶段，人类的高级属性开始发展起来……开始于此时产生神话、传奇和传说等未记载的文学，而业已给予人类以强有力的影响。"神话的起源，既与先民们为争取生存而与大自然的斗争有关，也与人类心理的特定发展阶段联系在一起。人类在自己的童年时代，遵循着生存与自卫的本能，赤手空拳与自然搏斗，在自然的伟力面前感到惶惑、赞叹和神往。他们的原始思维还不能将自己与大自然区别开来，因此按照自己的形象，将种种自然力量人格化、神圣化，创造出了形形色色的神的形象，对其信仰敬畏之。由这种信仰与敬畏，他们又编出了许许多多关于神的故事，这就是我们今天所说的"神话"。我们今天所见到的神话，只是远古时代的残存物。在中国的汉文古籍中，有关神话的记载虽比较零碎，但从《山海经》《楚辞》等书里，可以窥见中国古代的神话世界丰富多彩。近几十年来的考古发掘与各民族口头文学的调查，更是将一个千姿百态的古老神话世界展现在我们面前。中国许多少数民族的神话，都有自己独特的神话系统。中国少数民族的神话形态之古朴、保存之完好，在世界上是罕见的。即使是有着两千多年书面传统的汉族，近20年来也新发现了不少口传神话。

对民间传说和故事的起源，过去有一种解释，就是以为传说和民间故事当然地产生于神话之后，现在看来，这种解释的正确性值得怀疑。原始人关于神的故事，即神话，其讲述多与特定的宗教活动有关。因为对神的虔诚，使他们在讲述这类神圣故事时存在着许多禁忌，这一点已为大量的田野调查所证实。因此，他们在平日的闲暇中，很可能会讲一些较为轻松的、带有传奇色彩的传说与故事。随着时间的推移，原始的神话逐渐衰亡，民间传说和民间故事逐渐成了民间文学中数量最多的一种叙事作品。

中国民间文学的源头，发轫于原始时代生活在中国大地上的那些直系先祖的创造。考古发掘表明，中国出土的古人类文化遗迹，从腊玛古猿到北京猿人，从旧石器文化到青铜时代，从无文字社会到狭义的历史时代，有一条较明晰的文化进化链，中华文化是世界上唯一没有中断过的一个文化传统。因此，中国的民间文学扎根于本土文化之上，它是值得我们自豪的一份宝贵的民族文化遗产，是中华民族的一条源远流长的文化之"根"。

二、中国民间文学的丰富遗产

中国历史悠久，地广人多，长期的创作与积淀，使中国民间文学成为一个令世界钦羡的巨大宝库。几千年来，尽管民间文学由于口耳相传而不断有所丧失，但通过文献辑录、民俗活动、工艺美术以及口头传承等方式，仍有无以数计的作品被保存下来。尤其是那些民间文学珍品，人民不仅精心地保护和传承它们，而且在漫长的历史中不断加工和完善，"人民好比淘金者，他们所选择的、保存的、相传的、并且在几百年中加以琢磨的，只是最宝贵、最天才的东西"。那些经历代人民反复琢磨的代表作，如中国少数民族的三大英雄史诗和汉族的四大传说，不仅成为历久弥新的文学精品，而且成了民族灵魂的象征符号。

在中国民间文学的宝库中，最先映入我们眼帘的是那些犹如遍地野花的民间歌谣，从远古时代起，民谣就世世代代生生不息，伴随着各民族人民的劳动与生活。在最早的甲金文字以及《易经》的卜辞里，就有很好的歌谣。从周代起，中国已有采录民歌的制度。远在两千五百年前结集的中国第一部诗歌总集《诗经》中，就收录了许多古代民歌。后来见于文学史的汉代乐府、南北朝民歌、唐代的敦煌曲子词、宋代的时政歌谣、明清民歌，直到近现代民谣，都表明人民大众一天也没有停止过歌唱。

中国民间歌谣不仅是文学史的一个重要组成部分，而且直接哺育了诗歌的创作，正如鲁迅所言，在诗歌形式方面，歌、诗、词、曲原来都是民间之物，四言、五言、七言、杂言各种诗体，最初均起源于民间。中国古代一些最伟大的诗人，如屈原、李白等，都从民歌中汲取了大量营养。

民歌是诗歌创作的奶娘，民间故事则是叙事文学的源头。在中国古代神话中，充满了积极昂扬的精神、雄奇瑰丽的想象。从盘古开天、女娲造人，到后羿射日、大禹治水、精卫填海，这些神话中所反映的我们远古祖先那开创世界的伟力，不屈不挠的意志，不仅铸造了中华民族最早的精神脊梁，而且成为我国浪漫主义文学的滥觞。在一些先秦古籍中，保存了许多古代神话、传说、故事和寓言，它们是中国最早的叙事文学。在汉代，不仅《史记》《汉书》等史书中采用了不少神话与民间传说，而且在神仙思想影响下产生的一大批有关仙人及仙境的著作，如《列子》《淮南子》《神仙传》《神异记》《十洲记》等，形成了一种具有中国特色的宗教故事——仙话，其中有不少是古代民间口头传说的辑录。

公元2世纪时的三国时代，出现了第一本古代笑话专集《笑林》，收入了许多民间笑话。3世纪之后，由于神仙思想的兴盛与佛教的传播，专门记录各种神怪异事的志怪笔记之书不断涌现。在卷帙浩繁的佛经和道教经典中，也包含着大量的宗教传说与故事。这些宗教故事有的来自印度，有的出自我国民间，有的也出自僧人之手，它们广泛流传，影响很大，成为中国民间文学的一个重要组成部分。从魏晋南北朝到唐宋，可以说是中国民间故事发展的一个黄金时代。

从唐宋开始，中国一些民间说书艺人受佛教"俗讲"的启示，举行专门的讲故事活动——"说话"。他们用于讲故事的底本叫"话本"，对中国小说（特别是长篇小说）的形成起了决定性的作用。"说话"本身也成为今天许多曲艺形式的起源。我国一些著名的古典长篇小说，如《西游记》《水浒》《三国演义》等，都是在民间话本的基础上，经过前后几百年的民间创作、加工、提炼之后，才由文人最终写定的。中国文学史上一些影响较大的叙事作品，如唐代传奇、宋代话本小说、明代的《三言》《二拍》、清代的《聊斋志异》等，不少是取材于民间故事改编而成的。中国四大传说《牛郎织女》《孟姜女》《白蛇传》和《梁祝》，分别于春秋战国到唐宋时期发源，然后像滚雪球般发展，到明清时期基本定型，并通过戏曲、说唱等形式，在城乡广为流传。

除了汉民族之外，中国其他少数民族也有许多民间文学珍品。西部和北方少数民族以《格萨尔》《江格尔》和《玛纳斯》为代表的英雄史诗群，西南地区少数民族以《人类迁徙记》《阿细的先基》《遮帕麻与遮米麻》等为代表的创世神话系列，都是具有悠久历史和深广内涵的经典之作，它们只能在特定的时代背景下由全民族共同参与才能产生，由于这种条件现在已经永远一去不返，因而显得弥足珍贵。少数民族的传说与长诗，如《嘎达梅林》《阿诗玛》《孔雀公主》，少数民族的歌舞和格言谚语等等，都是我国民间文学宝库中的重要组成部分。

纵观中国文学史，"五四"运动可以说是一个分水岭。在五四之后，中国文学较多受到外国文学的影响。而在此之前，对中国文学的主要影响来自民间文学。民间文学对中国文学所做出的巨大贡献是十分明显的。如果没有上述的众多民间文学精品，没有在民间文学基础上改编和创作的作品，没有民间文学从题材、形象到体裁和语言对作家的启发，中国文学史的面貌将很难设想。正因为如此，鲁迅、闻一多都将民间文学看作是影响中国文学史发展的基本力量之一。从胡适《白话文学史》以来，一些有影响的中国文学史都将民间文学列为其中重要的一部分。

三、中国民间文学的新发展

"五四"运动将中国历史翻开了新的一页，也使中国民间文学的命运发生了根本的变化。这种变化一方面表现为民间文学本身的转变，另一方面表现为人们认识上的转变。我们先谈后一种转变。

在封建时代，除了封建统治者因为统治和享乐的需要而采录民歌外，只有少数文人为了创作借鉴和猎异搜奇偶尔记录民间文学，而从1920年北京大学成立的歌谣研究会起，我国学术界已经有意识地将民间文学看作一种科学研究的对象而认真收集了。以刘半农、沈尹默、周作人等人为中坚的北京大学歌谣研究会，在其发行的《歌谣周刊》发刊词中，曾明确宣称：搜集民间歌谣的目的有两个：一个是学术的，即将民歌作为民俗学的一种重要资料，以此来观察中国的社会；另一个是文艺的，即从民歌中，引出将来的民族的诗的发展道路。从"五四"前后的歌谣学运动开始，中国学术界对民间文学资料的收集与研究工作，进入了一个新的阶段。

"五四"运动以后，西方现代社会科学的理论与方法不断被引入中国。从1928年起，蔡元培主持的中央研究院民族学组开展了对广西瑶族、台湾高山族、黑龙江赫哲族、湖南苗族、浙江畲族、海南岛黎族、云南彝族等民族的实地调查。从20世纪30年代起，一些在国外学习文化人类学、社会学、民族学的留学生，如吴文藻、杨堃、林惠祥、杨成志、费孝通、李安宅等，纷纷回国从事教学和研究工作，他们将国外现代人文科学多种学派的理论方法传入中国，或培养学生，或开展研究，为建立现代科学意义上的中国人文科学打下了坚实的基础。从20世纪20年代到40年代，一些学者深入偏远地区和少数民族地区进行社会调查，记录了一些极有价值的民间文学资料。如芮逸夫《苗族的洪水故事与伏羲女娲的传说》、马长寿《苗瑶之起源神话》、马学良《苗族史诗》等等。此外，在吴泽霖、陈国钧、陶云逵、凌纯声等人的民族调查报告中，也有不少珍贵的原始民间文学记录，这些材料在今天已成为珍贵的历史文献。在此期间，一些以现代人文科学方法写作的研究论著，如闻一多《伏羲考》、徐旭生《中国古史的传说时代》、杨堃《灶神考》等等，都达到了很高的学术水平。

1942年延安文艺座谈会召开，毛泽东发表《在延安文艺座谈会上的讲话》，号召革命文艺工作者深入群众，学习人民的思想感情，包括他们那"萌芽状态的文艺"，中国民间文学工作进入了一个新的发展阶段。尽管当时限于战争环境，只出版了少数几本民间文学作品集，如鲁艺师生采录的《陕北民歌选》等，但随着解放战争的胜利，人民掌握了政权,在全国范围内采录民间文学的活动,就以空前的规模开始了。

1950年3月,中国民间文艺研究会成立,郭沫若为会长,老舍、钟敬文任副会长。出版了《民间文艺集刊》和《民间文学》杂志,大学里纷纷开设民间文学课程,培养专门人才。在毛泽东主席的几次号召下,全国开展了大规模的采风活动,截至"文革"前,共出版民间文学集2400多种,还编印了大量的内部资料,中国民间文学的丰富资源令学术界刮目相看。

十年浩劫,民间文学领域深受其害。1979年,中国民间文艺研究会恢复活动,民间文学领域迅速出现繁荣的景象。1984年,文化部、国家民族工作委员会和中国民间文艺家协会联合签发了《关于编辑出版〈中国民间故事集成〉〈中国歌谣集成〉〈中国谚语集成〉的通知》,在全国艺术科学规划领导小组的具体领导下,全国展开了规模空前的民间文学普查工作。参加的人数以千万计,收集到的民间文学作品总字数达40亿。它们与另七套中国民间文化集成一起,被誉为中国文化的"万里长城"。

在我国向社会主义市场经济转型的进程中,残酷的市场竞争使那些在现代化方面处于弱势的地区,越来越重视包括民间文学在内的传统文化所具有的独特经济价值。人们发现,正是他们祖祖辈辈传下来的这些"土得掉渣"的东西,在市场竞争中却具有神奇的力量,一个地方由于发掘某一富有特色的民间文化事项而开发旅游业,在极短时间内就一举摆脱了贫穷面貌,这并非"天方夜谭"。即如深圳这样向现代化都市看齐的城市,靠从其他地区引进传统文化而创办的"民俗文化村",其巨大的经济效益人们也有目共睹。

当今世界处在人类文化从未有过的大交流、大汇通时代,多元文化在这个狭小的"地球村"中并存、冲突、沟通、互惠,每个人都不得不从自己的文化"根"中寻找自己在这个世界上的角色与定位,与自己所属的文化群体相认同。在这个多元文化大比拼的时代,每个民族都在努力提高发扬自己的文化旗帜。于是,民间文学作为民族文化中最鲜明的认同符号,受到了来自政府和民间的共同重视。

百年沧桑,中国人思想境界所发生的巨大转变,在对待民间文学遗产的态度上得到了最集中的体现。那些自古以来野生野长、像一阵阵"风"一样刮过的民间口头创作,从未得到过如此重视,也从未像今天这样引起国内外、学界内外的高度关注。

我们再来看另一个方面,即近年来民间文学本身发生的急剧变化。

改革开放以来,中国的面貌发生了天翻地覆的变化。随着中外文化的猛烈碰撞,人民物质生活方式的迅速改善,人民大众文化水平在普遍提高,信息传播手段也不断更新,人们对中国民间文学的未来产生了种种疑虑。对这种巨变,民间文学界存在着两种不同的看法:有人认为民间文学正在无可挽回地衰亡,因为唱山歌、讲故事等传统的民间文学活动正空前冷落,被电视、电影及舞会、卡拉OK、网吧之类的娱乐所替代。另一种意见相反,认为民间文艺正走向复兴,理由是许多民间文学作品通过电视、报纸、刊物等新的传播媒介在前所未有的范围内获得了新的接受者。

要解释这种乍看起来非常矛盾的现象,我们必须具体地分析民间文学变化的各个层次与侧面。民间文学可以分为原生态、再生态和新生态三种类型。原生态民间文学,指现在仍活在民众口头和实际生活中的传统民间文学,这一类民间文学正在逐渐衰亡。再生态民间文学,指经过整理和改编,转化为书面或视听文学样式的民间文学,这一类民间文学转变形态后,重新走向千家万户,比以前传播更为广泛。新生态民间文学,指从当代社会生活中自然产生,反映人民某些意愿与时代风尚的新的故事、笑话、歌谣、谚语等。它们将不断涌现,恐怕永无枯竭之日。

民间文学就像一块多棱宝石,当它的某个侧面由于光线的变幻而暗淡下来时,另外的侧面却因这种变化而放射出奇异的光彩。今天,民间文学在生活中的许多实用功能,如谈情说爱、婚丧礼俗、协调劳动节奏、调解纠纷等等,已经完全丧失或大大减弱。但是,它的另外一些功能却得到了强化。例如,在娱乐方面,民间笑话这一体裁在现代社会得到了极大发展,不仅传统笑话仍在广泛流传,而且新笑话不断涌现,并且有许多国外的笑话译介进来。在反映社情民意方面,新时政歌谣的大量涌现,也为政府部门和学术工作者及时提供了大量关于政策得失、民众政治态度的生动资料。

总之,民间文艺尽管是旧时代甚至是古老时期的产物,却具有久远的生命力。它是一座积累深厚、开挖不尽的宝山,随着人文科学的进步与科学技术的发展,人们正由表层到深层、由单一角度到多角度地对其加以开发和利用。

第三节　民间文学与作家文学的关系

民间文学与作家文学之间的关系非常复杂。一部文学发展史在某种意义上,就是民间文学和作家文学互相影响、促进、提高的历史,二者是既有区别又互相联系的辩证统一关系。健康的民间文学和进步的作家文学,都是文学的主流和正宗,两者结合构成文学的总体。特别是民间口头文学在作家书面文学的形成与发展上起着十分重要的作用。研究民间文学与作家文学的关系,对探索文学发展规律,促进今日文学健康发展,都具有深刻的理论价值和实践意义。

一、民间文学对作家文学的影响

社会生活是文学创作的源泉。民间文学是更接近生活中自然形态的东西,同样也是养育作家的保姆。民间文学从题材内容到艺术形式,都对作家文学产生强烈影响。

(一)民间文学题材及作品思想内容对作家文学的影响

历代卓有成就的大作家的作品,在题材和思想内容方面无不广泛吸取民间创作的丰富营养,表现人民的理想和愿望。我国第一个伟大诗人屈原的作品,就深受楚地民歌神话的影响，特别是《九歌》和《天问》更直接来自民间。《九歌》是屈原根据楚地祭神民俗的需要而写的，是民间祭歌的修饰润色之作。《天问》则是根据楚地祠堂壁画构思、创作的，共有三百七十多句，一口气提出了一百多个问题，涉及大量神话材料，如天地开辟的神话、日月星辰的神话、洪水神话，射日神话以及天文、地理、异物、异事的传说，夏、商、周历史的传说等等。把它们联缀在一起，便可以成为一座古代神话的宝库和重要的史料博物馆。屈原以自己的实践给后世作家向民间创作学习树立了光辉榜样。

乐府诗来自"汉世街陌谣讴"和六朝民歌，内容非常丰富：有对封建统治阶级的残酷剥削和穷兵黩武的揭露，有对封建家长制的控诉和家庭悲剧的描写，有对无家可归的孤儿的同情，有对坚贞爱情的歌颂，反映了人民的苦难生活和对美好生活的向往。亲身体会了社会动荡和人民疾苦的作家，吸收了民歌的现实传统和表现方式，用乐府体写下了不少反映时代生活的优秀作品，如曹操的《薤露歌》、陈琳的《饮马长城窟行》等。这些"感于哀乐，缘事而发"（《汉书·艺文志》）的民歌，对中国诗歌现实主义传统产生了很大的影响。

李白、杜甫、白居易等大诗人的创作都得益于乐府诗传统的滋养。李白所作乐府古题，在他所创作的全部九百多首诗中约占六分之一。如《丁都护歌》描写旅途上所见到的纤夫的痛苦生活："吴牛喘月时，拖船一何苦。""一唱都护歌，心摧泪如雨。"《战城南》中的"万里长征战，三军尽衰老"，表现了长期征战、戍边给百姓带来的痛苦。这两首诗都是乐府旧题。杜甫从乐府叙事诗中得到熏陶，写出了《兵车行》《丽人行》、"三吏""三别"、《北征》等名篇，反映出安史之乱前后，上层社会的黑暗腐败、飞扬跋扈和人民备受压榨的苦难生活。白居易不但倡导了新乐府运动，提出"文章合为时而著，歌诗合为事而作"的主张，而且在创作实践上，以《秦中吟》《新乐府》大胆针砭时弊，体现了"见闻之间，有足悲者，而直歌其事"的乐府民歌传统。

采取民间文学素材创作的话本、短篇小说也有很多，如《清平山堂话本》，冯梦龙的"三言"，凌濛初的"二拍"及蒲松龄的《聊斋志异》等书。《聊斋志异》本事有源可查者150种以上，大多取材于民间传说的鬼狐故事或趣事逸闻。这些题材经过蒲氏天才的加工提炼和再创作，大部分具有较高的思想性和艺术性，使《聊斋》成为古典名著。

（二）来自民间创作的典型形象

作家文学作品中不少艺术形象是从民间创作中概括出来的。像莎士比亚的《罗密欧与朱丽叶》《奥塞罗》《哈姆雷特》，塞万提斯的《堂·吉诃德》，歌德的《浮士德》，雨果的《巴黎圣母院》等作品中的典型人物和某些情节，早已见于民间。"在塞万提斯之前，民间故事已经嘲笑过骑士制度，而且正像他那样毒辣和深沉。"中国文学作品也不例外。古典长篇小说《三国演义》《水浒传》《西游记》的情节和人物，就是在几百年的民间传说、民间艺人和书会才人演唱加工的基础上经过作家的再加工、再创作而成的。以《三国演义》为例，该书虽为明初罗贯中所作，但它是以陈寿《三国志》及大量野史为依据，在民间传说及民间艺人话本《三国志平话》及金、元三国戏的基础上创作的。作品集中描写汉末黄巾起义到西晋统一约一百年间魏蜀吴三国之间的军事、政治、外交的种种斗争，塑造了刘备、关羽、张飞、诸葛亮、曹操、孙权、周瑜等大量历史人物形象，是我国长篇章回小说开山之作。而据文献记载，三国故事至迟在晚唐即已在民间流传。北宋已出现了专门"说三分"的民间艺人霍四究（《东京梦华录》），采代民间传说三国人物已明显表现出"尊刘贬曹"的倾向。金、元两代三国故事更被大量搬上舞台（如《三战吕布》《赤壁鏖兵》《单刀赴会》等三十多出）。元代成书的民间传说写定本《三国志平话》，已初具《三国演义》规模，不仅拥刘反曹倾向极为明显，而且刘关张已在桃园结义，富有草莽英雄气质。而《三国志》正史中并无结义的记载。到了《三国志平话》及戏曲里，三人不但是"不求同日生，只愿同日死"的结义兄弟，而且也美化了关羽，夸大了他的忠义。在关西传说中甚至说关公本不姓关，因杀害了逼娶民女的"本县舅爷"和县尹，逃至潼关，"闻关门图形捕之甚急，伏于水旁，掬水洗面，自照其形，颜色变苍赤，不复认识。挺身至关，关主诘问，随口指关为姓，后遂不易"。民间的关公要比《三国演义》里的关公更少些正统的庄严与神威，而多些生活气息。同样，曹操的"白脸"，诸葛亮的智慧和他的"羽扇纶巾"，也是几百年在民间形成的。

又如表现反压迫、幻想"青天"出世的包公的传说，反对封建礼教、追求爱情自由的传说《牛郎织女》《白蛇传》《槐荫记》《梁山伯与祝英台》等，更是千百年来人民艺术的结晶，为后世小说、戏曲大师创造出织女、白素贞、七仙女、祝英台等不朽的形象提供了原型。当然，这些来自人民口头传说的优美故事被通俗作者和专业作家加工创作之后，再回到民间，已经成为家喻户晓的艺术珍品和光辉的戏剧典型。

（三）民间文学在艺术形式上对作家文学的影响

民间文学生动活泼的文学体裁、表现手法、艺术风格等对作家文学产生了广泛而深刻的影响。

首先，各种文学体裁大都来自民间。正如鲁迅所说："歌、诗、词、曲，我以为原是民间物，文人取为已有。"又说："旧文学衰颓时，因为摄取民间文学或外国文学而起一个新的转变，这例于是常见于文学史上的。"我国诗歌无论四言诗，五、七言诗及后来的词、曲，皆起源于民间。一般认为文人五言诗以班固的《咏史》为最早，但早在秦始皇时代就流传着"生男慎勿举，生女哺用脯。不见长城下，尸骸相支柱"的五言民歌了。说唱文学和白话小说起自唐代的俗讲。由唐传奇发展到宋人民间白话小说，文言的藩篱被冲破，口语的运用更自然地表现了生活，也更接近民间故事传说，从而决定了后世小说发展的方向。当然，某种文学体裁的形成和发展，不是孤立现象，必须综合研究、具体分析，它是和社会经济发展、文学的内在规律相适应的。

从古代作家向民歌艺术手法学习上，更可以看到民间文艺的强大生命力。比兴是中国文学中广泛存在的审美形式，民歌中比兴手法的运用，自《诗经》《楚辞》开始，由来已久。李白的《静夜思》"床前明月光"就是脱胎于南朝子夜歌《秋歌》("秋风入窗里，罗帐起飘扬。仰头看明月，寄情千里光"），只是语言意境更纯净清新、更耐人寻味了。

民歌中普遍运用的双关语技巧、乐府诗从侧面描写美人的手法等大量富有特色的民间文学手段，后来也都被作家文学广为借鉴，沉淀为有民族特色的艺术经验。

（四）民间艺术语言对作家文学的影响

许多深受民间文学哺育的作家，都相信文学惟有和民间诗歌血肉相连，才能够丰盈地发展；作家惟有保持着和民间文艺的密切关系，才能够掌握语言的艺术。任何作家的艺术语言都不是凭空捏造的，他必须接受人民千百年来所锤炼的语言的结晶，才能在自己的作品里显示出它的艺术光彩。

曹雪芹的《红楼梦》就大量吸取了民间文学的丰富营养。作者不仅在构思"木石姻缘"、描绘绛珠仙草与神瑛侍者的故事和太虚幻境时受民间神话启示，更主要的是在塑造各种典型人物，揭示作品思想内容时，也采用了大量的民间谣谚和谜语。如第四回葫芦僧对贾雨村所说的"护官符"——"俗谚口碑"，就是典型的民间文学。小说就从这里点出贾史王薛四大家族"一损俱损，一荣俱荣"的关系，使贾雨村放了杀人犯薛蟠，展开了全书的情节。在故事发展到一定程度，过了鲜花着锦、烈火烹油之盛以后，丫环小红的一句歇后语就道出了人事无常、贾家注定衰亡的命运："千里搭长棚——没有个不散的筵席"（第二十六回）。这难道不是高度概括，很富有哲理性的"点题"之语吗？它暗示了封建末世贵族世家盛极必衰的必然结局。

曹雪芹在刻画人物形象时，也常常通过几句谚语和俗语，就使人物性格活生生地呈现在我们面前。如贾赦强迫鸳鸯给他作妾，鸳鸯用丫环的语言向主子无情地开火了："家生女儿怎么样？'牛不喝水强按头'吗？我不愿意，难道杀死我老子娘不成！"真是掷地有声！第六十五回里尤三姐面对贾琏的卑劣行径给以猛烈的回击："你不用和我'花马掉嘴'的！咱们'清水下杂面——你吃我看'。'提着影戏人子上场儿'——好歹别戳破这层纸儿。"接着对贾琏偷娶尤二姐的事，给以冷嘲热讽："如今把我姐姐拐了来做二房，'偷来的锣鼓儿打不得'。"这些语言像烈火一样，喷射出被侮辱被损害者的满腔愤怒，既抖出了贵族的丑恶灵魂，同时也使处于社会底层的尤三姐的反抗性格跃然纸上。其他如说凤姐"嘴甜心苦，两面三刀""上头笑着，脚底下就使绊子""明是一盆火，暗是一把刀"；宝钗"不干已事不开口，一问摇头三不知""多一事不如少一事"，都巧妙地显示了不同人物的性格特点和她们的处世哲学。曹雪芹虽然并未从民间创作中拾取主要人物典型，但这个著书黄叶村、遗落民间的贵族作家和人民关系很深，他成功地运用了民间语言。

无论多么伟大的天才作家，都离不开人民语言的宝库。"语言艺术的开端是在民间文学中""你在这里可以看见惊人的丰富的形象，比拟的确切，有迷人力量的朴素和形容的动人的美。（高尔基）。每一个真诚的作家和诗人，都应认真吸取民间文学的丰富营养，离开它就像人们离开空气和水一样，将会使艺术生命枯竭。

二、作家文学对民间文学的影响

民间文学与作家文学是相辅相成的，民间文学哺养作家文学，同时文人作家对民间文学也有一定的影响，这种影响主要表现在三个方面。

（一）作家对民间文学的辑录和保存

文学的历史表明，文人的辑录整理对于口头形态民间文学的保存流传起到了不可忽视的作用。我国最早的诗歌总集《诗经》，是西周初到春秋中叶五百年间的古代诗歌。其中"国风"部分就是民歌。相传《诗经》为孔子整理。不管删诗者是否真是孔子，就目前保留下的十五国风来说，基本没有特殊难懂的方言，而且艺术性很高，没有经过精心整理是不可想象的。汉代设置了乐府机构，"采诗夜诵，以观民风"，其目的主要是为了宫廷礼仪和娱乐的需要。以后历代都有文人收集整理民歌，宋郭茂倩《乐府诗集》、明冯梦龙《山歌》、清李调元《粤风》都是，它们对中国诗歌发展起了很大作用。

散文形式的古代口头文学很容易消失，但也有一部分藉文人著作而得以保存。战国时期的《庄子》《孟子》《列子》等诸子著作，汉代的《淮南子》《风俗通义》，魏晋人的《述异记》《搜神记》，唐人的《酉阳杂俎》等都辑录了很多。干宝《搜神记》中所记《毛衣女》故事，是全世界范围流传的"天鹅处女型民间故事"的最早记录；段成式《酉阳杂俎》中的叶限故事，是世界上最早记录的"灰姑娘型民间故事"，比欧洲格林兄弟的记录早上九个多世纪。这些故事情节完整，语言生动，给世界共有的此等故事类型的比较研究，提供了重要资料。

史书和类书中也保留了大量的民间文学作品。《史记》中关于五帝及殷、周始祖的传说记载是重要的神话资料，其中《赵世家》关于赵氏孤儿的记载富于传奇色彩，未经大改就是元杂剧和京剧的重要历史剧目。《太平御览》《太平广记》《永乐大典》等类书、地方志及野史笔记所保存的民间文学资料十分丰富。有些民间口头作品、志异笔记中的故事早已失传，只能从这些类书里看到转引的资料。这是值得民间文学研究者重视的。

（二）作家对民间文学的促进和提高

大量为人民所熟知的民间文学作品，保存在作家文学和史传之中。民间文学哺育了历代作家，反过来这些伟大作家又丰富和提高了民间创作，对民间文学有积极促进作用。

在我国文学史上，屈原第一个将民间文学经验吸收进自己的创作中。同时，他以自己的卓越天才修饰并丰富了楚辞，深化了它们的思想意义，提高了它们的美学价值。如《九歌》本是娱神的乐曲，而屈原在传统祭歌基础上的再创作，大大超过了原来楚地"其辞鄙俚"、带有原始意味的祭歌，其中对天神及太阳神庄严辉煌形象的礼赞，对恋爱之神湘君、湘夫人美丽形象的塑造和对爱情的歌唱，至今仍被人传诵。无论在语言还是艺术表现上，屈原都对民间材料给予了创造性的提炼，并以其深厚情感及丰富的想象力，熔铸了自己的诗篇，创造了"楚辞"体，丰富了民间创作。

元代剧作家关汉卿结合元代冤狱将民间传说"东海孝妇"创作为著名悲剧《窦娥冤》，也是这方面的典范。东海孝妇的故事早在西汉末年就已流传，讲的是东海郡孝妇周青被诬以陷害婆婆之罪，被判死刑。狱吏于公为之辩冤不成。由于枉杀周青，遭到天惩，郡中枯旱，三年不雨。这是很好的戏剧题材，既有戏剧冲突，又有现实揭露意义。元代用这个素材写戏的有四家。关汉卿之外，还有王实甫、梁进之和王仲元，都写过《于公高门》杂剧。三家之作虽不传，顾名思义主题是歌颂清官于公，而故事也大体局限于东海孝妇的冤狱。关汉卿另辟蹊径，用这个素材的某些形象和情节进行再创作，大大提高了它的社会价值。他结合元代官府昏庸、社会黑暗的现实，增添了张驴儿父子两个市井无赖，白日闯进寡妇婆媳的家门，在逼嫁、杀人、栽赃、陷害等无所不为的复杂斗争中来写窦娥，最后把她推到"太阳难照覆盆晖"的黑暗官府，吊打非刑，直至处死。作者在斗争中写了窦娥性格的发展：由一个逆来顺受的童养媳、寡妇，发展为指天斥地、面对黑暗现实坚决斗争的反抗者。在第三折斗争高潮中，善良无辜的窦娥，对黑暗官府提出强烈的抗议，对天地也发生了根本的怀疑。像东海孝妇一样，临刑之前窦娥发下的三桩誓愿，在她冤死后一一实现：血溅白练，六月飞雪，三年大旱，表现了强烈的批判性。《窦娥冤》之所以具有深刻的思想性和艺术性，正因为它来自民间，反映了人民的斗争和理想。《窦娥冤》的社会价值、艺术价值当然远远高出了原来的东海孝妇的故事，同时它又转化为民间传说和戏曲《六月雪》，得到更广泛的传播。

古典小说《水浒传》《西游记》是总结了民间口头流传和说书艺人加工创作的结果，最后由作家再创造的。这些艺术杰作的完成首先离不开民间集体创作之力，但作家集大成之功也是不能埋没的。

现代作家也大大提高了民间文学的价值。鲁迅的杂文广泛地、创造性地运用了大量民间笑话、故事、谚语、歌谣，充分发挥了民间文学的魅力。以古代民间故事为题材创作的历史小说《故事新编》，则以大量史料为根据，结合社会现实，别有风格地再现了古代英雄女娲、大禹、墨子、眉间尺等形象。鲁迅借助他卓越的幽默讽刺才能，表达了对现实的深刻洞察，使他的作品嬉笑怒骂皆成文章。著名小说家沈从文的作品之所以备受喜爱，是因为他广泛地吸取民间题材，生动地描写了民族风情。小说《媚金、豹子与那羊》《神巫之爱》艺术地再现了苗寨男女真挚的爱情。

1942年后，出现了重视和学习民间文学的热潮，《白毛女》《王贵与李香香》《百鸟衣》《马兰花》《阿诗玛》（电影）、《刘三姐》（歌剧）、《包公赔情》（吉剧）等一大批作品涌现出来，它们既是作家向民间文学学习的结果，也是他们对民间文学促进、发展、提升的成功实践。

（三）文人和作家对民间文学的消极影响

由于古代作家多出身于上层，其意识形态、立场观念通常与下层民众相对立，所以文人作家对民间文学的影响是复杂的，既可以通过提炼加工使之发展提高，有时又不免通过损害、扭曲，降低民间文学固有的思想和艺术水准。正像鲁迅所说："士大夫是常要夺取民间的东西的，将竹枝词改成文言，将'小家碧玉'，作为姨太太，但一沾着他们的手，这东西也就跟着他们灭亡。"

大凡有影响的民间故事传说差不多都遭到过封建文人的歪曲和篡改。如自东晋以来就流传民间的《梁山伯与祝英台》故事，到唐末张读《宣室志》中已有较完整的记载。其中除尚无化蝶情节外，基本与今传相同，思想也是健康的。但是到了宋徽宗大观年间李茂诚所撰《义忠王（梁山伯）庙记》中，梁山伯的性格便大大被歪曲，内容也从民间反封建主题变成宣扬忠义、贞烈思想的封建说教了。其中写山伯听说祝适马氏，"喟然叹曰：'生当封侯，死当庙食'，区区何足论也。"对英台根本谈不上钟情，只是一心追求封赠，甚至死后连鬼魂也干出助官平"寇"的勾当。所以被封为"文忠王"，立庙祀之。很明显，这是适应封建统治者镇压农民起义的政治需要而改编的。又如清代乾隆三年峰泖蕉窗居士所著《雷峰塔传奇》对南宋以来流传的《西湖三塔记》（《白蛇传》）加以改造，热烈追求自由爱情、始终不渝的白娘子被改得妖气十足，许、白爱情成了前世宿缘未了，降落凡尘，了此孽案的因果报应，而破坏美满姻缘的法海则被描写为援救许仙出于水火的活佛。这在思想意识上显然是一个极大的后退。当然这种违背民意的歪曲，其生命力之脆弱是可想而知的。

综观民间文学与作家文学关系，大体可以概括出以下三点带有规律性的认识。

第一，每个民族文学艺术的繁荣和发展，很大程度上取决于本民族社会发展和口头文学是否丰富多样，以及邻近民族、国家文化的影响。

第二，人民是作家的母亲，民间口头创作是作家艺术的乳汁，天才作家的艺术生命，就在于他们饱吮了人民文艺丰美的乳汁，保持了和民众的血肉关系。文学遗产中最基本、最丰富、最有生命力的大多数是民间文学或经过文人加工的民间作品。真正的伟大作家，必定吸取人民的智慧，增长自己的才华，反过来又回报人民，光耀民族文化。而任何窃取民间题材，实质上反对人民的作品，或强加于民间文学的伪制品，从来都是短命的。

第三，只有在高度文明的国家，才能完全消除民间文学与作家文学的对立状态，使两种文学互相促进、提高，最大限度地发挥它们的优点，达到新的艺术高度。经济上的繁荣发展，文化上的高度文明，政治上和艺术上的民主和开放，是两种文学关系正常发展的基础，也是消除两种文学对立，促进民族文化发展的根本保障。只有先进的指导思想、美学理想和民族风格，能使民间文学与作家文学在新的跑道上互相促进，共同提高，获得更大的发展。

第二章 先秦民间文学及作家

第一节 先秦民间文学概述

文字是文学的载体。文学艺术的起源经历了漫长的从口头到文字的发展演变过程。尽管在远古的陶器上发现一些记号，人们认为这可能是原始的文字，但中国最早的成熟的文字仍要算商代的甲骨文。

早期中国民间文学的三个类型：散文萌芽、神话传说、原始歌谣。

一、散文萌芽

1. 甲骨文

甲骨文的发现是 20 世纪学术界一件轰动世界的大事。商代人刻在龟甲和兽骨上的这许多占卜记录，沉埋地下数千年，19 世纪末开始在殷墟出土。1898 年，学者王懿荣从药材商那里得到一批甲骨，他辨认了上面的刻画，意识到这是一种古文字。甲骨文从此才引起学术界的关注，以此为材料来展开文字学、历史学等方面的研究，成为 20 世纪中国学术的热点。

甲骨文的文学价值：完整的甲骨卜辞包括誓词、命辞、占辞、验辞四个部分，体现了一个事件的发生、发展和结果的全过程。因此，甲骨卜辞是我国文学史上最早的记叙文。

2. 铜器铭文

铸刻在铜器上的文字，称铜器铭文，亦称金文。铸刻铭文的风气，以商周时期最为兴盛。商周铜器基本上都是青铜器，比较常见的有鼎、簋等食器，爵、觚、尊等酒器，盘、盂等水器及戈、剑等兵器。

铜器铭文的文学价值：篇幅加长，西周前期的大盂鼎有二百九十一字，小盂鼎有四百字左右。后期的大克鼎有二百九十字，散氏盘有三百五十字，而毛公鼎有四百九十八字，是已发现的商周铜器铭文中最长的一篇，详细记录了周王对毛公的诰命之辞。铭文内容丰富，有叙事，也有抒情。

3.《周易》

古代占筮用书，简称《易》，包括经和传两部分，是儒家重要经典之一。

《周易》的内容：周人占筮的范围也包括祭祀、战争、生产、商旅、婚姻、水旱等。所以《周易》收集的旧筮辞，广泛地反映了当时的社会现实。从中可以看到渔猎、畜牧、农、商等各部门生产的不断发展；还有各种各样的社会矛盾，尤其是贵族内部的斗争；频繁的战争；原始社会的婚姻遗俗；雷电、卫生之类科学知识；等等。其中还渗透了作者比较辩证的哲学思想，以及实行德治，反对钳制压迫的政治主张。

4.《尚书》

上古历史文献集。《左传》等引《尚书》文字，分别称之为《虞书》《夏书》《商书》《周书》，战国时总称为《书》，汉人改称《尚书》，意即"上古帝王之书"。

汉人传说先秦时《书》有一百篇，其中《虞夏书》二十篇，《商书》《周书》各四十篇，每篇有序，题孔子所编，《史记·孔子世家》也说到孔子修《书》。但近代学者多以为《尚书》编定于战国时期。

秦焚书之后，《书》多残缺，今存《书序》，为《史记》所引，约出宁战国儒生之手。汉初，《尚书》存二十九篇，为秦博士伏生所传，用汉时隶书抄写，被称为《今文尚书》。西汉前期，相传鲁恭王拆孔子故宅一段墙壁，发现另一部《尚书》，是用先秦六国时字体书写的，所以称《古文尚书》，它比《今文尚书》多十六篇，孔安国读后献于皇家，因未列于学官，所以《古文尚书》未能流布。

《尚书》所录，为虞夏商周备代典、谟、训、诰、誓、命等文献，其中虞夏及商代部分文献是据传闻而写成，不尽可靠。

自汉以来，《尚书》一直被视为中国封建社会的政治哲学经典，既是帝王的教科书，又是贵族子弟及士大夫必遵的大经大法，在历史上很有影响。

《尚书》的文学价值：

《尚书》是中国古代散文已经形成的标志。书中文章，结构渐趋完整，有一定的层次，已注意在命意谋篇上用功夫。后来春秋战国时期散文的勃兴，是对它的继承和发展。

秦汉以后，各个朝代的制诰、诏令、章奏之文，都明显地受它的影响。

《尚书》中部分篇章有一定的文采，带有某些情态。如《盘庚》三篇、《无逸》《秦誓》等。

《尚书》在语言方面虽被后人认为"佶屈聱牙"（韩愈《进学解》），深奥难读，而实际上历代散文家都从中取得一定借鉴。

二、上古神话

原始社会的人们，面对难以捉摸和控制的自然界，不由自主地会产生一种神秘和敬畏的感情，而一些灾害性的自然现象，如地震、洪水，还有人类自身的生老病死等等，尤其能引起人们的惊奇和恐慌。由此幻想出世界上存在着种种超自然的神灵和魔力，并对之加以顶礼膜拜，这样就使自然在一定程度上被神化了。

神话以故事的形式表现了远古人民对自然与社会的认识和愿望，是通过幻想用一种不自觉的艺术方式加工过的自然和社会形式本身。神话通常以神为主人公，他们包括各种自然神和神化了的英雄人物。神话的情节一般表现为幻化、神力和法术。神话的意义通常显示为对某种自然或社会现象的解释，有的表达了先民征服自然、变革社会的愿望。只有当人类可以凭借语言来表达自己的感情，表达对自然和社会的领悟的时候，神话才有可能产生。

在先秦古籍中，如《山海经》《左传》《国语》《楚辞》以及《吕氏春秋》等，中国著名的古典神话已得到记载，汉代的《淮南子》《史记》《汉书》《吴越春秋》，以及魏晋六朝的《搜神记》《述异记》等书中也都有许多古典神话的记录。其中，《山海经》保存的神话最为丰富，而且最接近古代神话的原貌。

三、原始歌谣

原始歌谣包括原始劳动歌谣、原始祭歌和咒语、原始图腾颂歌、原始民族史诗、早期的爱情歌谣。

原始劳动歌谣。《淮南子·道应训》："今夫举大木者，前呼邪许，后亦应之，此举重劝力之歌也。"《吴越春秋》卷九《弹歌》："断竹，续竹，飞土，逐宍（肉）。"原始祭歌和咒语。《礼记·郊特牲》："迎猫，为其食田鼠也。迎虎，为其食田豕也。"《蜡辞》云："土，反其宅！水，归其壑！昆虫，毋作！草木，归其泽！"据说是神农时代出现的，大约是一首农事祭歌。

原始图腾颂歌。《吕氏春秋·音初》，"有娀氏有二佚女，为之九成之台，饮食必以鼓。帝令燕往视之，鸣若谥隘。二女爱而争搏之，覆以玉筐。少选，发而视之，燕遗二卵，北飞，遂不反。二女作歌，一终曰：燕往南飞！实始作为北音。"原始民族史诗。《吕氏春秋·仲夏纪·古乐》："昔葛天氏之乐，三人操牛尾，投足以歌八阕：一曰《载民》，二曰《玄鸟》，三曰《遂草木》，四曰《奋五谷》，五曰《敬天常》，六曰《达帝功》，七曰《依地德》，八曰《总万物（禽兽）之极》。"早期爱情歌谣。《吕氏春秋·音初》："禹行功，见涂山之女，禹未之遇而巡省南土。涂山氏女乃令其妾候禹于涂山之阳，女乃作歌，歌曰：候人兮猗！实始作为南音，周公及召公取风焉，以为《周南》《召南》。"

原始歌谣的特点：①原始歌谣的内容具有很强的实用功利性。②原始歌谣的创作具有集体性、口头性、诗乐舞三位一体的特征。③原始歌谣大都采用二言形式。

上古原始歌谣零散保存在先秦两汉的典籍之中，后代集中辑本有：清代沈德潜的《古诗源》，今人逯钦立的《先秦汉魏晋南北朝诗》，其中后者收录最为详尽。

第二节 《诗经》与民间文学

早在文字产生以前,就有原始歌谣在口头流传。甲骨卜辞和《周易》卦爻辞中的韵语,是有文字记载的古代诗歌的萌芽。《诗经》反映生活面广,艺术成就高,具有深厚的文化积淀,显示了我国古典诗歌最初的伟大成就。

一、《诗经》概述

《诗经》是我国第一部诗歌总集,共收入自西周初期(公元前11世纪)至春秋中叶(公元前6世纪)约五百余年间的诗歌三百〇五篇(《小雅》中另有六篇"笙诗",有目无辞,不计在内),最初称《诗》,汉代儒者奉为经典,乃称《诗经》。

《诗经》分为《风》《雅》《颂》三部分。《风》包括《周南》《召南》《邶风》《鄘风》《卫风》《王风》《郑风》《齐风》《魏风》《唐风》《秦风》《陈风》《桧风》《曹风》《豳风》,叫"十五国风",有诗一百六十篇;《雅》包括《大雅》三十一篇,《小雅》七十四篇;《颂》包括《周颂》三十一篇,《商颂》五篇,《鲁颂》四篇。

这些诗篇,就其原来性质而言,是歌曲的歌词。《墨子·公孟》说:"颂诗三百,弦诗三百,歌诗三百,舞诗三百。"意谓《诗》三百余篇,均可诵咏、用乐器演奏、歌唱、伴舞。《风》《雅》《颂》三部分就是依据音乐的不同而划分的。《风》是周王朝统治地区的诸侯国的地方音乐,"十五国风"就是十五个地方的土风歌谣。其地域,除《周南》《召南》产生于江、汉、汝水一带外,均产生于从陕西到山东的黄河流域。《雅》是都城之乐。雅又有"正"的意思,当时把王畿之乐看作是正声——典范的音乐。《大雅》《小雅》之分,众说不同,大约其音乐特点和应用场合都有些区别。《颂》是专门用于宗庙祭祀的音乐。《毛诗序》说:"颂者美盛德之形容,以其成功告于神明者也。"这是颂的含义和用途。

《诗经》的作者成分很复杂,产生的地域也很广,除了周王朝乐官制作的乐歌,公卿、列士进献的乐歌,还有许多原来流传于民间的歌谣。这些民间歌谣是如何集中到朝廷来的,则有不同说法。汉代某些学者认为,周王朝派有专门的采诗人,到民间搜集歌谣,以了解政治和风俗的盛衰利弊;还有一种说法,认为这些民歌是由各国乐师搜集的。乐师是掌管音乐的官员和专家,他们以唱诗作曲为职业,搜集歌谣是为了丰富他们的唱词和乐调。诸侯之乐献给天子,这些民间歌谣便汇集到朝廷了。

《史记·孔子世家》说,《诗经》原来有三千多篇,经过孔子的删选,才成为后世所见的三百余篇的定本。这一记载遭到普遍的怀疑。《诗经》的编定,当在孔子出生以前,约公元前6世纪。只是到了孔子时代,《诗经》的音乐已发生散失错乱的现象,孔子对此做了改定工作，使之合于古乐的原状。《论语》记孔子说："吾自卫返鲁，然后乐正，雅颂各得其所。"他还用《诗经》教育学生，经常同他们讨论关于《诗经》的问题，并演奏成歌舞。这对《诗经》的流传起了重要作用。

《诗经》中的乐歌，原来的主要用途，一是作为各种庆典礼仪的一部分，二是娱乐，三是表达对于社会和政治问题的看法。但到后来，《诗经》成了贵族教育中普遍使用的文化教材，学习《诗经》成了贵族人士必需的文化素养。

秦代曾经焚毁包括《诗经》在内的所有儒家典籍，但由于《诗经》是易于记诵的、士人普遍熟悉的书，所以到汉代又得到流传。汉初传授《诗经》学的共有四家：齐之辕固，鲁之申培，燕之韩婴，赵之毛亨、毛苌，简称齐诗、鲁诗、韩诗、毛诗"四家诗"。齐、鲁、韩三家属今文经学，是官方承认的学派，毛诗属古文经学，是民间学派。但到了东汉以后，毛诗反而日渐兴盛，并为官方所承认；前三家则逐渐衰落，到南宋，就完全失传了。今天我们看到的《诗经》，就是毛诗的传本。

二、《诗经》的内容

《诗经》的内容十分广泛，深刻反映了殷周时期，尤其是西周初至春秋中叶社会生活的各个方面。

1. 祭祖颂歌和周族史诗

上古祭祀活动盛行，许多民族都产生了赞颂神灵、祖先，以及祈福禳灾的祭歌。保存在《大雅》和"三颂"中的祭祀诗，以祭祀神灵、歌颂祖先为主，或叙述部族发生、发展的历史，或赞颂先公先王的德业，总之是歌功颂德之作。如被认为是周族史诗的《生民》《公刘》《绵》《皇矣》《大明》五篇作品，赞颂了后稷、公刘、太王、王季、文王、武王的业绩，反映了西周开国的历史。如《生民》这样写后稷出生时的神奇经历：

厥初生民，时维姜嫄，生民如何？克禋克祀，以弗无子。履帝武敏歆，攸介攸止。载震载夙，载生载育，时维后稷。

诞弥厥月，先生如达，不坼不副，无菑无害，以赫厥灵。上帝不宁，不康禋祀，居然生子。

诞置之隘巷，牛羊腓字之。诞置之平林，会伐平林。诞置之寒冰，鸟覆翼之。鸟乃去矣，后稷呱矣。

姜嫄履帝迹生子的神话，实际上是只知有母而不知有父的母系社会的折射。后稷的诞生，充满神话色彩和人类童年的纯真气质。他是感天而生，一出世就经受了种种磨难。后五章写后稷懂得耕作，栽培五谷，在农业上取得很大成就，又创立了祀典。全诗不仅生动地写出了周人始祖后稷一生的事迹，而且反映了由母系社会进入父系社会的历史背景。其他祭祖颂歌，也从不同的侧面，反映了殷周时期的历史图景，以及人们敬天祭祖的宗教观念，是特定历史背景、哲学思想、伦理道德、美学观念的产物。

2. 农事诗

周初的统治者极为重视农业生产，一年的农事活动开始时，要举行隆重的祈谷、籍田典礼，祈求上帝赐予丰收，天子亲率诸侯、公卿大夫、农官到周天子的籍田中象征性犁地。秋天丰收后，还要举行隆重的汇报祭礼，答谢神灵的恩赐。《诗经》中的《臣工》《噫嘻》《丰年》《载芟》《良耜》等作品，就是耕种籍田、春夏祈谷、秋冬报祭时的祭祀乐歌。

《豳风·七月》是直接反映周人农业生产生活的作品，无论在内容上还是在艺术上，都是《诗经》农事诗中最优秀的作品。此诗是《风》中最长的一篇，共八章八十八句，三百八十字，叙述了农夫一年间的艰苦劳动过程和他们的生活情况。他们种田、养蚕、纺织、染缯、酿酒、打猎、凿冰、修筑宫室，而劳动成果大部分为贵族所占有，自己无衣无褐，吃苦菜，烧恶木，住陋室，严冬时节，填地洞，熏老鼠，塞窗隙，涂门缝，以御寒风。全诗以时令为序，顺应农事活动的季节性，把风俗景物和农夫生活结合起来，全面深刻、生动逼真地反映了西周农人的生活状况。

3. 宴飨诗

《诗经》中的宴飨诗，以君臣、亲朋欢聚宴享为主要内容，大多产生于西周初期，是周初社会繁荣、和谐、融洽的反映。如《小雅·鹿鸣》就是天子宴群臣嘉宾之诗，后来也被用于贵族宴会宾客。其第一章云：

呦呦鹿鸣，食野之苹。我有嘉宾，鼓瑟吹笙。吹笙鼓簧，承筐是将。人之好我，示我周行。

宴飨不是单纯为了享乐，而有政治目的。在这些宴饮中，发挥的是亲亲之道、宗法之义。《诗经》中许多其他题材的作品也都表现出浓厚的宗法观念和亲族间的脉脉温情。宴饮中的仪式，体现了礼的规则和人的内在道德风范。宴飨诗以文学的形式，表现了周代礼乐文化的一些侧面。

4. 怨刺诗

西周中叶以后，特别是西周末期，周室衰微，朝纲废弛，政治黑暗，社会动荡，大量反映丧乱、针砭时政的怨刺诗出现了。

怨刺诗主要保存在"二雅"和《国风》中，如《大雅》中的《民劳》《板》《荡》《桑柔》《瞻卬》，《小雅》中的《节南山》《正月》《十月之交》《雨无正》《小旻》《巧言》《巷伯》等等，反映了厉王、幽王时赋税苛重，政治黑暗腐朽，社会弊端丛生，民不聊生的现实。《国风》中的《魏风·伐檀》《魏风·硕鼠》《邶风·新台》《鄘风·墙有茨》《鄘风·相鼠》《齐风·南山》《陈风·株林》，或讽刺不劳而获、贪得无厌者，或揭露统治者的无耻与丑恶，辛辣的讽刺中寓有强烈的怨愤和不平。这些被后人称为"变风"、"变雅"的作品，是政治腐朽和社会黑暗的产物。

《魏风·硕鼠》则把统治者比作大老鼠，他们的贪婪使人民陷入绝境，为了摆脱这种绝境，人民不得不逃往他方。

硕鼠硕鼠,无食我黍!三岁贯女,莫我肯顾。逝将去女,适彼乐土。乐土乐土,爰得我所。

硕鼠硕鼠,无食我麦!三岁贯女,莫我肯德。逝将去女,适彼乐国。乐国乐国,爰得我直。

硕鼠硕鼠,无食我苗!三岁贯女,莫我肯劳。逝将去女,适彼乐郊。乐郊乐郊,谁之永号。

5. 战争徭役诗

《诗经》中的战争诗,有些从正面描写了天子、诸侯的武功,表现了强烈的自豪感,充满乐观精神,如《大雅》中的《江汉》《常武》,《小雅》中的《出车》《六月》《采芑》等。《诗经》战争诗中强调道德感化和军事力量的震慑,不具体写战场的厮杀、格斗,是我国古代崇德尚义,注重文德教化,使敌人不战而服的政治理想的体现,表现出与世界其他民族古代战争诗不同的风格。

周族创造的是农业文明,周人热爱和平稳定的农业生活环境。因此,更多的战争诗表现出对战争的厌倦和对和平的向往,充满忧伤的情绪。如《小雅·采薇》是出征玁狁的士兵在归途中所赋。诗人对侵犯者充满了愤怒,诗篇中洋溢着战胜侵犯者的激越情感,但同时又对久戍不归充满厌倦,对自身遭际无限哀伤。如末章云:

昔我往矣,杨柳依依。今我来思,雨雪霏霏。行道迟迟,载饥载渴,我心伤悲,莫知我哀。

《诗经》中的徭役诗,是表现对繁重徭役的愤慨和厌倦。如《唐风·鸨羽》第一章云:

肃肃鸨羽,集于苞栩。王事靡盬,不能蓻稷黍,父母何怙?悠悠苍天,曷其有所?

由于"王事靡盬",致使田园荒芜,人民不得耕作以奉养父母,怨恨之极而呼苍天,揭示出了繁重徭役给人民带来的苦难。

《诗经》中的战争徭役诗,不仅写战争和徭役的承担者征夫士卒的痛苦,还有以战争、徭役为背景,写夫妻离散的思妇哀歌。如《卫风·伯兮》,即写一位妇女由于思念远戍的丈夫而痛苦不堪。其第二章云:

自伯之东,首如飞蓬。岂无膏沐,谁适为容?

《王风·君子于役》也以思妇的口吻抒发了对役政的不满。

君子于役,不知其期,曷至哉?鸡栖于埘,日之夕矣,羊牛下来。

君子于役,如之何勿思!

君子于役,不日不月,曷其有佸?鸡栖于桀,日之夕矣,羊牛下括。

君子于役,苟无饥渴!

《诗经》战争徭役诗有丰富复杂的内容和情感取向,无论是颂记战功,叙写军威,还是征夫厌战,思妇闺怨,在后代诗歌史上都不乏回响。

6. 婚姻爱情诗

反映婚姻爱情生活的诗作,在《诗经》中占有很大比重,不仅数量多,而且内容十分丰富,既有反映男女相慕相恋、相思相爱的情歌,也有反映婚嫁场面、家庭生活等婚姻家庭诗,还有表现不幸婚姻给妇女带来痛苦的弃妇诗。这些作品主要集中在《国风》之中,是《诗经》最精彩动人的篇章。

《诗经》中的情诗,广泛反映了那个时代男女爱情生活的幸福欢乐和挫折痛苦,充满坦诚、真挚的情感。

关关雎鸠,在河之洲。窈窕淑女,君子好逑。
参差荇菜,左右流之。窈窕淑女,寤寐求之。
求之不得,寤寐思服。悠哉悠哉,辗转反侧。
参差荇菜,左右采之。窈窕淑女,琴瑟友之。
参差荇菜,左右芼之。窈窕淑女,钟鼓乐之。

(《诗经·周南·关雎》)《周南·关雎》就是写男子对女子的爱慕之情,前三章表现了一个贵族青年对淑女的追求和他"求之不得"的痛苦心情。末二章,想象若能和她在一起,将要"琴瑟友之""钟鼓乐之"。这种表现男女相互爱慕的诗,《诗经》中还有不少。

《邶风·静女》以情人幽会时的小小场面抒写了男女青年相爱恋的纯真感情,一对恋人约会时互相逗趣的情景跃然纸上。

静女其姝,俟我于城隅。爱而不见,搔首踟蹰。
静女其娈,贻我彤管。彤管有炜,说怿女美。
自牧归荑,洵美且异。匪女之为美,美人之贻。

《郑风·子衿》则写女子对男子的思念。

青青子衿,悠悠我心。纵我不往,子宁不嗣音?
青青子佩,悠悠我思。纵我不往,子宁不来?
挑兮达兮,在城阙兮。一日不见,如三月兮。

这个女子在城阙等待情人,终未见来,便独自踟蹰徘徊,"一日不见,如三月兮"的咏叹,把相思之苦表现得如怨如诉,深挚缠绵。

《诗经》中有些诗篇表现了对意中人可望而不可即的痛苦心理,又在爱而不可得、望不可即的悲凉意境中展现了人类对更广阔更完善境界的不懈追求的心态。《秦风·蒹葭》抒发了对意中人的憧憬、追求和失望、惆怅的心情。

蒹葭苍苍,白露为霜。所谓伊人,在水一方。溯洄从之,道阻且长;溯游从之,宛在水中央。
蒹葭凄凄,白露未晞。所谓伊人,在水之湄。溯洄从之,道阻且跻;溯游从之,宛在水中坻。
蒹葭采采,白露未已,所谓伊人,在水之涘。溯洄从之,道阻且右;溯游从之,宛在水中沚。

在《诗经》时代,男女爱情虽还不像后代那样深受封建礼教的压制束缚,但有时对婚姻自由的追求,也会受到父母和社会的干涉。

将仲子兮,无逾我里,无折我树杞。岂敢爱之?畏我父母。仲可怀也,父母之言,亦可畏也。
将仲子兮,无逾我墙,无折我树桑。岂敢爱之?畏我诸兄。仲可怀也,诸兄之言,亦可畏也。

将仲子兮,无逾我园,无折我树檀。岂敢爱之?畏人之多言。仲可怀也,人之多言,亦可畏也。

(《诗经·郑风·将仲子》)

《诗经》中反映结婚和夫妻家庭生活的诗,虽不如情诗丰富,但也很有特色,如《周南·桃夭》,诗人由柔嫩的桃枝、鲜艳耀眼的桃花,联想到新娘的年轻美貌,祝愿她出嫁后要善于处理与家人的关系。而《郑风·女曰鸡鸣》则写了一对夫妻之间美好和乐的生活。诗以温情脉脉的对话,写出这对夫妻互相警戒、互相尊重、互相体贴的感情,并相期以白头偕老的愿望。

总之,《诗经》的内容十分广泛丰富。它立足于社会现实生活,展开了当时政治状况、社会生活、风俗民情的形象画卷,不仅叙述了周代丰富多彩的社会生活、特殊的文化形态,而且揭示了周人的精神风貌和情感世界,可以说,《诗经》是我国最早的富于现实精神的诗歌,奠定了我国诗歌面向现实的传统。

三、《诗经》的艺术特点

《诗经》关注现实,抒发现实生活触发的真情实感,这种创作态度,使其具有强烈深厚的艺术魅力。无论是在形式体裁、语言技巧,还是在艺术形象和表现手法上,都显示出我国最早的诗歌作品在艺术上的巨大成就。

1. 赋、比、兴的手法

关于赋、比、兴的含义,历来说法众多。简言之,赋就是铺陈直叙,即诗人把思想感情及其有关的事物平铺直叙地表达出来。比就是比方,以彼物比此物,诗人有本事或情感,借一个事物来做比喻。兴则是触物兴词,客观事物触发了诗人的情感,引起诗人歌唱,所以大多在诗歌的发端。赋、比、兴和风、雅、颂,合称《诗经》"六义"。

赋、比、兴三种手法,在诗歌创作中,往往交相使用,共同创造诗歌的艺术形象,抒发诗人的情感。

赋,运用得十分广泛普遍,能够很好地叙述事物,抒发感情。如《七月》叙述农夫在一年十二个月中的生活就是用赋法。赋是一种基本的表现手法,赋中用比,或者起兴后再用赋,在《诗经》中是很常见的。赋可以叙事描写,也可以议论抒情,比兴都是为表达本事和抒发情感服务的,在赋、比、兴三者中,赋是基础。

比,运用也很广泛,比较好理解。其中整首都以拟物手法表达感情的比体诗,如《魏风·硕鼠》。而一首诗中部分运用比的手法,更是丰富多彩。《卫风·硕人》,描绘庄姜之美,用了一连串的比:"手如柔荑,肤如凝脂,领如蝤蛴,齿如瓠犀,螓首蛾眉。"以具体的动作和事物来比拟难言的情感和独具特征的事物,在《诗经》中也很常见。如"中心如醉""中心如噎"(《王风·黍离》),以"醉""噎"比喻难以形容的忧思。总之,《诗经》中大量用比，表明诗人具有丰富的联想和想象，能够以具体形象的诗歌语言来表达思想感情，再现异彩纷呈的物象。

兴，运用情况比较复杂。有的只是在开头起调节韵律、唤起情绪的作用，兴句与下文在内容上的联系并不明显。如《小雅·鸳鸯》："鸳鸯在梁，戢其左翼，君子万年，宜其遐福。"兴句和后面两句的祝福语，并无意义上的联系，是《诗经》兴句中较简单的一种。《诗经》中更多的兴句，与下文有着委婉隐约的内在联系，或烘托渲染环境气氛，或比附象征中心题旨，构成诗歌艺术境界不可缺少的部分。如《周南·桃夭》以"桃之夭夭，灼灼其华"起兴，茂盛的桃枝、艳丽的桃花和新娘的青春美貌、婚礼的热闹喜庆互相映衬。《诗经》中的兴，很多都是这种含有喻义、引起联想的画面。

比和兴都是以间接的形象表达感情的方式成后世往往比兴合称，用来指《诗经》中通过联想、想象寄寓思想感情于形象之中的创作手法。

《诗经》中赋、比、兴手法运用得最为熟的作品，已达到了情景交融、物我相谐的艺术境界，对后世诗歌意境的创造，有直接的启发。

2. 句式和章法

《诗经》的句式，以四言为主，四句独立成章，其间杂有二字至八字不等的句子。二节拍的四言句带有很强的节奏感，是构成《诗经》整齐韵律的基本单位。四字句节奏鲜明而略显短促，重章叠句和双声叠韵读来又显得回环往复，节奏舒卷徐缓。《诗经》重章叠句的复沓结构，不仅便于围绕同一旋律反复咏唱，而且在意义表达和修辞上，也具有很好的效果。

《诗经》中的重章，是整篇中同一诗章重叠，只变换少数几个词，来表现动作的进程或情感的变化。如《周南·芣苢》：

采采芣苢，薄言采之。采采芣苢，薄言有之。

采采芣苢，薄言掇之。采采芣苢，薄言捋之。

采采芣苢，薄言袺之。采采芣苢，薄言襭之。

三章里只换了六个动词，就描述了采芣苢的整个过程。除同一诗章重叠外，《诗经》中也有一篇之中有两种叠章的情况，如《郑风·丰》共四章，由两种叠章组成，前两章为一叠章，后两章为一叠章，或是一篇之中，既有重章，也有非重章，如《周南·卷耳》四章，首章不叠，后三章是重章。

《诗经》的叠句，是指在不同诗章里叠用相同或相近的诗句。如《豳风·东山》四章都用"我徂东山，慆慆不归。我来自东，零雨其濛"开头，《周南·汉广》三章都以"汉之广矣，不可泳思。江之永矣，不可方思"结尾。有的既是重章，又是叠句，如《召南有汜》。

《诗经》的叠字，又称为重言。"伐木丁丁，鸟鸣嘤嘤"（《小雅·伐木》），以"丁丁"、"嘤嘤"模仿伐木、鸟鸣之声。"昔我往矣，杨柳依依。今我来思，雨雪霏霏。"以"依依""霏霏"，状柳、雪之态。

《诗经》的双声,指两个声母相同的字连用。如"参差""踊跃""黾勉""栗烈"等等。

《诗经》的叠韵,指两个韵母相同的字连用。如"窈窕""差池""绸缪""栖迟"等等。

《诗经》中双声叠韵运用很多,使诗歌在演唱或吟咏时,章节舒缓悠扬,语言具有音乐美。

《诗经》的押韵方式多种多样,常见的是一章之中只用一个韵部,隔句押韵,韵脚在偶句上,这是我国后世诗歌中最常见的押韵方式。还有后世诗歌中不常见的句句用韵。《诗经》中也有不是一韵到底的,也有一诗之中换用两韵以上的,甚至还有极少数无韵之作。

3.《诗经》的语言

《诗经》的语言形象生动,丰富多彩,往往能"以少总多""情貌无遗"(《文心雕龙·物色》)。《诗经》的语言不仅具有音乐美,而且在表意和修辞上也具有很好的效果。《诗经》时代,汉语已有丰富的词汇和修辞手段,为诗人创作提供了很好的条件。

《诗经》中数量丰富的名词,显示出诗人对客观事物有充分的认识。《诗经》对动作描绘的具体准确,表明诗人具体细致的观察力和驾驭语言的能力。

后世常用的修辞手段在《诗经》中几乎都能找到。夸张如"谁谓河广,曾不容刀"(《卫风·河广》),对比如"女也不爽,士贰其行"(《卫风·氓》),对偶如"谷则异室,死则同穴"(《王风·大车》),等等,不一而足。

《雅》《颂》与《国风》在语言风格上有所不同。《雅》《颂》多数篇章运用严整的四言句,极少杂言,《国风》中杂言比较多;《大雅》和《颂》中重章叠句运用得比较少,《小雅》和《国风》中则比较多见;《雅》《颂》中语气词较少,《国风》中则较多;《雅》《颂》多为西周时期的作品,出自贵族之手,体现了"雅乐"的威仪典重,《国风》多为春秋时期的作品,有许多采自民间,更多地体现了新声的自由奔放,比较接近当时的口语。

四、《诗经》在文学史上的地位和影响

《诗经》在中国文学史上具有崇高的地位和深远的影响,奠定了我国诗歌的优良传统,哺育了一代又一代诗人,我国诗歌艺术的民族特色由此肇端而形成。

1. 抒情诗传统

《诗经》虽有少数叙事的史诗,但主要是抒情言志之作。《卫风·氓》这类偏于叙述的诗篇,其叙事也是为抒情服务的,而不能简单地称为叙事诗。《诗经》可以说主要是一部抒情诗集,在两千五百多年前产生了如此众多、水平如此之高的抒情诗篇,是世界各国文学中罕见的。从《诗经》开始,就显示出我国抒情诗特别发达的民族文学特色。从此以后,我国诗歌沿着《诗经》开辟的抒情言志的道路前进,抒情诗成为我国诗歌的主要形式。

2. 风雅与文学革新

《诗经》表现出的关注现实的热情、强烈的政治和道德意识、真诚积极的人生态度,

被后人概括为"风雅"精神，直接影响了后世诗人的创作。

《诗经》中以个人为主体的抒情发愤之作，为屈原所继承。"《国风》好色而不淫，《小雅》怨诽而不乱，若《离骚》者可谓兼之矣！"（《史记·屈原列传》）《离骚》及《九章》中忧愤深广的作品，兼具了《国风》、"二雅"的传统。汉乐府诗"缘事而发"的特点，建安诗人的慷慨之音，都是这种精神的直接继承。后世诗人往往倡导"风雅"精神，来进行文学革新。陈子昂感叹齐梁间"风雅不作"（《与东方左史虬修竹篇序》），他的诗歌革新主张，就是要以"风雅"广泛深刻的现实性和严肃崇高的思想性，以及质朴自然、刚健明朗的创作风格，来矫正诗坛长期流行的颓靡风气。不仅陈子昂，唐代的许多优秀诗人，都继承了"风雅"的优良传统。李白慨叹"大雅久不作，吾衰竟谁陈"（《古风》其一）；杜甫更是"别裁伪体亲风雅"（《戏为六绝句》其六），杜诗以其题材的广泛和反映社会现实的深刻而被称为"诗史"；白居易称张籍"风雅比兴外，未尝著空文"（《读张籍古乐府》），实际上，白居易和新乐府诸家所表现出的注重现实生活、干预政治的旨趣和关心人民疾苦的倾向，都是"风雅"精神的体现，而且这种精神在唐以后的诗歌创作中，从南宋陆游到清末黄遵宪，也代不乏人。

3. 比兴的垂范

如果说，"风雅"在思想内容上被后世诗人立为准的，比兴则在艺术表现手法上为后代作家提供了学习的典范。《诗经》所创立的比兴手法，经过后世发展，成了我国古代诗歌独有的民族文化传统。《诗经》中仅作为诗歌起头协调音韵，唤起情绪的兴，在后代诗歌中仍有表现。而大量存在的兼有比义的兴，更为后代诗人所广泛继承，比兴就成了一个固定的词，用来指诗歌的形象思维，或有所寄托的艺术表现形式。《诗经》中触物动情，运用形象思维的比兴，塑造鲜明的艺术形象，构成情景交融的艺术境界，对我国诗歌的发展具有重大的意义，由此而来的后世诗歌中的兴象、意境等，对我国诗歌的发展具有重大的意义。

《诗经》于比兴时有寄托，屈原在楚辞中，极大地发展了这种比兴寄托的表现手法。同时，《诗经》中不一定有寄托的比兴，在《诗经》被经学化后，往往被加以穿凿附会，作为政治说教的工具。因此，有时"比兴"和"风雅"一样，被用来作为提倡诗歌现实性、思想性的标的。而许多诗人，也紧承屈原香草美人的比兴手法，写了许多寓有兴寄的作品。比兴的运用，形成了我国古代诗歌含蓄蕴藉、韵味无穷的艺术特点。

此外，《诗经》对我国后世诗歌体裁结构、语言艺术等方面，也有深广的影响。曹操、嵇康、陶渊明等人的四言诗创作直接继承《诗经》的四言句式。同时，后世箴、铭、诵、赞等文体的四言句和辞赋、骈文以四六句为基本句式，也可以追溯到《诗经》。总之，《诗经》牢笼千载，衣被后世，不愧为中国古代诗歌的光辉起点。

第二节 《楚辞》与民间文学

楚辞，本义是指楚地的言辞，后来逐渐固定为两种含义：一是诗歌的体裁，一是诗歌总集的名称。从诗歌体裁来说，它是战国后期以屈原为代表的诗人，在楚国民歌基础上开创的一种新诗体。从总集名称来说，它是西汉刘向在前人基础上辑录的一部"楚辞"体的诗歌总集，收入战国楚人屈原、宋玉的作品以及汉代贾谊、淮南小山、东方朔、王褒、刘向诸人的仿骚作品。

楚辞的出现，在中国文学史上有着特殊的意义。它和《诗经》共同构成中国诗歌史的源头。南方楚国文化特殊的美学特质，以及屈原不同寻常的政治经历和卓异的个性品质，造就了光辉灿烂的楚辞文学，并使屈原成为中国文学史上第一位伟大的诗人。

一、楚辞产生的背景

战国时期，楚国在长江、汉水流域，一度领有"地方五千里"的广袤疆域，在这片土地上生活着以芈姓楚贵族为主的南方部落集团。芈姓贵族源于中原的祝融部落，他们在夏商时期往南方迁徙，周代初年，定居于"楚蛮"之地，都丹阳，一直被中原诸国以蛮夷视之。

楚贵族集团毕竟源于中原，楚和中原有着广泛的文化交流，所以，在政治思想方面，楚国和中原有很大的一致性，中原文化在楚国具有相当高的地位，中原儒家思想文化在很大程度上影响了楚国贵族的政治理想、历史观念和价值取向。

在习俗和审美趣味上，楚国则明显地表现出不同于中原文化的特点。楚国的文化崇尚巫风，自朝廷到民间，无处不在。巫文化对楚辞的影响是明显的。此外，楚地的民歌和保存于南方的上古神话也是影响楚辞的两大重要因素。楚辞的奇丽飘逸的浪漫色彩、深邃悲怆的美学特点、奇幻绚烂的表现形式等，都与上述三方面因素密切相关。

"楚辞"之名，始见于西汉武帝之时，这时"楚辞"已经成为一种专门的学问，与"六经"并列。宋黄伯思《离骚序》云：

屈宋诸骚，皆书楚语，作楚声，纪楚地，名楚物，故可谓之楚辞。

这就是说，"楚辞"是指以具有楚国地方特色的乐调、语言、名物而创作的诗赋，在形式上与北方诗歌有较明显的区别。西汉末年，刘向辑录屈原、宋玉等人的作品，编成《楚辞》一书。

楚国到战国中期已经成为当时领土最大的国家，有"横则秦帝，纵则楚王"之说。但到楚怀王、楚襄王时，楚国由盛而衰，不仅在外见欺于秦国，一再丧师割地，连楚怀王本人也被秦劫留而死。在楚国内部，政治越来越黑暗，贵族之间互相倾轧，奸佞专权，排斥贤能，楚国由此走向没落。屈原正是在这艰难的环境中显示了自己的崇高品质，创造了名垂千古的文学巨制。

二、屈原和《离骚》

1. 屈原

屈原，名平。先祖属楚国贵族。屈原曾任楚怀王左徒，他博闻强识，明于治乱，娴于辞令，入则与王图议国事，以出号令；出则接遇宾客，应对诸侯。对内主张举贤任能，对外主张联齐抗秦，深得楚怀王的信任。上官大夫靳尚出于妒忌，趁屈原为楚怀王拟订宪令之时，在怀王面前诬陷屈原，怀王于是怒而疏屈原。此后，楚国一再见欺于秦，屈原曾谏楚怀王杀张仪，又劝谏怀王不要往秦国和秦王相会，都没有被采纳。楚怀王死于秦后，顷襄王即位，屈原再次受到令尹子兰和上官大夫靳尚的谗害，被顷襄王放逐，终投汨罗而死。

屈原除了在郢都任职外，有两次流落在外的经历。一次是汉北，这是在屈原遭到楚怀王疏远之时，自己离开了郢都。另一次是在江南，历经长江、洞庭湖、沅水、湘水等处，这是屈原在顷襄王时的放逐之地。在长期的流放生活中，屈原积聚了深厚的悲痛和思念之情，并通过诗歌表达出来。可以说，他的大部分诗篇都与漂泊生涯有关。他的《九歌》《离骚》《天问》《招魂》《九章》等，都印记着他一生的心迹。

2.《离骚》

《离骚》是屈原的代表作，是带有自传性质的一首长篇抒情诗。全诗共三百七十三句，近两千五百字。"离骚"二字，有数种解释。司马迁认为是遭受忧患的意思；王逸解释为离别的忧愁。司马迁的说法更为可信。

《离骚》的写作年代，一般认为是楚怀王疏远屈原，屈原离开郢都往汉北之时。

《离骚》大致可分为前后两个部分。前一部分从开头到"岂余心之可惩"。首先自叙家世生平，认为自己出身高贵，又出生在一个美好的日子里，因此具有"内美"。他勤勉不懈地坚持自我修养，希望引导君王，兴盛宗国，实现"美政"理想，但"党人"的谗害和君王的多变使他蒙冤受屈。在理想和现实的尖锐冲突之下，屈原表示"虽体解吾犹未变兮，岂余心之可惩"，显示了坚贞的情操。后一部分极其幻漫诡奇，在向重华（舜）陈述心中愤懑之后，屈原开始"周流上下""浮游求女"，但这些行动都以不遂其愿而告终。这些象征性的行为显示了屈原在苦闷彷徨中不知该何去何从的艰难选择，突出了屈原对宗国的挚爱之情。

《离骚》的主旨是爱国和忠君。国君在一定程度上是国家的象征，而且只有通过国君才能实现自己的兴国理想。所以，屈原的忠君是他爱国思想的一部分。屈原的爱国之情，是和宗族感情连在一起的。如他对祖先的深情追认，就是一种宗族感情的流露。屈原的爱国感情更表现在对楚国现实的关切之上，从希望楚国富强出发，屈原反复劝诫楚王向先代的圣贤学习，吸取历代君王荒淫误国的教训，他对那些误国的奸佞小人充满了仇恨，对宗国命运充满了担忧，发展为一种严正的批判精神。

《离骚》表达了屈原的"美政"理想。首先，国君应该具有高尚的品德，才能享有国家。其次，应该选贤任能，罢黜奸佞。再次，修明法度也是其"美政"的内容之一。

《离骚》为我们塑造了一个坚贞高洁的抒情主人公的光辉形象。这主要是通过三组矛盾的叙写来展现的，这三组矛盾是：我与党人的矛盾、我与楚王的矛盾、我与自己的矛盾。屈原的形象在《离骚》中十分突出，他那傲岸高洁的人格、忧国忧民的情怀、对理想的执着追求和不屈的斗争精神，激励了后世无数的文人，并成为我们的民族精神的一个重要象征。

《离骚》"香草美人"的象征手法丰富了诗歌的比兴传统。《离骚》中运用最多的两类意象是香草和美人。美人，比喻君王，或是自喻。前者如"惟草木之零落兮，恐美人之迟暮"，后者如"众女嫉余之蛾眉兮，谣琢谓余以善淫"。香草，作为装饰，支持并丰富了美人意象。同时，香草意象作为一种独立的象征物，它一方面指品德和人格的高洁；另一方面和恶草相对，象征着政治斗争的双方。总之，《离骚》中的香草美人意象构成了一个复杂而巧妙的象征比喻系统，使得诗歌蕴藉而且生动。王逸说：

善鸟香草，以配忠贞；恶禽臭物，以比谗佞；灵修美人，以媲于君；宓妃佚女，以誓贤臣；虬龙鸾凤，以托君子；飘风云霓，以为小人。

（王逸《楚辞章句·离骚经序》）

《离骚》结构宏伟严密。在结构形式上，《离骚》抒情和叙事结合，幻想和现实交织，气势磅礴，浑然一体。

《离骚》的语言相对于《诗经》也有新的特点。《诗经》的形式是整齐、划一而典重的，而《离骚》则是一种新鲜自由、长短不一的"骚体"。屈原采用楚地方言，增强了诗歌的形象性和生动性，同时，对"兮"等语助词的多种方式的使用，促成了句式的变化，这些句式和委婉轻灵的楚声相结合，很适合各种不同情绪和语气的表达。

三、楚辞的流变与屈原的影响

屈原之后，还出现了一些深受屈原影响的楚辞作家。《史记·屈原贾生列传》云：

屈原既死之后，楚有宋玉、唐勒、景差之徒者，皆好辞而以赋见称；然皆祖屈原之从容辞令，终莫敢直谏。

唐勒、景差无作品流传下来，宋玉有作品传世。宋玉的生平与屈原有相似之处，据《汉书·艺文志》载有辞赋十六篇。现在可以基本认定为宋玉所做的有《九辩》《风赋》《高唐赋》《神女赋》《登徒子好色赋》《对楚王问》等。宋玉的辞赋是在屈原的直接影响下创作而成的，并在文辞等形式方面有所发展。它们是由楚辞而至汉大赋的一个过渡阶段。

屈原对后世有着积极而深远的影响，司马迁《史记·屈原贾生列传》对屈原的作品和人品给予了极高的评价：

其文约，其辞微，其志法，其行廉，其称文小而其指极大，举类迩而见义远。其志洁，故其称物芳。其行廉，故死而不容。自疏濯淖污泥之中，蝉蜕于浊秽，以浮游尘埃之外，不获世之滋垢，然泥而不滓者也。推此志也，虽与日月争光可也。

后世文人无不对屈原的作品推崇备至，如刘勰说"其衣被词人，非一代也"（《文心雕龙·辨骚》），李白诗云"屈平词赋悬日月，楚王台榭空山丘"（《江上吟》），杜甫诗云"窃攀屈宋宜方驾，恐与齐梁作后尘"（《戏为六绝句》其五），皆表达了对屈原作品的激赏和追慕之情。

屈原的人格对后世影响极大。屈原的遭遇是中国封建时代正直的文人士子的普遍经历，因此，屈原的精神能够得到广泛的认同。屈原以其卓越的人格力量和深沉悲壮的情怀，鼓舞并感召了后世无数的仁人志士。这是屈原及其辞赋对民族精神的重大贡献。

第四节 《左传》与民间文学

一、《左传》其书

《左传》，西汉人称为《左氏春秋》，或《春秋古文》。司马迁《史记·十二诸侯年表序》：是以孔子明王道，千七十余君莫能用，故西观周室，论史记旧闻，兴于鲁而次《春秋》……鲁君子左丘明，惧弟子人人异端，各安其意，失其真，故因孔子史记具论其语，成《左氏春秋》。

后来班固赞同司马迁的说法，在《汉书·艺文志》中援用了此说。《汉书·艺文志》基本上源于刘向、刘歆父子的《七略》，由此可知，刘向、刘歆父子也是持此看法的。唐代以后开始有人怀疑左丘明作《左传》，清代刘逢禄和康有为等人甚至认为是刘歆据《国语》伪造，殊为无据，已为众多学者如章太炎等人所驳斥。不过，正如许多先秦典籍一样，由于时代的变迁，聚散无常，加之古代长期转写流传及印刷条件之不备，以手抄写，难免后人增损窜入，甚至发现与原书抵牾矛盾之处。所以持怀疑论者虽提出了一些证据，然终因文献不足征，难以使人信服。

《左传》与《春秋》的关系，也是争议多年的问题。集中到一点，即《左传》是否为《春秋》作"传"。司马迁、班固、杜预、孔颖达等人都认为《左传》为解释《春秋》而作。但是，因为又存在许多"有经无传"和"有传无经"的现象，以及经、传思想观点相对立的地方，遂使许多学者反对《左传》为"传"经之作，认为《左传》为一部独立的史书，与《春秋》不存在依附的关系。对此，杨伯峻先生曾从五个方面就《左传》与《春秋》

的关系加以说明,可以帮助我们了解《左传》与《春秋》之间实际存在的差异与内在关系。此外,徐复观亦总结了《左传》"以义传经"和"以史传经"的两大形式,"而左氏所兼用的以史传经的方法,则除了含有历史哲学的意味外,更重要的成就,是集古代千百年各国史学之大成的史学"。应该说,《左传》与《春秋》是存在密切联系的。不过,也有的学者取折中之说,认为《左传》是一部以《春秋》为纲,并仿照它的体例编成的编年史。

二、《左传》的时代特征

一部《左传》,是风雷激荡的春秋时代生动的历史记录。《左传》记事,也仿《春秋》按鲁国十二公时间次第编年,自鲁隐公元年(前722年)始,延续到鲁哀公二十七年(前463年)止,其后还附记鲁悼公四年(前463年)三家灭智伯之事。《左传》一书,鲜明地体现出春秋这一大变革时代的激荡澎湃的时代精神。

春秋时期,上承夏、商、西周的大一统王朝,下启列国并立、群雄争霸的局面。它既宣告了一个旧的社会制度的消逝,又预示着一个新的社会制度的诞生。这一时期,大批农奴摆脱了原有的井田制奴隶制度的束缚,获得了人身自由而成为自耕农。经济基础的急剧变化带来了上层建筑的剧烈动荡。随着各诸侯国经济实力的增强,原为天下共主的周天子地位遇到了挑战,丧失了对诸侯国的控制能力。《左传》记载的郑庄公,是第一个发难者,他不但敢于胁迫周平王用王子狐与郑太子忽交质,而且还在繻葛与周王军队打了一仗,"射王中肩",完全不顾及周王天子的尊严。后来晋文公当上霸主,也不可一世地召周王赴践土之盟,周王朝的地位,已等同诸侯了。对于这种王纲解体、礼崩乐坏的局面,孔子曾慨叹说:"天下有道,则礼乐征伐自天子出;天下无道,则礼乐征伐自诸侯出。自诸侯出,盖十世希不失矣;自大夫出,五世希不失矣;陪臣执国命,三世希不失矣。"(《论语·季氏》)从"礼乐征伐自天子出"到"自诸侯出",再到"陪臣执国命",是旧政权结构改变的三个阶段。《左传》真实地记载了这个变化。以《左传》的记载来划分,从隐、桓二公到庄、闵时期,是王权衰落、诸侯雄起,礼乐征伐自诸侯出的时代;从僖公到襄公时期,新的政治制度逐渐确定,世卿执政的情况在各国已非常普遍,是所谓"礼乐征伐自大夫出"的时期;昭公以降,"陪臣执国命",一批有才干有心计的家臣支配了各诸侯国的政事。此时,权力的下移已成为不可逆转的一股潮流。礼乐征伐制度的变更,君臣礼数的僭越,宣告了一个生机盎然的新时代的来临。

与王权衰落同时而兴的,是各诸侯国之间为争夺霸主地位而展开的剧烈斗争。《左传》生动地展现了这一壮阔的历史画卷。自春秋初期郑庄公小霸叱咤于诸侯之间以后,争霸战争狼烟四起,烽火连天。齐桓公九合诸侯,晋文公策命为侯伯,秦霸西戎,楚霸诸蛮,争霸战争,旷日持久。《左传》对争霸战争的描写,最为出色,诸侯虎争,霸权迭兴纷纭复杂,波谲云诡,宛如一幅波澜壮阔的战争风云录。

春秋时期,又是一个思想大解放的时代。百家争鸣的出现宣告了个冲破传统思维定式的思想解放运动的兴起。由于生产力的发展，人们征服和控制自然的能力得到增强，人的创造精神和独立意识也获得进一步的发展。当时一些进步思想家从现实生活经验之中，已经意识到宗教迷信思想的虚幻，要求人们摆脱宗教迷信，否定"天命"观念对人的价值的抹杀，反对以"天命"观念来解释自然现象和社会秩序。《左传》详细地反映了这一时期人们对天、神、人关系的新认识，反映了在思想观念大变革的背景之中，反对天道，重视人道，要求提高人的地位和价值的新思潮的出现，表现出对传统思想的大胆的否定。

第三章　秦汉民间文学及作家

第一节　秦汉民间文学概况

一、秦代文学与李斯

秦代统治时期较短，除吕不韦和李斯以外，几乎没有作家，《文心雕龙》说"秦世不文"，不无道理。鲁迅也说："秦之文章，李斯一人而已"。

李斯（约前284—前208），名斯，字通右。战国末年楚国上蔡（今河南上蔡西南）人。秦代著名的政治家、文学家和书法家。早年为郡小吏，后从荀子学帝王之术，学成入秦。初到秦国时，被吕不韦任用为郎。后劝说秦王灭诸侯、成帝业，被任为长史。秦王用其计，遣谋士持金玉游说关东六国，离间各国君臣，又任其为客卿。秦王嬴政十年（前237），下令驱逐来自六国的客卿。李斯上《谏逐客书》阻止，被秦王所采纳，不久升为廷尉。李斯在秦王嬴政灭六国的事业中起了较大作用。秦统一天下后，他与王绾等议定尊秦王嬴政为皇帝，并制定有关的礼仪制度，不久被任为丞相。他反对分封制，坚持郡县制；又主张焚烧民间收藏的《诗》《书》等百家语，禁止私学，以加强中央集权的统治。他还参与制定了法律，统一文字与度量衡制度等。秦始皇死后，李斯与赵高合谋，伪造遗诏，迫令始皇长子扶苏自杀，后又逼死大将蒙恬，立秦始皇之少子胡亥为二世皇帝。李斯后来为赵高所忌，于秦二世二年（前208）被腰斩，并夷三族。

李斯的《谏逐客书》写于秦王嬴政十年（前237），李斯被逐客之路上。文章感情强烈，洋洋洒洒，纵横驰骋，颇有战国纵横家的文风。

作者先谈历史，以穆公、孝公、惠王、昭王四位国君召士纳贤为例，强调重用客卿对于秦国强大所起的重要作用：

臣闻吏议逐客，窃以为过矣。昔穆公求士，西取由余于戎，东得百里奚于宛，迎蹇叔于宋，求丕豹、公孙支于晋。此五子者，不产于秦，而穆公用之，并国二十，遂霸西戎。孝公用商鞅之法，移风易俗，民以殷盛，国以富强，百姓乐用，诸侯亲服，获楚魏之师，举地千里，至今治强。惠王用张仪之计，拔三川之地，西并巴蜀，北收上郡，南取汉中。

包九夷，制鄢郢，东据成皋之险，割膏腴之壤，遂散六国之从，使之西面事秦，功施到今。昭王得范雎，废穰侯，逐华阳，强公室，杜私门，蚕食诸侯，使秦成帝业。此四君者，皆以客之功。由此观之，客何负于秦哉！向使四君却客而不内，疏士而不用，是使国无富利之实，而秦无强大之名也。……

接着再谈现实，作者列举秦王的爱好，诸如昆山之玉，随和之宝，明月之珠，以及所佩太阿剑，所乘之纤离之马等等，都是来自诸侯各国。文章最后写道："夫物不产于秦，可宝者多；士不产于秦，而愿忠者众。今逐客以资敌国，损民以益雠，内自虚而外树怨于诸侯，求国无危，不可得也。"秦王读了李斯这一奏章，取消了逐客令。由此可见，李斯的《谏逐客书》一文具有极强的说服力。

二、汉代文学总论

两汉前后共四百多年。天下一统，人才辈出，文化融合。汉武帝时，罢黜百家、独尊儒术，汉代文学又形成经学文风，汉儒解释诗歌不免穿凿附会。文学创作出现赋体文学的兴盛，为汉代文学一大特色。东汉时期经学又走向神学，文人的社会地位和心理都有很大的变化，清议之风由此形成。汉末文人诗歌取得较高成就，汉代乐府民歌继承《诗经》以来现实主义传统，对以后的诗歌创作产生了积极的影响。

（一）散文创作

贾谊是西汉时期最著名的散文作家，后文将专章介绍。贾谊之后，最有成就的散文家要数晁错了。晁错（前200—前154），颍川（今河南禹县）人，西汉初期著名的政论家。他很得当时的太子刘启（后来的汉景帝）的赏识，被称为"智囊"。后吴楚七国之乱，晁错被腰斩于东市。《汉书·艺文志》著录文章31篇，今存8篇，多载其对策文章。最著名的是《论贵粟疏》《守边劝农疏》和《言兵事疏》。代表作《论贵粟疏》令人信服的是对汉初生产力和农民状况的分析，在此基础上，它提出纳粟拜爵除罪的重农政策，企图通过该项政策的实施，以达到劝课农耕、充实国力、加强边防、轻徭薄赋的目的。这一思想为汉武帝所采纳，成为西汉帝国的强国之本。此外，汉初还有藩国侍臣之文，主要有枚乘《上书谏吴王》、邹阳《狱中上梁王书》等。

董仲舒（前179—前104），广川（今河北枣强）人，汉景帝时的博士，以治《春秋》学闻名于世。班固《汉书》载其文《天人三策》和《春秋繁露》。前者当为汉武帝时所作的策论；后者为说经之体，解释春秋笔法和微言大义，同为今文经学奠基之作。这一时期散文还有司马迁《报任安书》和桓宽《盐铁论》等。前者是司马迁一篇抒情散文，后者有关经济政策的散文著作。

值得一提的汉代散文家还有刘安。刘安（前179—前122），汉高祖之孙，汉武帝的叔父，袭封淮南王，后作乱，事败被杀。编著《淮南子》二十一篇，又称《淮南鸿烈》，"兼儒墨，合名法"，以道家为主，兼采各家，保存了大量神话传说、寓言故事，《汉书·艺文志》将其列为杂家。代表性的作品如：

近塞上之人，有善术者，马无故亡而入胡。人皆吊之，其父曰："此何遽不为福乎？"居数日，其马将胡骏马而归。人皆贺之，其父曰："此何遽不为祸乎？"家富良马，其子好骑，堕而折其髀。人皆吊之，其父曰："此何遽不为福乎？"居一年，胡人大入塞，丁壮者引弦而战。近塞之人，死者十九。此独以跛之故，父子相保。（《淮南子·人间训》）

《淮南子》的作者自认为此书包含广大而光明的通理，可出于诸子百家之上，为汉代治国法典，实际是以道家思想为主而杂以孔、墨、申、韩之说，是汉初黄老思想的继续。东汉高诱说此书："其旨近老子，淡泊无为，蹈虚守静，出入经道。"所论大体不差。

作为一部理论著作，《淮南子》的论说博奥深宏，无所不包，有一套完整的思想体系。但它并非一部抽象论道之书，其重点乃在于"纪纲道德，经纬人事"（《淮南子·要略》），处处紧密关合着现实。多用历史、神话、传说、故事来说理，具有很强的文学色彩。如《原道训》开篇即言："夫道者，覆天载地，廓四方，柝八极，高不可际，深不可测。包裹天地，禀授无形。"以下就扩展开来，上天下地，多方形容，极力描述"道"之所以为"道"；其间又广引禹、舜、共工、越王翳、蘧伯玉等历史传说和神话故事，说明这些人何以失道而亡，得道而昌。再如《览冥训》一篇，前后共引用了"师旷奏白雪之音"、"庶女叫天"、"武王伐纣"、"鲁阳挥戈止日"、"雍门子见孟尝君"、"黄帝治天下"、"女娲补天"、"羿请不死之药"等十几个神话、传说和历史故事，来说明览观幽冥变化的道理，文风新异瑰奇。刘熙载说："《淮南子》连类喻义，本诸《易》与《庄子》，而奇伟宏富，又能自用其才，虽使与先秦诸子同时，亦足成一家之作。"行文多形容铺张，繁富有序，颇重语言的修饰和整饬。大量排比式的句子，与陆贾、贾谊等人的文章共开后世骈文之先河。如《要略》一篇，在这方面就极有特色。

汉元帝以后，汉朝进入更化时期。这时期重要散文作家有刘向、刘歆父子，扬雄，桓谭，王充等。刘向（前77—前6），又名刘更生，字子政，西汉经学家、目录学家、文学家。沛县（今属江苏）人。楚元王刘交四世孙，宣帝时为谏议大夫。元帝时两度入狱，成帝即位后，得进用，任光禄大夫，改名为刘向。曾奉命领校秘书，所撰《别录》，为我国最早的图书公类目录。治学勤奋，著述丰富，今存《新序》《说苑》《列女传》等故事书，整理许多先秦典籍。其《谏营起昌陵书》批评汉成帝大造陵墓，简直是对皇帝的讨伐檄文。刘歆（前53—23），字子骏，刘向子。所作《移让太常博士书》是汉代第一篇反对"今学"而复"古学"的文章。与其父共同完成的《七略》，为我国第一部目录学专著，今佚。

扬雄（前53—18），字子云，成都人。博览群书，口吃不能畅谈。一生淡泊功名，好古而乐道，极慕司马相如，作赋模拟之，后期则不好辞赋。散文作品很多，主要作品有《解嘲》等，模拟《论语》作《法言》，模拟《周易》作《太玄》。桓谭（前23—56），字君山，沛国相（今属安徽）人。有《新论》29篇，已经亡佚，清代有辑本传世。王充（27—97），字仲任，会稽（今浙江绍兴）人。有重要著作《论衡》84篇，是一部令人耳目一新的散文集，表现在疾虚妄、求真美；息华文、求实诚；文章求明白晓畅；有感情和讲求个性；厚今薄古，坚持创新，提倡为当代服务等。

汉和帝永元元年（公元89）至建安帝二十五年（220）为汉代大一统衰落时期，两个时期各有一位著名的社会批判家——王符和仲长统。王符（85—162），字节信，安定（今属甘肃省）人。有《潜夫论》36篇传世，对社会弊端的批判尤为激烈。仲长统（180—220），字公理，山阳（今属山东）人。有《昌言》，已经亡佚，有清人辑本。其中有许多揭露黑暗现实，抨击外戚宦官之祸文字。

东汉的历史散文以《吴越春秋》最为著名，另一历史散文《越绝书》的许多内容和《吴越春秋》相同，二者可以相互印证。区别在于，《越绝书》各篇之间不是连贯的故事，而是独立成篇的，显得比较松散。除讲述历史故事外，中间还有地理、占气等方面的专章，给人以驳杂之感。《吴越春秋》和《越绝书》都以吴越争霸为主要线索，又都是出自吴越文士之手，因此，它们都具有鲜明的吴越文化的特点。

（二）赋体文学

汉代立国之后，社会由战乱转为安定，文化事业和文学艺术再度繁荣。汉代君臣多为楚地人，他们在将自己的喜怒哀乐之情和审美感受付诸文学时，便自觉不自觉地采用了《楚辞》所代表的文学样式，从而创造出汉代独具风貌的文体——汉赋。

"赋"既有"敷陈其事而直言之"的意思，又有"不歌而诵为之赋"的含义。既指表现手法上的敷陈，又具有说唱文学性质的一种文体。"汉赋"的来源主要有《诗经》、楚辞、诸子、《战国策》等。大体可分为三个发展阶段：汉初骚体赋，代表作家是贾谊；汉代散体大赋，代表作家是司马相如、班固和张衡；汉末抒情小赋，代表作家是蔡邕等。

王褒、扬雄是咏物赋代表作家。王褒生逢宣帝倡导文学之时。《洞箫赋》是西汉文坛具有"辩丽可喜""虞说耳目"特点的代表性作品，它以善于描摹物态在文学史上占有一席之地。这篇赋既表现出作者对洞箫艺术有较深的感受，在文学创作方面也取得了不同凡响的成就，它直接启迪了东汉一些以乐器、音乐为题材的作品的产生，并以穷变于声貌的成就影响了后世赏心悦目作品的发展。扬雄是学者而兼赋家的代表，他早年喜好辞赋，特别敬佩司马相如的文学成就，每作赋，常以相如为楷模。晚年则对赋，和司马相如乃于文学取否定的态度。扬雄创作的赋，以《甘泉赋》《羽猎赋》最著名，具有较强的针对性。扬雄的赋驰骋想象，铺排夸饰，表现出汉赋的基本特征，同时又有典丽深湛，词语蕴藉的特点。

班固、张衡是京都大赋代表作家。以都洛、都雍（即长安）为题材的作品，规模宏大、别具特色、成就突出、影响最大的，当首推班固的《两都赋》，它开创了京都大赋的范例。作品虚拟"西都宾""东都主人"两个人物，通过他们的谈话构成过渡；同时，两个人物分别代表都雍、都洛两种不同的态度，而在宾主的设定之间，作者的立场已明晰可辨。在以京都为题材的作品中，具有一定的成就并在赋史上占有一席之地的还有张衡的《二京赋》。张衡是东汉中期著名的科学家和文学家，他见天下承平日久，自王侯以下莫不逾侈，乃拟班固《两都赋》创作了《二京赋》。《二京赋》在结构谋篇方面完全模仿《两都赋》,以规模宏大被称为京都赋之极轨,紧随班固之后。

以赋抒情是汉代作家对屈原艺术创作的直接继承,自汉代初叶,就不断地有作家将其愤懑、感伤诉诸赋中。只是在西汉时,以司马相如、扬雄为代表的铺陈之作成为赋的正宗,而抒情赋则如涓涓细流,贾谊的《吊屈原赋》、司马相如的《长门赋》、司马迁的《悲士不遇赋》等,前启后继、不绝如缕。东汉时期,由于政治文化以及其他方面条件的变化,士人处于外戚、宦官争权夺势的夹缝中,志向、才能不得施展,愤懑郁结,便纷纷以赋宣泄其胸中不平。于是,这涓涓细流逐渐汹涌奔腾起来,蔚为大观。东汉抒情赋主要有纪行赋和述志赋两类。

所谓纪行赋,就是通过记叙旅途所见而抒发自己的感慨。纪行赋以纪行为线索,兼有抒情述怀,写景叙事,一般篇幅不太长。东汉纪行赋的代表作家是蔡邕的《述行赋》。他对朝政废坏、朝中大臣互相倾轧,深致不满,对自己被牵连进政治漩涡耿耿于怀。这篇赋感情痛切沉重,幽思婉转。赋的前半篇为吊古,后半篇为伤今。全篇以秋天的淫雨作为衬托,气氛悲凉沉重。

所谓述志赋,是指赋作者在社会动乱、宦海沉浮中用以宣寄情志的作品。为述志赋注入巨大活力的当属张衡。张衡的《归田赋》篇幅短小,语言清新自然。与作品所展现的环境、心情浑然一体。成为文学史上第一篇描写田园隐居乐趣的作品,也是汉代第一篇比较成熟的骈体赋。

东汉末年,赵壹创作的述志赋别具特色,代表性的作品是《刺世疾邪赋》。作者把压抑在胸中的郁闷和不平化为激切的言词,公诸世人。他用简练的笔把那个污浊的社会现实勾勒出来。"宁饥寒于尧舜之荒岁兮,不饱暖于当今之丰年",此赋在抒发自己感情时直率猛烈,痛快淋漓,对时政揭露批判的深度和力度都是空前的,有似一篇笔锋犀利的讨伐檄文。

(三)汉代乐府民歌

"乐府"一词,在古代具有多种涵义。最初是指主管音乐的官府机构。汉代人把乐府配乐演唱的诗称为"歌诗",这种"歌诗"在魏晋以后也称为"乐府"。同时,魏晋六朝文人用乐府旧题写作的诗,也一概称为"乐府"。继而在唐代出现了不用乐府旧题而只是仿照乐府诗的某种特点写作的诗,被称为"新乐府"。宋元以后,"乐府"又被用作词、曲的别称。

乐府在秦代已有,汉代乐府的具体任务包括制定乐谱、训练乐工、搜集民歌及制作歌辞等。所用的音乐,主要也是来自民间,也有一部分是来自西域的音乐。

在《汉书·艺文志》列出西汉所采集的138首民歌所属地域,其范围遍及全国各地。但这些乐府民歌流传下来的不多,一般认为现存五、六十首汉代乐府民歌,大都是东汉乐府机构所采集的。这些作品基本上都被收入了宋代郭茂倩所编的《乐府诗集》,郭茂倩将自汉至唐的乐府诗分为12类,其中包含有汉乐府的为郊庙歌辞、鼓吹曲辞、相和歌辞、杂曲歌辞四类。"郊庙歌辞"一类中都是由文人制作的朝廷典礼乐章,民歌则主要保存在"相和歌辞""鼓吹曲辞""杂曲歌辞"三类之中。

汉代乐府民歌的思想艺术可以概括为一下几个方面:

第一,汉乐府民歌具有浓厚的生活气息。在汉代文人文学中,散文、辞赋都不涉及社会下层的生活;《史记》也只是记述了社会中下层的某些特殊人物的经历。汉代以前,只有《诗经》中的"国风"部分与汉乐府民歌较为相近。因此,具有生活气息的汉乐府民歌的出现意义重大,代表性的作品如《妇病行》《东门行》《白头吟》等。

第二,汉乐府民歌奠定了中国古代叙事诗的基础。中国诗歌一开始抒情诗就占有绝对优势。《诗经》中仅有少数几篇不成熟的叙事作品,楚辞也以抒情为主。汉乐府民歌虽不足以改变抒情诗占主流的局面,但却宣告叙事诗的正式成立。如《东门行》只是写了丈夫拔剑欲行、妻子苦苦相劝的场面,但诗歌背后的内容却是很丰富的,他如《上山采蘼芜》《十五从军征》在这方面更为突出。

第三,汉乐府民歌表现了激烈直露的思想感情。《诗经》的情感特征是有所抑制而趋于平和含蕴,即所谓"温柔敦厚";屈原的作品情感是相当激烈的,但作为一个失败的政治人物的抒情,又有其特殊性。汉乐府民歌无论表现战争、表现爱情,乃至表现乡愁,都尽量地释放情感。如《战城南》描述战争的惨烈,《上邪》更是直露地表达爱情的誓言。

第四,汉乐府民歌有些作品表现了对生命短促、人生无常的悲哀。汉代两首流行的丧歌《薤露》《蒿里》就是这样的作品:薤上露,何易晞!露晞明朝更复落,人死一去何时归!蒿里谁家地?聚敛魂魄无贤愚。鬼伯一何相催促,人命不得少踟蹰!

前一首感叹生命就像草上的露水很快就晒干一样短暂,却又不像露水又会重新降落;后一首感叹在死神的催促下,无论贤者、愚者,都不能稍有停留,都成了草中枯骨。生命的短促,是人类永远无法克服的事实,同样从这种伤感出发,人们又表现出不同的人生态度,如《长歌行》则强调了努力奋发的内涵。

第五,汉乐府民歌采用杂言体和五言体。杂言体诗在《诗经》中已有,如《七月》《伐檀》等。楚辞中的多数作品大体上以五、六、七言句为主。汉乐府民歌的杂言体诗完全是自由灵活的,一篇之中从一、二字到十来字的都有。

西汉的乐府民歌几乎都是杂言,只有少数如《江南》《十五从军征》等也有人认为是西汉的作品。到了东汉以后,乐府民歌中整齐的五言诗越来越多,艺术上也越来越提高。当然,上述语言技巧相当高的民歌,也难以排斥经过文人修饰甚或出于文人之手的可能。

乐府诗的代表作是《陌上桑》和《孔雀东南飞》。《陌上桑》属说唱形式,它通过对罗敷拒绝太守调戏的故事,歌颂她坚贞的品质和不慕权势、敢于反抗的精神,鞭挞了上层人物的荒淫,表达了劳动人民维护自己爱情与家庭生活的凛然正气。全诗充分利用戏剧性冲突,运用夸张、铺陈、虚构等浪漫主义手法,成功地塑造了罗敷这一典型形象,具有很强的喜剧效果。《孔雀东南飞》是一篇震撼人心的悲剧。徐陵编入《玉台新咏》时名《古诗为焦仲卿妻作》，是中国古代最长的民间叙事诗，对后世文学产生了极大的影响。

（四）汉代文人诗

在汉代文人文学中一向并不显得重要的诗歌创作，到了东汉中后期，由于乐府民歌的长期影响与时代、生活的需要，开始出现初步兴盛的局面。尤其是五言诗，以《古诗十九首》为代表，已经达到相当高的水平。

在抒情表现方面，东汉中后期的文人诗广泛地歌咏了夫妇或恋人相思离别之情、朋友之情、游子思乡之情，尤其是对于生命短促的感伤和紧紧抓住这短暂人生的欲望，既反映出时代的生活气氛，也开拓了中国古典诗的题材。

这时期的庙堂诗歌和四言歌诗无甚特色，楚歌诗有相传刘邦和项羽分别作的《大风歌》和《垓下歌》，以及汉武帝刘彻作有《秋风辞》。五言诗则有西汉成帝时期宫中妃嫔班婕妤的《怨歌行》，是一首写得相当出色的咏物言情诗歌。

此外，东汉文学家班固作的五言《咏史》诗颇有特色，是现存的第一首文人五言诗。此外，张衡的《同声歌》、秦嘉的《赠妇诗》等也是早期文人五言诗。辛延年的《羽林郎》、宋子侯的《董娇娆》则根据民间歌谣改写而成。

以上是汉代文人五言诗。汉代文人七言诗主要在东汉，《古文苑》所载班固的《竹扇赋》，由二句一转韵的十二句七言句构成，可以视为一首完整的准七言诗。作为东汉中期最杰出的诗人，张衡则写出了中国诗歌史上现存第一首独立的完整七言诗——《四愁诗》，在文学史上意义重大。

第二节　司马迁与民间文学

司马迁，字子长，生于夏阳龙门（今陕西韩城）。司马迁的父亲司马谈，曾任太史令，是一位刻苦勤奋的学者，他的《论六家要旨》一文，分析了先秦到汉初六个主要学术流派的得失，精辟深刻，切中肯綮。司马谈在学术观点上的兼容并包而又崇尚道家的倾向，对司马迁有直接影响。

司马迁在史官家庭中长大，受到良好的文化熏陶，他还转益多师，向儒学大师孔安国学习古文《尚书》，向董仲舒学习公羊派《春秋》。后来担任太史令，他又利用工作上的方便，翻阅由国家收藏的各种文献资料。司马迁在阅读文献的过程中主动和古人沟通，读其书，识其人，做到知人论世。他不止一次地废书而叹，并且产生了为书的作者立传的冲动。

司马迁在二十岁时有过漫游的经历，到过许多地方。漫游过程中凭吊文物古迹，听异闻逸事，流露出对传统文化极其深厚的感情。长途漫游使司马迁搜集了许多新鲜的材料，接触到各个阶层的人物，直接感受到各地民风习俗的差异，加深了对某些历史记载的理解，也为《史记》的写作拓展了视野,积累了素材。

元封元年(公元前110年),汉武帝前往泰山举行封禅大典,任太史令的司马谈因病滞留洛阳,无法参加。这时,刚刚出使西南返回的司马迁匆匆赶到洛阳,接受了父亲的临终嘱托。司马谈固然对于无缘参加封禅大典而无比遗憾,更使他抱恨终生的还是未能完成修订史书一事。于是,他把希望寄托在儿子身上,勉励他完成自己未竟的事业。他拉着司马迁的手泣不成声,殷切地说道:"余死,汝必为太史。为太史,无忘吾所欲论著矣。"(《太史公自序》)司马迁在与父亲生死诀别之际接受了修史的嘱托。

三年后,司马迁继任太史令。太初元年(公元前104年),他在参与制定太初历以后,就开始了《太史公书》即《史记》的写作。但是,事出意外,天汉三年(公元前98年),李陵战败投降匈奴,司马迁因向汉武帝解释事情原委而被捕入狱,并被处以宫刑。出狱后,司马迁任中书令,他忍辱含垢,继续写作《史诏》。至征和二年(公元前91年),他在写给任安的信中称《史记》的写作已经基本完成。从太初元年(公元前104年)开始写作算起,前后经历了十四年。司马迁大约死于武帝末年,即公元前87年前后。

一开始司马迁修史,为的是给西汉及前代历史作总结,颂扬圣君贤臣的德行功绩,是润色鸿业的自觉行动。经历李陵之祸以后,他的修史动机也有所调整充实,不再把修史仅仅看作对以往历史的总结、对西汉盛世的歌赞,而是和自己的身世之叹联系在一起,融入了较重的怨刺成分,许多人物传记都寓含着作者的寄托,磊落而多感慨。司马迁修史过程中前后心态的巨大变化,赋予《史记》这部书丰富的内涵,它既是一部通史,又是作者带着肉体和心灵创伤所作的倾诉。

《史记》全书由十二本纪、十表、八书、三十世家、七十列传共五部分组成,记述了上自黄帝、下至西汉武帝时代三千年的兴衰历史。鲁迅称它是"史家之绝唱,无韵之离骚"(《汉文学史纲要》)。

《史记》是我国纪传体史学的奠基之作,同时也是我国传记文学的开端和高峰。中国古代史传文学在先秦时期就已经初具规模,记言为《尚书》,记事为《春秋》,其后又有编年体的《左传》和国别体的《国语》《战国策》。但是,以人物为中心的纪传体史学著作,却是司马迁的首创。

《史记》是传记文学名著,但它具有诗的意蕴和魅力。《史记》指次古今,出入风骚,对《诗经》和《楚辞》均有继承,同时,战国散文那种酣畅淋漓的风格也为《史记》所借鉴,充分体现了大一统王朝中各种文学传统的融汇。

《史记》的影响是极其深远的,它为后代文学的发展提供了丰富的营养和强大的动力。

司马迁作为伟大的历史学家和文学家,在《史记》一书中大力弘扬人文精神,为后代作家树立了一面光辉的旗帜。《史记》所渗透的人文精神是多方面的,主要有:以立德、立功、立言为宗旨以求青史留名的积极入世精神;忍辱含垢、历尽艰辛而百折不挠、自强不息的坚毅精神;舍生取义、赴汤蹈火的勇于牺牲精神;批判暴政酷刑、呼唤世间真情的人道主义精神;立志高远、义不受辱的人格自尊精神。《史记》中一系列血肉丰满的人物形象，从不同侧面集中体现了上述精神，许多人物成为后代作家仰慕和思索的对象，给他们以鼓舞和启迪。

《史记》是传记文学的典范，也是唐代散文的楷模，它的写作技巧、文章风格、语言特点，无不令后代散文家景仰追慕。从唐宋古文八大家，到明代前后七子、清代的桐城派，都对《史记》推崇备至，他们的文章也深受司马迁的影响。《史记》在语言上平易简洁而又富有表现力，多是单行奇字，不刻意追求对仗工稳，亦不避讳重复用字，形式自由，不拘一格。正因为如此，历史上的古文家在批评骈俪文的形式主义倾向和纠正艰涩古奥文风时，都要标举《史记》，把它视为古文的典范。

《史记》的许多传记情节曲折，人物形象栩栩如生，为后世小说创作积累了宝贵的经验。小说塑造人物形象的许多基本手法在《史记》中都已经开始运用，如：使用符合人物身份、性格的语言，通过具体事件或生活琐事显示人物性格，把人物置于矛盾冲突中加以表现。从唐传奇到明清小说，在人物塑造、情节安排、场面描写等方面都可以见到《史记》的痕迹。

《史记》的许多故事在古代广为流传，成为后代小说戏剧的取材对象。元代出现的列国故事平话，明代出现的《列国志传》，以及流传至今的《东周列国志》，所叙人物和故事有相当一部分取自《史记》。《史记》的许多人物故事相继被写入戏剧，搬上舞台，据傅惜华《元代杂剧全目》所载，取材于《史记》的剧目就有一百八十多种。后来的京剧也有不少剧目取材于《史记》。总之，《史记》成为中国古代小说、戏剧的材料宝库，它作为高品位的艺术矿藏得到了反复开发和利用。

第三节 班固与民间文学

一、班 固

班固(32—92)，字孟坚，扶风安陵(今陕西咸阳市东)人。父班彪，是当时著名学者，"才高而好述作"，尤"专心史籍之间"。因看到司马迁《史记》只写到武帝太初年间，而后之继作又"多鄙俗，不足以踵继其书"，于是"继采前史遗事，傍贯异闻，作后传数十篇"(《后汉书·班彪列传》)。这为后来班固创造《汉书》奠定了基础。班固在乃父的熏陶下，自幼聪敏好学，"年九岁，能属文诵诗赋，16岁入太学，博览群书，所学无常师，不为章句，举大义而已。性宽和容众，不以才能高人，诸儒以此慕之"(《后汉书·班固传》)。20岁时，班固继承父业，在家撰修《汉书》，被控告私改国史而入狱。出狱后为兰台令史，奉诏继撰《汉书》。后随窦宪出征匈奴，窦宪得罪被杀，班固亦被诬下狱而死。《汉书》基本完成，余下一部分表、志，由其妹班昭等人续写完成。

《汉书》体例，大致沿用《史记》，但也有所发展，它改"书"为"志"，取消"世家"，合入"列传"。不仅如此，《汉书》在内容上与《史记》也多有重复。《史记》记事上起黄帝轩辕之时，下至汉武帝太初年间；《汉书》记事上起汉高祖元年，下至王莽地皇四年。其中，从高祖元年至武帝太初年间的史实与《史记》相重合。刘知几比较二书说："逮《史》《汉》继作，踵武相承。王充著书，既甲班而乙马；张辅持论，又劣固而优迁。然此二书，虽互有修短，递闻得失，而大抵同风，可为连类。"（《史通·鉴识》）所谓"同风""连类"，就是在史学上与文学上肯定了

　　《汉书》是一部直追《史记》的史著。但是，二书毕竟产生于不同历史时期，它们在思想倾向、史料的选择剪裁、艺术特征上又显示了明显的差异。因此，以《史记》为参照系，或许更有利于考察《汉书》的特点与价值。

　　《汉书》与《史记》相比，大汉王朝正统思想更为鲜明。同样是《高帝本纪》，《史记》太史公曰："三王之道若循环，终而复始。周秦之间，可谓文敝矣。秦政不改，反酷刑法，岂不缪乎？故汉兴，承敝易变，使人不倦，得天统矣。"（《高祖本纪》）体现了司马迁"通古今之变"的思想；《汉书》论赞则说："汉承尧运，德祚已盛，断蛇著符，旗帜上赤，协于火德，自然之应，得天统矣。"展示了班固依附谶纬神学迷信的汉王朝大一统思想。

　　《汉书》的此种思想，与班固的写作动机是紧密联系的。班固极不满意司马迁把汉高祖以后几位帝王"编于百王之末，厕于秦项之列"（《汉书·司马迁传》）的做法，立志要"探纂前记，缀辑所闻，以述《汉书》"（《汉书·叙传》），明确地表达了尊显汉室的写作动机。当然，《史记》和《汉书》，一为通史，一为断代史，二者在次序安排上有体例的不同。而且，尽管班固也强调通变古今，但尊显汉室之意却比《史记》强烈得多。他在明帝指责司马迁"微文刺讥，贬损当世，非谊士"，称赞司马相如"颂述功德"时，回答说："臣固被学最旧，受恩浸深，诚思毕力竭情，昊天罔极。"（班固《典引》）表达了效忠汉室，尊皇颂德的意愿。

　　因此，《汉书》体现出来的汉王朝大一统思想，就不足为怪了。更进一步考察，班固的写作动机，是由他所处的时代现实与文化思潮所决定的。《汉书》的写作，开始于汉明帝永平元年，到章帝建初七年基本完成。这一时期，是东汉王朝的鼎盛期，封建统治相对稳定。但是，西汉末年的大乱记忆犹新，统治阶级面临的矛盾并未减少，统治集团内部也存在激烈的矛盾斗争，所以，稳定秩序，巩固封建统治，仍然是首要任务。班固之家，世受汉室之恩，其曾祖之妹是成帝宠姬，班家素有外戚之称，是当时的名门显贵，因此，班固自觉担负起维护汉朝的时代使命。《汉书》展示的汉王朝大一统思想，正是这种时代的需要。

　　此外，这个时期，儒学已经与谶纬之学、阴阳五行学说结合起来，巩固了它的统治地位，各种异端思想毫无立足之地。班固之父班彪的《王命论》，正是这种思想的重要代表。班固就是在尊儒之风达到顶峰时，成为《白虎通义》的最后编定者。这件事，对《汉书》的影响是可以想见的，安作璋在《班固与〈汉书〉》一文中指出："《白虎通义》一书，究

竟是经过班固整理加工的,从其剪裁取舍之际,字里行间亦未尝不可窥见班固思想梗概……我们只要把《白虎通义》与《汉书》略加对照,就可以明显地看出班固的《汉书》确实贯彻了《白虎通义》的思想。"因此,上文提到的班固宣扬大汉王朝正统思想所依附的神学迷信,正是东汉时期与谶纬之学、阴阳五行学说结合起来的儒学的直接产物,这是班固尊显汉室的有力武器。

因此,我们认为,《汉书》是以尊显汉室、维护汉王朝大一统格局为旨归的,是以巩固汉代的统治需要为基本价值标准来观照和表现历史事件与历史人物的,这必然影响了它对历史人物的评价与对历史题材的选择与剪裁,从而决定了它的文学价值与史学价值。

二、《汉书》的文学成就

《汉书》的文学价值首先在于对西汉盛世各类人物的生动记叙。《史记》所写的秦汉之际的杰出人物是在天下未定的形势下云蒸龙变,建功立业,从而涌现出的一批草莽英雄,其中最引人注目的是战将和谋士。《汉书》所写的西汉盛世人物则不同,他们是在四海已定、天下一统的环境中成长起来的,其中固然不乏武将和谋士,但更多的是法律之士和经师儒生。西汉盛世的法律经术文学之士的阅历虽然缺少传奇色彩,但许多人的遭遇却是富有戏剧性的。他们有的起于刍牧,有的擢于奴仆,但通过贤良文学对策等途径平步青云,扶摇直上,其中有许多异闻逸事。

第四节 汉赋与民间文学

一、汉赋的缘起

任何文学的产生都不是偶然的,它与当时社会背景之间是有紧密联系的。由先秦到汉代,文学的形成与演变已经发展到一个新的阶段,不论其本身还是政治、经济等因素来看,都在迫使汉代文学形成自己独树一帜的风格,由此,我们就不难理解汉赋兴盛的缘由。

(一)文学本身的演进

《诗》大序说:"一曰风,二曰赋,三曰比,四曰兴,五曰雅,六曰颂。"[①] 赋作为六艺之一,原本是属于诗的范畴。屈原虽然被后世称为赋体文学的鼻祖,但他的作品却没有直接用赋来定名,在形式方面也仍然明显体现诗歌的风格。中国文学发展到荀子,才有正式以赋做篇名的记载。这时的赋,不论就其体制还是内容,都逐渐发展成为一种独立而重要的文体。秦代由于推行文字统一,淘汰怪异方言,全国通行简化后的文字,这虽然对

---

① 程俊英,蒋见元.诗经注析[M].北京:中华书局,1991.

知识的保存与传播很有助益,但也导致文学和语言分化,贵族化的赋体文学便应运而生。《文心雕龙》说:"汉初词人,顺流而作:陆贾扣其端,贾谊振其绪,枚马播其风,王扬骋其势,皋朔已下,品物毕图。繁积于宣时,校阅于成世,进御之赋,千有余首,讨其源流,信兴楚而盛汉矣",又说:"枚乘菟园,举要以会新;相如上林,繁类以成艳;贾谊鹏鸟,致辨于情理;子渊洞箫,穷变于声貌;孟坚两都,明绚以雅赡;张衡二京,迅发以宏富;子云甘泉,构深玮之风;延寿灵光,含飞动之势……"① 由此可见,当时贵族宫廷文学是汉代文学发展的主流,它只服务于上层社会,多为统治阶级歌功颂德。顾炎武说道:"《三百篇》之不能不降而楚辞,楚辞之不能降为汉赋者,势也",② 这也是赋体演化的必然趋势和过程。

(二)时代环境的影响

除了汉赋本身的演化,社会环境的影响也不容忽视。

首先,汉代继秦得天下之后,鉴于秦朝的暴政,统治者在政治上面崇尚清简,经济上轻徭薄赋。《史记·平准书》:"太仓之粟,陈陈相因,充溢露积于外,至腐败不可食。"③ 可见汉代国富民安。在经济繁荣、人民富足的基础上,山川之祭、宫殿之建也接踵而来,由此才能产生杨雄、班固、张衡等人以描写汉代帝国物质文明和贵族宫廷生活为主的赋体文章。

其次,据《汉书·礼乐志》记载:"高祖乐楚声,其房中乐为楚声",④ 从高祖的《大风歌》可以看出是受楚地文学的影响。到汉文帝、汉景帝时期,封国郡王如淮南王刘安、吴王刘濞、梁孝王刘武等喜好文学,武帝受他们的影响,也喜欢艺文,他曾读了司马相如的《子虚赋》而任命他为郎官,可见,汉代帝王对赋体文学的爱好以及当时文人雅士的倍受邀宠。

再次,由于汉代帝王本身的喜好,因此大多重用文人,《汉书·儒林传》说:"自武帝立五经博士,百有余年,大师众至千余人,盖利禄之路然也"。⑤ 司马相如、东方朔、枚皋都是以辞赋得官的。汉宣帝时期王褒、张子侨,汉成帝时期的扬雄,汉章帝时期的崔骃,汉和帝时期的李尤等人,也都以辞赋入仕。这种君王提倡于上、群臣鼎沸于下的结果也助推了汉赋的兴盛。班固《两都赋·序》说:

"至于武、宣之世,乃崇礼官,考文章。内设金马、石渠之署,外兴乐府、协律之事,以兴废继绝,润色鸿业。是以众庶悦豫,福应尤盛,白麟、赤雁、芝房、宝鼎之歌,荐于郊庙。神雀、五凤、甘露、黄龙之瑞,以为年纪。故言语侍从之臣,若司马相如、虞丘寿王、东方朔、枚皋、王褒、刘向之属,朝夕论思,日月献纳。而公卿大臣御史大夫倪宽、太常孔臧、大中大夫董仲舒、宗正刘德、太子太傅萧望之等,时时间作。或以抒下情而通<u>讽喻</u>或以宣上德而尽忠孝,雍容揄扬,著于后嗣,抑亦《雅》《颂》之亚也,故孝成之世,

---

① 刘勰. 文心雕龙·诠赋 [M]. 北京:中华书局,2012.
② 顾炎武. 陈垣. 日知录校注:卷二十一 [A]. 诗体代降 [C]. 合肥:安徽大学出版社,2013.
③ 司马迁. 史记·平准书 [M]. 上海:上海古籍出版社,2011.
④ 班固. 曾宪礼. 汉书·礼乐志 [M]. 长沙:岳麓书社,2008.
⑤ 班固. 曾宪礼. 汉书·礼乐志 [M]. 长沙:岳麓书社,2008.

论而录之。盖奏御者千有余篇。"①

在当时以赋取士制度下，文人雅士认为有利可图，都视之为仕宦之路的终南捷径，如此一来笔墨文章自然盛行一时，汉代赋体文章发展到此时达到了鼎盛。

二、汉赋的特点与代表作品

汉代的赋体文章无论是体制结构还是内容表达都发展到了一个比较完备的阶段，较之前的文学而言其本身的特点主要有以下几个方面：

第一，汉赋形体近似于散文。赋原先是古诗六艺的一种，借诗表达。后来通过不断地发展演变，诗的范围扩大，篇幅加长，逐渐与散文融合在一起而构成了新体诗。汉代的赋结构上以散文形式表达，内容上多偏重歌功颂德，在这种情形下抒情浪漫主义成分减少，如果将其与楚辞相比，两者还是存在明显差异的。

第二，内容表达多空洞且不切实际。汉代赋家大都受到当时社会环境的影响，加上钻研六书训诂风气极盛，为了迎合君王的喜好，只得在辞藻上多下功夫，这样一来文辞虽然华丽，但却失掉了根本内容，舍本逐末。

虽然汉代赋体文章流于形式，但这一时期也不乏脍炙人口的佳作。例如，贾谊的《鹏鸟赋》、枚乘的《七发》、司马相如的《子虚赋》《上林赋》、王褒的《洞箫赋》，这些文章或咏物抒情，或说明事理。其中，王褒的《洞箫赋》中骈偶句运用非常多，开启了后代骈文学先锋，部分原文如下：

"原夫箫干之所生兮，于江南之丘墟。洞条畅而罕节兮，标敷纷以扶疏。徒观其旁山侧兮，则岖嵚岿崎，倚巇迤，诚可悲乎其不安也。弥望傥莽，联延旷荡，又足乐乎其敞闲也。托身躯于后土兮，经万载而不迁。吸至精之滋熙兮，禀苍色之润坚。感阴阳之变化兮，附性命乎皇天。翔风萧萧而径其末兮，回江流川而溉其山。扬素波而挥连珠兮，声磕磕而澍渊。

朝露清泠而陨其侧兮，玉液浸润而承其根。孤雌寡鹤，娱优乎其下兮，春禽群嬉，翱翔乎其颠。秋蜩不食，抱朴而长吟兮，玄猿悲啸，搜索乎其间。处幽隐而奥屏兮，密漠泊以猿。惟详察其素体兮，宜清静而弗喧。幸得谥为洞箫兮，蒙圣主之渥恩。可谓惠而不费兮，因天性之自然……"②

自《洞箫赋》以后，创作咏物赋的风气才真正兴盛起来，它在整个汉赋流变过程中来说都产生了相当大的影响，可以说它开创了一个新的赋体文学创作风格。

三、汉末赋体文学的转变

东汉中后期是赋体文学发展的转变期。从和帝到献帝共一百三十年间，宦官外戚相互争斗，贵族奢侈成风，民生凋敝。受大环境的影响，汉赋在此时也出现转变，一洗之前大赋<u>繁重凝滞、虚夸堆砌</u>的形式，转为文句平淡清丽、结构短小灵活的小赋。如张衡的《归

---

① 班固.两都赋·序[A].全后汉文[C].北京：商务印书馆，1999.
② 章沧授，等.古文鉴赏辞典（上册）[M].上海：上海辞书出版社，1997.

田赋》：

"游都邑以永久，无明略以佐时；徒临川以羡鱼，俟河清乎未期。感蔡子之慷慨，从唐生以决疑。谅天道之微昧，追渔父以同嬉；超埃尘以遐逝，与世事乎长辞。

于是仲春令月，时和气清。原隰郁茂，百草滋荣。王雎鼓翼，鸧鹒哀鸣；交颈颉颃，关关嘤嘤。于焉逍遥，聊以娱情。

尔乃龙吟方泽，虎啸山丘。仰飞纤缴，俯钓长流；触矢而毙，贪饵吞钩；落云间之逸禽，悬渊沉之鲨鳎。

于时曜灵俄景，系以望舒。极般游之至乐，虽日夕而忘劬。感老氏之遗诫，将回驾乎蓬庐。弹五弦之妙指，咏周孔之图书；挥翰墨以奋藻，陈三皇之轨模。苟纵心于物外，安知荣辱之所如？"①

《归田赋》是东汉辞赋家张衡的代表作之一。它主要描绘了田园山林那种和谐欢快、神和气清的景色，反映了作者畅游山林、悠闲自得的心情，又颇含自戒之意，表达了作者道家思想的超脱精神，这是这一时期是描写田园隐居的代表作品。

另外，这一时期也出现一些针砭时弊、借古讽今的赋体文章，如赵壹的《刺世疾邪赋》：

"伊五帝之不同礼，三王亦又不同乐。数极自然变化，非是故相反驳。德政不能救世溷乱，赏罚岂足惩时清浊？春秋时祸败之始，战国逾复增其荼毒。秦汉无以相逾越，乃更加其怨酷。宁计生民之命？唯利己而自足。

于兹迄今，情伪万方。佞谄日炽，刚克消亡。舐痔结驷，正色徒行。妪媮名势，抚拍豪强。偃蹇反俗，立致咎殃。捷慑逐物，日富月昌。浑然同惑，孰温孰凉？邪夫显进，直士幽藏。

原斯瘼之所兴，实执政之匪贤。女谒掩其视听兮，近习秉其威权。所好则钻皮出其毛羽，所恶则洗垢求其瘢痕。虽欲竭诚而尽忠，路绝险而靡缘。九重既不可启，又群吠之狺狺。安危亡于旦夕，肆嗜欲于目前。奚异涉海之失舵，积薪而待燃？荣纳由于闪榆，孰知辨其蚩妍？故法禁屈挠于势族，恩泽不逮于单门。宁饥寒于尧舜之荒岁兮，不饱暖于当今之丰年。乘理虽死而非亡，违义虽生而匪存。

有秦客者，乃为诗曰：河清不可俟，人命不可延。顺风激靡草，富贵者称贤。文籍虽满腹，不如一囊钱。伊优北堂上，抗脏倚门边。

鲁生闻此辞，系而作歌曰：势家多所宜，咳唾自成珠；被褐怀金玉，兰蕙化为刍。贤者虽独悟，所困在群愚。且各守尔分，勿复空驰驱。哀哉复哀哉，此是命矣夫！"②

这是一篇讽刺不合理的世事，憎恨社会上邪恶势力的作品，龚克昌先生评价此赋：此赋艺术上的独特之处是篇幅短小，感情喷发，铺陈夸饰之风尽弃，从而使赋风为之一变。铺陈叙事的汉大赋，从此以后就渐渐为抒情小赋所代替。③可见，在汉末文坛，小赋迅速发展起来，取代僵化的大赋占据了文坛的主体地位。

两汉之后，文学思潮随着社会的变动而发生了转变，到魏晋南北朝，赋体文学已不再

---

① 陈宏天.昭明文选译注[M].长春：吉林文史出版社，2007.
② 严可均.全上古三代秦汉三国六朝文[M].上海：上海古籍出版社，2001.
③ 龚克昌.汉赋研究[M].济南：山东文艺出版社，1990.

是主流，六朝的古诗和唐宋的新体诗开始兴盛，再加上玄学清谈的影响，文学写作的题材范围扩大，思想内容上也突破传统观念的束缚，而此时文学作品也以表达真实的个性与生活为主，相继出现阮籍、陶潜等一批新的文学代表人物。

从上述秦代文学到汉代文学发展演变的过程来看，当一种旧的文学在发展的同时也孕育着一种新的文学，新事物的产生不可能完全抛弃旧事物而突出。[①] 就秦代文学与汉赋的发展演变来说，除了自身的演化，它们更多的是与社会发展紧密相连的，如果我们能够把握这些文学演化的过程和趋势，就不难了解秦汉文学的发展与流变，也为我们当下文学艺术的发展提供借鉴。

四、汉代诗歌

辞赋虽是汉代文学的主流，但它们却只表现了汉帝国的财富与威权，君主贵族的好尚，以及高级文士们的学识辞章。在那些作品里，缺少了民众的情感与社会民生的状态。因此，我们从那些文字里，只能看见汉帝国的表面，无从了解当日全社会全民众的生活面貌与心理情况。我们想知道当日的社会，不得不求之于汉代的诗歌。这里所讲的汉代的诗歌，并不是那些君主皇妃贵族文士的拟古式的作品，而是那些乐府中收集的民歌和那些无名作家的古诗。他们的诗的形式是新创的，文字是质朴的，题材都是普遍平凡的人事现象，使我们现在读了，对于当日民众的欢哀苦乐，还能亲切地体会与共鸣。这些作品，比起那些华丽虚夸的辞赋来，却是最有价值的表现人生的社会文学。

两汉的有名诗人是寂寞的。他们偶尔做几首诗，也无不是模拟《诗经》《楚辞》形式，既无新创之点，内容也是空洞无物，毫无特色。我试举几首作例。

大孝备矣，休德昭明。高张四悬，乐充宫庭。芬树羽林，云景杳冥。金支秀华，庶旋翠旌。

（唐山夫人《房中歌》）

肃肃我祖，国自豕韦。黼衣朱绂，四牡龙旗。彤弓斯征，抚宁遐荒。总齐群邦，以翼大商。

（韦孟《讽谏》）

这种诗不过是模拟《雅》《颂》，没有一点新的生命。再如司马相如的《封禅颂》，东方朔的《诫子》，张衡的《怨篇》，傅毅的《迪志》，宋穆的《绝交》，仲长统的《述志》，都是《诗经》的模拟。其中较好者，是仲长统的《述志》，然而他已经是到了天下大乱、道家思想兴起的建安时代了。

比模拟《诗经》的作品较有生趣的，是《楚辞》式的诗歌。

大风起兮云飞扬，威加海内兮归故乡，安得猛士兮守四方！

（汉高祖《大风歌》）

是耶非耶？立而望之，偏何姗姗其来迟！

（汉武帝《李夫人歌》）

径万里兮渡沙漠，为君将兮奋匈奴。路穷绝兮矢刃摧，士众灭兮名已隤。老母已死，

[①] 丁玲.汉代赋颂关系析论[J].哈尔滨学院学报，2014，（11）.

虽欲报恩将安归。

（李陵《别歌》）

秋素景兮泛洪波，挥纤手兮折芰荷。凉风凄凄扬棹歌，云出开曙月低河，万岁为乐岂云多。

（汉昭帝《淋池歌》）

陟彼北芒兮，噫。顾瞻帝京兮，噫。宫阙崔巍兮，噫。民之劬劳兮，噫。辽辽未央兮，噫。

（梁鸿《五噫歌》）

这些诗全是《楚辞》的嫡派，文字虽清丽可喜，但是毕竟带了浓厚的贵族文士的个人气息，不能与表现社会生活的平民文学同列。在这些作家里，武帝的文学天才是较高的。他还有《瓠子歌》《秋风辞》等篇，也都是这一类的作品。

我们如果把这些君主皇妃高级文士的诗篇作为汉诗的代表，篇目内容，自然都是非常贫弱的。好在汉代的文人在那里埋头作赋的时候，却有许多无名的作家，在那里作诗，由这些群众诗人的作品，在汉代的诗史上，填满了那空白的一页。因他们的努力，由酝酿而达到一种新诗体的形成。这种新诗体成立以后，在中国的诗史上开辟了一个新局面，于是《诗经》与《楚辞》，在形式上同中国的诗歌便宣告了独立。他们从前在诗歌中所保持的那种偶像尊严的地位，也由这些无名氏的群众诗人的作品取而代之了。后代诗人拟古之作，也都以这些作品为对象了。于是这一群无名英雄的作品，成了我国诗歌的正统，古诗的典型，建立了一直到现在还没有动摇的地位。

第四章 魏晋南北朝民间文学及作家

第一节 魏晋南北朝民间文学概况

　　从东汉政权崩溃到隋统一，前后历时约400年。这一时期，统治阶级内部矛盾异常尖锐，社会处于动荡不安和长期分裂之中。

　　东汉后期，宦官、外戚相互争权夺利，朝政极端腐败。剧烈的土地兼并，更把广大农民推向饥饿流亡的绝境。中平元年，农民起义虽然被地主武装镇压下去了，代之而起的是在镇压农民起义中扩张了势力的各地军阀拥兵割据，使社会经济遭到严重的破坏。汉末社会的动乱，使名、法等各家思想得到发展，使文人的思想获得了某种程度的解放，他们大胆而真切地反映当时的社会生活魏国的统治者曹操父子不仅自己酷爱诗章，还聚集了建安七子、蔡邕等一大批文人。他们诗歌中的很多篇章能深刻地反映汉末社会动乱的现实，他们的作品，悲凉慷慨，后人称之为"建安风骨"。"建安风骨"是指充实的内容、真实的感情的语言风格。建安诗人掀起了第一个文人诗歌创作的高潮。完整的七言诗也产生于这一时期。使历来作家都把"建安"看作是中国古代文学发展的黄金时代。

　　正始时期，曹氏统治集团日趋衰落，为了扫除篡魏的障碍，司马氏父子用血腥的手段杀戮异己，致使"天下名士少有全者"。崇尚虚无、不问世务和行为放诞逐渐成为士风。"竹林七贤"主要作家是阮籍和嵇康。他们的创作代之而起的是对恐怖政治的揭露，反映在诗风上，则表现出虚玄的倾向，为了全身避祸，诗风常趋向隐晦曲折。

　　泰始元年司马炎篡魏立晋，西晋统一之初，曾出现过短暂的繁荣。但没过多久，晋武帝司马炎死去，司马衷继位，拥有武装的诸侯王争权互攻，外族统治者趁机入侵中原，西晋王朝覆亡。建武元年司马睿建立东晋王朝。这时，各种社会矛盾仍在激化，战乱和政变时有发生。

　　文学发展到两晋时代，发生了明显的转变：文人大多没有继承"建安风骨"的传统，其创作缺乏感人的力量；特别注意追求形式的华美，文学的审美性有了自觉认识。东晋100多年间，在文坛占统治地位的是玄言诗，这是一种以阐释老庄和佛教哲理为主要内容的诗歌，脱离现实，但对后来山水田园诗的出现，起到了推动作用。陶渊明的出现才给东晋文学带来了新鲜的内容。

东晋之后，南方经历了宋、齐、梁、陈四个朝代，南方较北方安定，社会经济有了较大发展。但南朝基本上仍是两晋士族社会的继续。南朝的帝王和士族过着安逸享乐的生活，他们大多爱好文学创作。南朝君主对文学的爱好与提倡，使文学与史学、哲学有了明确的分工，也使单纯追求形式华美的风气盛行起来。

文学在晋、宋之际发生了很大变化，就是山水诗的兴起和玄言诗的消歇。谢灵运把自然界的美景引进诗歌，提高诗歌的表现技巧，描写逼真的山水诗，给诗坛带来了新鲜的气息。

后来南朝宋诗坛上又出现了鲍照。他创造性地运用七言和杂言诗体，改进了七言诗的用韵方式，为七言歌行开拓了宽广的道路。

齐代永明年间，声律说大盛，中国诗歌发生了重要的变化。沈约提出了"四声八病"说。这确是中国诗歌史上的一个创举。结合声律的运用，创造了"永明体"新诗，标志着中国诗歌从比较自由的古体将走向格律严整的近体。

梁、陈时代，绮靡浮艳的诗风更炽，宫体诗盛行，主要描写女色，内容狭窄，但某些作品仍有一定的艺术性。

北方先后建立了十六个政权，史称"十六国"。魏太武帝拓跋焘统一北方，中国北方的经济与文化才得到恢复与发展。开皇元年，杨坚篡夺北周政权，建立隋朝。分裂了200多年的南北方才重新归于统一。

五胡十六国时期，很少有文学作品流传下来。北魏统一后，逐渐出现了一些作家。庾信的诗风从绮艳转为刚健。表现了南北诗风融合的趋势，受到唐代诗人的高度重视。

南北朝乐府民歌是又一座高峰。南北长期对峙，南北民歌呈现出迥然不同的风貌。南朝民歌几乎全是情歌，表现了人民对爱情生活的热烈追求。它们体裁短小，风格婉转柔美。数量上虽然北朝民歌不及南朝，但突出地表现了北方民族尚武的精神面貌。

小说的发展可以溯源到古代的神话和历史传说。战国时期，民间就有信巫的习俗。秦汉神仙之说盛行。东汉传入佛教。汉末创立道教。魏晋时期社会形成了喜谈鬼神的社会风气，产生了许多志怪小说。魏晋文人又喜欢清谈玄理，品评人物的风气极盛。一些人物的逸闻琐事被记录下来，就产生了轶事小说。刘义庆的《世说新语》是轶事小说最重要的代表作，反映了汉末至东晋士族阶级的精神面貌。虽然只是文人的随笔杂记，但其中也不乏完整的故事与精彩的描写。它标志着中国小说成熟阶段是在它的基础上发展起来的。

魏晋以后的赋，有了许多新的特点。汉赋对话体形式不再被普遍采用，体制上也以短赋为主，抒情成分明显地增加了，大大地提高了赋的艺术感染力。由于受骈体文的影响，赋也完全骈偶化了。除了小说与历史等学术著作外，骈体文几乎占有了一切文学领域。骈文与骈赋讲究对偶、声律和用典，艺术上很有特色。骈文与骈赋作品大多内容贫乏，过分注重形式美而流于浮艳纤弱。

魏代的散文，逐渐向清峻通脱的方向发展。晋代的散文，清新隽爽，反映了当时士大夫超脱现实的作风。晋末陶渊明又使这种文风更加朴实自然而接近生活。

南北朝时期，北朝出现了三部著名的散文作品。《水经注》描摹祖国雄奇秀美的山川景色，文笔清丽秀逸。《洛阳伽蓝记》善于叙述故事，笔致婉曲而冷峻。《颜氏家训》真切地反映了当时社会习俗和民生疾苦。

文学批评在魏晋南北朝时期得到了高度发展。魏晋时期，玄言盛行，学术思想呈现出比较自由活跃的局面。在品评人物风气的影响下，又逐渐形成了品评文章的风气。

《典论·论文》是中国最早的一篇讨论文学问题的专论。《文赋》第一次全面地探讨了作家创作的过程、技巧等基本问题。南朝宋文帝设立了文学馆，把文学与儒学、玄学、史学区别开来。齐梁时期，随着"声律说"的产生，作家越来越讲究艺术技巧。当时文学创作中出现了片面追求华美形式的倾向，在这种情况下，产生了《文心雕龙》《诗品》两部文学批评巨著。

这两部巨著对后世的文学批评产生了重大的影响，《文心雕龙》标志着中国古代文学理论发展的高峰，在中国文学批评史上具有划时代的意义。

第二节　三曹与民间文学

一、曹操

曹操（155—220），字孟德，沛国谯县（今安徽亳州）人，其父曹嵩是东汉末年大宦官曹腾的养子，官至太尉。曹操20岁即举孝廉，后起兵伐董卓，被封为丞相，遂"挟天子而令诸侯"。后逐步消灭了割据势力，统一了北方，在他的儿子曹丕建魏后，被追尊为魏武帝。

曹操首先是一个政治家和军事家，然后才是礼聚学士、雅好诗文、"横槊赋诗，皆成乐章"的文学家，他不仅是曹魏政权的主宰，也是建安文学的开创者和领袖人物。他"外定武功，内兴文学"，将济世创业的豪迈气概与慷慨忧思的诗人气质融为一体，使其诗歌最具"梗概多气"的建安风骨。其诗继承了汉乐府"感于哀乐，缘事而发"的传统，多用乐府旧题写时事反映现实。《蒿里行》就十分真实地记述了董卓之乱后军阀混战的经过，凄凉地再现了兵祸的惨状：

关东有义士，兴兵讨群凶。
初期会盟津，乃心在咸阳。
军合力不齐，踌躇而雁行。
势利使人争，嗣还自相戕。
淮南弟称号，刻玺于北方。

铠甲生虮虱，万姓以死亡。

白骨露于野，千里无鸡鸣。

生民百遗一，念之断人肠。

汉献帝初平元年（190年）春，关东军阀推举袁绍为盟主，联合讨伐董卓，但他们各怀私心，都打算乘机削弱他人，壮大自己，因此观望不前，最后甚至自相残杀。曹操率军参加了这次战争，深为感慨，写下了这首诗，对军阀混战给人民造成的深重灾难表示悲愤，朴实真切的诗句中灌注着苍凉沉痛的情感，真乃"汉末实录，真诗史也"。

最能体现曹操诗歌艺术风格的是那些直抒胸襟、歌以述志的诗篇，如《龟虽寿》：

神龟虽寿，犹有竟时。

腾蛇乘雾，终为土灰。

老骥伏枥，志在千里。

烈士暮年，壮心不已。

盈缩之期，不但在天；

养怡之福，可得永年。

幸甚至哉！歌以咏志。

老当益壮、自强不息的骏爽英气扑面而来，历来为人传诵。又如另一名篇《短歌行》：

对酒当歌，人生几何？

譬如朝露，去日苦多。

慨当以慷，忧思难忘。

何以解忧？唯有杜康。

青青子衿，悠悠我心。

但为君故，沉吟至今。

呦呦鹿鸣，食野之苹。

我有嘉宾，鼓瑟吹笙。

明明如月，何时可掇？

忧从中来，不可断绝。

越陌度阡，枉用相存。

契阔谈讌，心念旧恩。

月明星稀，乌鹊南飞，

绕树三匝，何枝可依？

山不厌高，海不厌深。

周公吐哺，天下归心。

诗人以"对酒当歌"这种貌似颓放的意态来表现对人生哲理的严肃思考和及时进取的精神，酣畅淋漓地抒写出诗人慷慨不平的心曲和渴慕贤士的情意，表现了诗人志欲统一天下、建功立业的宏伟抱负，格调高远，慷慨悲凉。

曹操的诗在艺术上有很高的成就，语言质朴自然，风格健康明朗。他那拯世济物、统一天下的宏伟抱负，正视现实、关心民生疾苦、关心国事的慷慨激情，以及壮志难酬的低沉悲凉情调交织在一起，形成了他独特的风格，"如幽燕老将，气韵沉雄"，极具慷慨悲壮之气概，体现了"建安风骨"的文风和特点。

二、曹丕

曹丕（187—226），字子桓，曹操次子，三国魏著名文学家。他虽然也有一些作品反映出了军旅生活的艰辛，流露出对人民的同情，但是内容远不及他父亲的深刻、丰富，也没有那种古直苍凉的气韵。现存诗歌 40 余首，其中比较出色的是描写男女爱情和离别愁恨的作品，以《燕歌行》第一首最为著名：

秋风萧瑟天气凉，草木摇落露为霜。
群燕辞归鹄南翔，念君客游思断肠。
慊慊思归恋故乡，君何淹留寄他方？
贱妾茕茕守空房，忧来思君不敢忘，
不觉泪下沾衣裳。
援琴鸣弦发清商，短歌微吟不能长。
明月皎皎照我床，星汉西流夜未央。
牵牛织女遥相望，尔独何辜限河梁。

诗人先烘托渲染出霜飞木落、秋凉萧瑟、"悲哉！秋之为气"的氛围。又以鸿雁南归感物起兴，暗暗提摄出鸟亦知归，独我所思之人远游不返之意。接着用"念君客游思断肠"锁上关下，点醒主脑，但推出思妇之后，却不径直写主人公如何苦思，如何"怨旷"，而先就游人设想猜度，他也在"慊慊思归"反衬自己思念之深。"君何淹留"一句，有疑虑、有失意、有关切、有期待、有担忧，久役不归是战事紧急，还是军务繁忙？是染病，还是负伤？还是另有他心？总之，思念是复杂的，充满沉重的忧虑。"贱妾"三句是说思念的专一，"不敢忘"是谓不能忘，也忘不了，思念之深，自然泪下沾裳，忧伤负荷太重，即思排遣，弹琴解忧，浅唱泄愁，然思苦歌伤，反增若许忧伤，这"短歌微吟"情调凄苦的清商曲自然不能长——再不能继续弹下去，这表现了主人公生活上的孤苦无依和精神上的寂寞无聊。弃琴歇息，然而明月照床，又别增一番孤独滋味，辗转反侧，银河西向，分明已至深夜未尽的时候——"夜未央"，但愁怀依然难释，索性披衣徘徊漫步中庭，仰视满月明星，偏偏牛女二星正眸子相寻，不言己之怀人，却代牛女抱怨："尔独何辜限河梁。"全诗一气舒卷，千曲百折，缠绵悱恻，低回掩映，"声欲止而情自流，绪相寻而言未绝"。

曹丕诗三言、四言、五言、六言、七言、杂言诸体兼备，《燕歌行》二首要算是文人创作的现存最早的完整七言诗。

曹丕的散文《典论·论文》将文学提高到"经国之大业，不朽之盛事"的高度，成为文学自觉时代极为昭著的理论标志。

三、曹植

曹植（192—232），字子建，曹操之子，曹丕之弟。建安时期最杰出的文学家。曾封为陈王，死后谥号"思"，故世称陈思王。他才华出众，深得曹操的赏识与宠爱，曾欲立为太子。曹丕称帝后，曹植受到猜忌和迫害，屡遭贬爵、改换封地，曾多次上书请求任用，终未如愿，忧郁而死。这种生活悲剧，对他的文学创作有很大的影响。曹植现存诗歌80余首，较完整的词赋、散文40多篇。

曹植的文学创作活动，以曹丕即帝位为界，分为前后两个时期。曹植早年随父南征北战，有着远大的抱负和强烈的建功立业的事业心。他前期的诗歌主要是表现追求政治理想、向往建功立业的雄心壮志，如《白马篇》：

白马饰金羁，连翩西北驰。借问谁家子，幽并游侠儿。
少小去乡邑，扬声沙漠垂。宿昔秉良弓，楛矢何参差。
控弦破左的，右发摧月支。仰手接飞猱，俯身散马蹄。
狡捷过猴猿，勇剽若豹螭。边城多警急，虏骑数迁移。
羽檄从北来，厉马登高堤。长驱蹈匈奴，左顾凌鲜卑。
弃身锋刃端，性命安可怀？父母且不顾，何言子与妻！
名编壮士籍，不得中顾私。捐躯赴国难，视死忽如归！

该诗塑造了一个武艺精熟的爱国壮士形象，歌颂了他为国献身、视死如归的高尚情操，寄托了曹植自己的愿望。诗歌通过对控、破、摧、接、散、蹈、凌等动词的运用，表现了游侠儿浑身积蓄的无限力量，其奔腾、跳跃的强劲生命和无坚不摧的英雄气概跃然纸上，这正是骨气和词采的完美结合。

曹植是建安时期创作五言诗最多的作家，对五言古诗的发展贡献突出。他的诗"骨气奇高，词采华茂"，其作品个性表现之充分、鲜明和强烈，是在屈原以后和陶渊明以前所仅见的。他是建安文学的杰出代表，钟嵘称之为"建安之杰"，在中国文学史上有着重要的地位。

第三节　建安七子与民间文学

除了"三曹"外，"建安七子"也是建安时期的主要作家。"七子"之称出于曹丕的《典论·论文》："今之文人，鲁国孔融文举、广陵陈琳孔璋、山阳王粲仲宣、北海徐干伟长、陈留阮瑀元瑜、汝南应玚德琏、东平刘桢公干，斯七子者，于学无所遗，于辞无所假，咸自以骋骥騄于千里，仰齐足而并驰。"

一、孔融

　　建安七子年辈多高于曹丕、曹植。其中孔融（153—208）的情况，相对而言较为特殊。他字文举，鲁国鲁县（今山东曲阜）人，是孔子的二十世孙。汉灵帝时已进入仕途。献帝初年，因为得罪了董卓，由虎贲中郎将左迁议郎，已而出为北海相。建安元年，北海城为青州刺史袁谭攻陷，他出逃，投奔曹操，被征为将作大匠，并迁官少府。但因经常讥刺曹操，终被曹杀害。有《孔北海集》。

　　孔融因身为圣人后裔，颇为自负。过人的才智，加上长期浸染于汉末清流肆意论事的风气里，使其性格中孤傲狂放、尖锐彰露的一面尤其凸显。他的议论颇有大胆怪特之处，如《后汉书》本传载路粹奏列其罪状，说他曾对祢衡说："父之于子，当有何亲？视其本意，实为情欲发耳。子之于母，亦复奚为？譬如寄物瓶中，出则离矣。"这是对"孝"的伦理观的釜底抽薪式的攻击，即使在建安年代，也是有点骇人听闻的。

　　《典论·论文》评孔融的文章，谓之"体气高妙，有过人者"，这当是指他在文章中表现出才情充溢、思绪敏捷的个性特征。但孔融的作品现仅存几篇书札、杂论和数首诗。从文学的角度看，以书信体散文写得最好。像《论盛孝章书》，是为了请求曹操救助其友人盛宪（字孝章）而作，辞气较委婉，感情色彩较浓，尤其开头一节：

　　岁月不居，时节如流。五十之年，忽焉已至。公为始满，融又过二。海内知识，零落殆尽，惟会稽盛孝章尚存。其人困于孙氏，妻孥湮没，单子独立，孤危愁苦。若使忧能伤人，此子不得复永年矣。

　　建安文人书札重视以情动人而带有较强的文学性，这也是一例。那一时代普遍的伤感气氛也渗透在这信札中，所以一下笔先说人寿不永。

　　孔融的诗，以前经常提及的有《杂诗》二首，但据有关学者考证，二诗实非孔氏所作。依此说，则孔氏现存诗篇中可以一提的就只有《临终诗》了。这首诗写得质朴无文。开头"言多令事败，器漏苦不密"，似对自己言多而不能守默颇觉后悔；中间"人有两三心，安能合为一。三人成市虎，浸渍解胶漆"云云，则对人心的险恶感到愤慨；最后无奈地哀叹："生存多所虑，长寝万事毕。"从这首诗中，可以看到在汉末思想统制瓦解的形势中成长起来的机敏任性的文人与实际政治不相适应的悲哀。即使曹操那样尚"通脱"的政治家，当孔融的言论直接触犯了他的政治需要时，也仍然是无法容忍的。所谓"生存多所虑"的感受，在以后的诗文中会愈显浓重，有其必然的原因。

二、王粲

　　王粲（177—217），字仲宣，山阳高平（今山东邹县西南）人。少年时代即才华出众，献帝初年在长安，深得文坛名流蔡邕器重。后离京赴荆州避乱。建安十三年，因劝荆州割据势力刘琮归顺曹操有功,被任为丞相掾,赐爵关内侯。十六年迁军谋祭酒,并与曹丕、曹植兄弟及邺下文人交往颇密。建安二十一年,以侍中随曹操征吴,次年病卒于行军途中。其著作今人辑集为《王粲集》。

在后人对建安七子的评论里,王粲一直处于很高的地位。《文心雕龙·才略篇》即谓:"仲宣溢才,捷而能密,文多兼善,辞少瑕累,摘其诗赋,则七子之冠冕乎!"钟嵘的《诗品》把王粲、刘桢的诗都列为上品,并说:"……陈思为建安之杰,公幹、仲宣为辅。"从诗歌方面看,王粲的诗上承李陵,而善"发愀怆之词"(《诗品》)。这方面的代表作是《七哀诗》二首。其中第一首叙写战乱惨况与诗人面对惨况生发的悲愁,在文学史上有重要的意义:

西京乱无象,豺虎方遘患。复弃中国去,远身适荆蛮。亲戚对我悲,朋友相追攀。出门无所见,白骨蔽平原。路有饥妇人,抱子弃草间。顾闻号泣声,挥涕独不还。"未知身死处,何能两相完?"驱马弃之去,不忍听此言。南登霸陵岸,回首望长安。悟彼下泉人,喟然伤心肝!

此诗据考证大约作于初平三年(192)王粲离长安赴荆州避乱时,时诗人年仅十六岁。作品以自述避乱缘由及与亲朋离别的场面开始,中间讲述了一个途中所见饥妇弃子的令人揪心的故事,最后归结到对时局与离乱人生的感叹,组织完整,情感深切,并已初步显现出意象密集、进展迅速的特色。把它与《古诗》十九首及李陵《与苏武诗》三首相比较,可以很清楚地看到这一点。例如,《古诗》中的"明月何皎皎"一首,既云"忧愁不能寐,揽衣起徘徊",又云"出户独彷徨,愁思当告谁","徘徊"之与"彷徨","忧愁"之与"愁思",显得意象复沓、进展迟缓,李陵诗的"良时不再至,离别在须臾"与"长当从此别,且复立斯须"也是类似的现象。在王粲此诗中,这些都消失了。考虑到此诗创作时间甚至比曹操的《蒿里行》、《苦寒行》等还要早,因此其在建安文学中的地位自然是十分突出的。

《七哀》诗的第二首作于留居荆州时,借自然的景色叙写因漂泊无定而引发的思乡愁绪:

荆蛮非我乡,何为久滞淫。方舟泝大江,日暮愁我心。山冈有余映,岩阿增重阴。狐狸驰赴穴,飞鸟翔故林。流波激清响,猴猿临岸吟。迅风拂裳袂,白露沾衣襟。独夜不能寐,摄衣起抚琴。丝桐感人情,为我发悲音。羁旅无终极,忧思壮难任。

王粲在荆州时不为当地割据首领刘表所重,心情颇为郁闷。但诗中所流露出的强烈的孤独感,却与那一时代文人的个人意识的初步觉醒、唯恐人生价值失落的忧惧有关,所以诗中对具体遭际的不快反而说得很少。也是因为唯恐人生价值失落的忧惧,诗中对时光流逝引起的自然景物的变化表现得特别敏感。"山冈"两句,一句写日将没时山冈上还剩一抹余晖,一句写原本阴暗的山冈在日暮时更添一重阴暗,这种对光线变化的细致描绘,是过去的诗赋中所没有的。王粲其他诗中也有类似情况。如《从军行五首》之三,以"白日半西山,桑梓有余晖。蟋蟀夹岸鸣,孤鸟翩翩飞"的景色,衬托"征夫心多怀,凄凄令吾悲"之情绪，与这首诗很相似。在诗歌写景方面，这是一种发展。

而从整体上看，此诗重视对眼见的实际景物进行富于条理而动情的描绘，既不是简单地罗列景象，也不是放任情感的宣泄，或取相关的写景套语入诗。这反映了王粲的诗歌创作更多地借鉴了东汉某些辞赋家擅长在赋中带着真挚的情感描写实见的自然事物的创作特点。像《七哀》第二首，便与班彪的《北征赋》有着明显的渊源承继关系。而王粲的这种对实际自然景色的描写，又影响了稍后曹丕《芙蓉池作》、曹植《公宴诗》的创作。从这点上说，王粲的诗歌创作取径，与曹操等较多从汉乐府中吸取营养以创造新一代的乐府诗的作法颇有不同。

值得注意的是，在文章方面，王粲最擅长的文体也正是辞赋。他的辞赋与诗歌有相似的特点，都善于深入地表现个人在逆境中的愁绪忧思，而文辞之优美，结构之精巧，又比汉代辞赋大有进步。其代表作是著名的《登楼赋》：

登兹楼以四望兮，聊暇日以销忧。览斯宇之所处兮，实显敞而寡仇。挟清漳之通浦兮，倚曲沮之长洲。背坟衍之广陆兮，临皋隰之沃流。北弥陶牧，西接昭丘。华实蔽野，黍稷盈畴。虽信美而非吾土兮，曾何足以少留！

这开首的一节，以旷阔的远景，壮丽的自然，引动起江山虽美而非故乡的一腔愁怀，为以下中间一节悲哀深切的抒情作了很好的铺垫。

情眷眷而怀归兮，孰忧思之可任？凭轩槛以遥望兮，向北风而开襟。平原远而极目兮，蔽荆山之高岑。路逶迤而修迥兮，川既漾而济深。悲旧乡之壅隔兮，涕横坠而弗禁。昔尼父之在陈兮，有归欤之叹音。钟仪幽而楚奏兮，庄舄显而越吟。人情同于怀土兮，岂穷达而异心！

其中抒发的，既是个人离乡背井后的无尽的隐痛，同时也代表了在那个动乱的时代人们普遍怀有的渴望和平与回归家园的心绪。至其最后一节，尤为动人：

惟日月之逾迈兮，俟河清其未极。冀王道之一平兮，假高衢而骋力。惧匏瓜之徒悬兮，畏井渫之莫食。步栖迟以徙倚兮，白日忽其将匿。风萧瑟而并兴兮，天惨惨而无色。兽狂顾以求群兮，鸟相鸣而举翼。原野阒其无人兮，征夫行而未息。心凄怆以感发兮，意忉怛而憯恻。循阶除而下降兮，气交愤于胸臆。夜参半而不寐兮，怅盘桓以反侧。

此节集中抒发了唯恐人生虚度而无所建树的忧惧。因此写景的部分，将所见的世界描绘成一片仓皇不宁的景象，衬托出作者内心的烦乱与孤独。这种心情，在动乱时代的读书人中很容易引起共鸣，以至"王粲登楼"本身成为习用的典故。

王粲的另一些赋，除题旨与《登楼赋》类似，都以抒发个人愁绪为主外，还注意到了具体而生动地刻画对象的动态，并努力以这种动态寓示辞赋的主题。如现仅存残章的《莺赋》，便通过对笼中之莺"就隅角而歇巢，倦独宿而宛颈"的形态描绘，写自己的与其相类似的悲哀，自然地引申出由于受到拘系而导致本性受束缚的深重感叹，与下文将要述及的祢衡《鹦鹉赋》属于同一类型。

三、刘桢

刘桢（？—217），字公幹，东平宁阳（今属山东）人。曾被曹操辟为丞相掾属，又先后在曹丕、曹植门下任职。据《三国志》注引《典略》，曹丕曾在一次宴饮中命夫人甄氏出拜，坐者皆伏，独刘桢平视之。曹操闻此事，以为不敬，收捕刘桢，罚作苦工。由此可见其性格倨傲，不同凡俗。在文学上他最擅长写五言诗，曹丕《与吴质书》谓"其五言诗之善者，妙绝时人"。而钟嵘《诗品》称赞他"真骨凌霜，高风跨俗"，这当是指其诗多表现出超凡脱俗的志趣与风貌；其实，钟嵘所体会到的他的这种诗歌特点，也正是建安时期个人意识初步觉醒的集中体现。

刘桢诗中最值得重视的，是写其个人受环境压抑而难以自主的悲哀的作品。这在直至当时为止的中国文学史上是一种新的体验。

谁谓相去远？隔此西掖垣。拘限清切禁，中情无由宣。思子沉心曲，长叹不能言。起坐失次第，一日三四迁。步出北寺门，遥望西苑园。细柳夹道生，方塘含清源。轻叶随风转，飞鸟何翩翩。乖人易感动，涕下与衿连。仰视白日光，皦皦高且悬。兼烛八绒内，物类无颇偏。我独抱深感，不得与比焉。（《赠徐幹诗》）

职事相填委，文墨纷消散。驰翰未暇食，日昃不知晏。沉迷簿领间，回回自昏乱。释此出西城，登高且游观。方塘含白水，中有凫与雁。安得肃肃羽，从尔浮波澜。（《杂诗》）

第一首写他对友人徐幹的怀念。虽然相距甚近，但限于其所任职的政府部门的规章（"拘限清切禁"），不能前去访问畅叙。这使他感到非常痛苦。第二首写他由于工作繁忙，简直陷入了昏乱之境，充分体现了其内心的焦灼。而在这两首中，作为解脱途径的，都是到自然界去寻求安慰。于是他看到了自然界的生物（树木、飞鸟、凫、雁）都在自由地生长或活动，进一步感到自己远远不如它们，就更增加了苦闷（《赠徐幹诗》的"乖人"以下诸句）和对自由的渴望（《杂诗》的"安得肃肃羽，从尔浮波澜"）。

如果把个人仅仅作为群体的附庸，这样的感受是根本不会产生的。限于规章制度而在一段时期内不能与朋友见面，乃是平常不过的事，有什么值得大惊小怪的？努力承担繁重的本职工作，乃是自己应尽的义务，何况在刘桢当时的情况下，更应为自己能接近上层统治集团，为他们处理公文而感到荣耀。根据现存的文献，刘桢以前从无这样的诗歌。这种抒发由个人的自由活动受环境压抑而生发的痛苦的诗篇的出现，既是个人意识在那个时代开始初步觉醒的体现，也是中国诗歌在表现诗人与群体关系上的"岂余身之惮殃兮，恐皇舆之败绩"（《离骚》）、"思为双飞燕，衔泥巢君屋"（《古诗十九首·东城高且长》）等类型之外的新的方向的生成。杜甫的"束带发狂欲大叫，簿书何急来相仍"（《早秋苦热，堆案相仍》），是"沉迷簿领间，回回自昏乱"的暴烈的再演，高启在明初被迫做官后发出的"海鸟那知享钟鼓？野马终惧遭笼轭"（《喜家人至京》）的痛苦的叫声，则是"安得肃肃羽，从尔浮波澜"的渴望在新的历史条件下向着更高程度的发展。

刘桢尚有《赠从弟诗三首》，从另一角度表现了他的人生追求。今录其二、三两首如下：

亭亭山上松，瑟瑟谷中风。风声一何盛，松枝一何劲。冰霜正凄惨，终岁常端正。岂不罹凝寒？松柏有本性。

凤皇集南岳，徘徊孤竹根。于心有不厌，奋翅凌紫氛。岂不常勤苦？羞与黄雀群。何时当来仪？将须圣明君。

因为刘桢本在为个人的自由活动受到环境的压抑而痛苦，所以，在其前一首诗中的"本性"应该是包含着不甘丧失个人的自主性而随人摆布的内涵的。为了保持这种"本性"，即使"罹凝寒"也在所不恤，这就与嵇康后来在《与山巨源绝交书》中所说"性有所不堪，真不可强"有了共同之处。而后一首的"于心有不厌，奋翅凌紫氛"那样的对"心"的强调，与其对"本性"的坚守正是一脉相承的。尽管后一首的最末两句表明了愿意辅佐"圣明君"以建功立业的志向，但同时也表明了如无"圣明君"便决不"来仪"的节概；还是把坚守自己的"心"、"性"放在第一位的，不肯因迁就环境而委屈自己。

当然，刘桢自己也并不能真正做到这一点，否则就不会在曹氏集团麾下吃苦了。所以，《赠从弟诗》虽是对从弟的勉励，恐也含有自己的忏悔之意在内。

刘桢的诗写得很朴素，但以真挚、浓烈的感情表现了新的价值取向和前人未曾经验的人生困境，劲气内充，意象颇为密集，因而在当时仍很具感染力。《诗品》虽谓其"雕润恨少"，但仍把他作为建安时期成就略次于曹植的诗人，并置于王粲之上，所谓"陈思已下，桢称独步"；其故当即在此。

四、建安七子中的其他诗人

陈琳（？—217），字孔璋，广陵（今江苏扬州）人。早年任大将军何进府主簿，颇有谏才。汉献帝初平初年，避乱冀州，曾为袁绍典文章。袁氏败，归依曹操，掌书记之事。后徙官门下督。他在当时以擅长应用性的檄书闻名。而事实上从文学的角度看，其真正的成就是在诗歌创作方面。他的诗，以乐府《饮马长城窟行》最为后人熟知。诗写长城之筑带给筑城军卒及其家人的无法弥补的痛苦，其中借筑城卒给妻子写家书，叮嘱"生男慎莫举，生女哺用脯。君独不见长城下，死人骸骨相楎拄"诸语，展现了一幅酷烈骇人的修长城惨景，同时也从侧面显现了诗人并不把个人为群体利益的牺牲视为无足轻重的事（修筑长城是为了捍卫群体利益），他为无数个人的这种悲惨的命运深感愤懑与哀痛。其五言古诗，现存者也不乏佳构，如佚题的如下一首：

高会时不娱，羁客难为心。殷怀从中发，悲感激清音。投觞罢欢坐，逍遥步长林。萧萧山谷风，黯黯天路阴。惆怅忘旋反，放歌涕沾襟。

写一种欢宴之际莫名而起的惆怅心怀，借自然景色的萧瑟黯淡为映衬，感情真挚，语调流畅，是很能代表建安诗人慷慨悲歌的特征的。

阮瑀（约165—212），字元瑜，陈留尉氏（今河南开封）人。经历与陈琳相仿，早年师事蔡邕,后来在曹操麾下做军谋祭酒,掌书记,并迁官仓曹掾属。作品为后人盛传的,首推乐府诗《驾出北郭门行》。诗用移步换景之法,写作者循啼哭之声而见一孤儿哭于坟边,引出一凄惨的孤儿受后母虐待的故事,在叙事与对话运用方面,颇见功力。其古诗以《七哀》最佳:

丁年难再遇,富贵不重来。良时忽一过,身体为土灰。冥冥九泉室,漫漫长夜台。身尽气力索,精魂靡所能。嘉肴设不御,旨酒盈觞杯。出圹望故乡,但见蒿与莱。

诗以直白的语言,叙写生命易逝、享乐难再的悲哀。中间蕴含着对人生意义的思索,可谓开后来正始诗文中相关主题之先声。诗的最后两句:"出圹望故乡,但见蒿与莱",以奇异的想像,幻写死者精魂从坟墓中游荡到地面,望见昔日故乡,已成生命枯萎的蒿莱之原,充满了一种沧海桑田之慨。从另一个角度看去,这首诗也可以说是诗人内心深感人生绝望的传神写照。

"建安七子"中的应玚(?—217),字德琏,汝南(今属河南)人。与刘桢等同被曹操辟为丞相掾属,后为五官中郎将文学。传世作品仅诗六首,以《侍五官中郎将建章台集》较著名,诗前半节借孤雁无着自喻,有王粲诗赋的悲愁风致。

徐干(171—218),字伟长,北海(今山东潍坊市西南)人。建安中由军谋祭酒掾属,转为五官中郎将文学。所撰《中论》,是理论性的著作。文学方面,他本以辞赋见称,但作品流传极少,倒是五言《室思》诗叙写相思男女之情,较有特色。全诗共五章,第三章为:

浮云何洋洋,愿因通我辞。飘飖不可寄,徙倚徒相思。人离皆复会,君独无返期。自君之出矣,明镜暗不治。思君如流水,何有穷已时。

这诗带有汉代民歌的风格。"自君之出矣"后来成为一个乐府诗题;南朝至唐,许多人写过以这以下四句为套式而加以翻新的小诗。

"建安七子"的文学创作,尤其是诗歌创作,是建安文学从发端到成熟的一个不可或缺的中介。它一方面把曹操乐府诗那种为人生意蕴、天下大事而慷慨悲歌的新异风格发扬光大,并从西汉文学中借鉴合适的艺术表现方式,加以改造,熔铸新篇;另一方面又以其角度各异的探索,为年辈稍后的曹丕、曹植兄弟进一步完善这一时代文学的特征留下了必要的艺术创造空间。中世文学由汉代诗风转向魏晋诗风,从某种程度上说,正是在七子的努力下完成的。

第四节 陶渊明与民间文学

东晋百余年间,诗坛上盛行玄言诗。《文心雕龙》说当时文坛"诗必柱下之旨归,赋乃漆园之义疏"。而东晋末年陶渊明的出现及其田园诗创作,给诗歌注入了新的生机。他的诗歌平淡自然而又意蕴深厚,同时又蕴含着深刻的哲理,情、景、理完美地融合在一起。

一、陶渊明的生平及思想

陶渊明（365—427），字元亮；又说名潜，字渊明，号五柳先生，浔阳柴桑（今江西九江）人。卒后，好友颜延之为其写了一篇《陶征士诔》，谥号为"靖节先生"；又因曾任彭泽令，故称"陶彭泽"。曾祖陶侃是东晋初名将，曾镇守长江中游，都督八州军事，封长沙郡公，死后追赠大司马；外祖孟嘉做过征西将军，祖父陶茂曾任武昌太守，父亲陶逸做过安城太守，所以陶家算得上是一个有地位的贵族。陶渊明年幼时，父亲去世，家境便日渐败落。

陶渊明29岁开始出仕，任江州祭酒，不久即归隐。后来江州又召为主簿，未就任。晋安帝隆安二年（398），陶渊明到江陵，担任了荆州和江州刺史桓玄的幕僚。①桓玄当时占据长江中上游，图谋篡晋，陶渊明意识到桓玄的野心，便又产生了归隐的想法。恰好就在他37岁这一年，其母亲离世，便回浔阳为母亲守丧。此后政局发生了急剧变化，晋安帝元兴元年（402），桓玄举兵东下攻入京师，次年篡位，改国号楚。元兴三年（404），陶渊明写了《荣木》一诗，对自己一事无成颇为不安。同年，刘裕起兵讨伐桓玄，入建康，任镇军将军，掌握大权，给晋王朝带来一线希望，这一年，陶渊明40岁，平生第三次出仕，出任刘裕的参军，在赴任途中写了《始作镇军参军经曲阿作》，诗中流露出作者的矛盾心情，一方面有幻想与希望，另一方面又疑虑重重。刘裕建立政权后，集中力量讨伐异己势力，陶渊明感觉实现理想的希望比较渺茫，于是在晋安帝义熙元年（405），改任建威将军刘敬宣的参军。同年八月，又以"耕种不足以自给"，求为彭泽县令，在官八十余日，十一月便辞官归隐。

陶渊明辞去彭泽令的原因，据《宋书》本传记载："郡遣督邮至，县吏白：'应束带见之。'潜叹曰：'我不能为五斗米折腰向乡里小儿！'即日解印绶去职。"从此归隐田园，再也没做官。另《归去来兮辞》："归去来兮，请息交以绝游，世与我而相违，复驾言兮焉求！"苏东坡说他："欲仕则仕，不以求之为嫌，欲隐则隐，不以去之为高，饥则叩门而乞食，饱则鸡黍以迎客。古今贤之，贵其真也。"朱子《语录》说："晋宋人物，虽曰尚清高，然个个要官职。这边一面清谈，那边一面招权纳货。陶渊明真个能不要，所以高于晋宋人物。"

他是中国古代文学史上第一位田园诗人，被称为"古今隐逸诗人之宗"，有《陶渊明集》。

二、陶渊明的文学创作

陶渊明的文学创作，在诗歌、散文、辞赋诸方面都有很高的成就，但对后世影响最大的是诗歌。其诗歌现存120多首，就其题材而言，不同研究者有不同的分法，如有的分为二类，田园诗和咏怀诗；有的分为三类，田园诗、咏怀诗、哲理诗④；有的分为五类，田园诗、咏怀诗、咏史诗、行役诗、赠答诗。但若概括起来，大致可分为田园、咏怀咏史两类，其中，价值最大、最具有代表性的是田园诗。

陶渊明羞愧于过去"心为形役"(《归去来兮辞》),"误落尘网"(《归园田居》其一),欣喜于自己"实迷途其未远,觉今是而昨非",并在其诗歌中有所反映,如《归园田居》其一:

少无适俗韵,性本爱丘山。误落尘网中,一去三十年。羁鸟恋旧林,池鱼思故渊。开荒南野际,守拙归园田。方宅十余亩,草屋八九间。榆柳荫后檐,桃李罗堂前。暧暧远人村,依依墟里烟。狗吠深巷中,鸡鸣桑树颠。户庭无尘杂,虚室有余闲。久在樊笼里,复得返自然。

东晋安帝义熙元年(405),陶渊明担任彭泽县令仅81天,便声称不愿"为五斗米向乡里小儿折腰",辞职归隐田园,此组诗即为作者归田后的作品。其第一首写从对官场生活的强烈厌倦,到田园风光的无限美好,农村生活的舒心愉快,表达了对自然和自由的热爱,写出了陶渊明辞职归田的愉快心情和乡居的乐趣。再如《饮酒》其五:

结庐在人境,而无车马喧。问君何能尔,心远地自偏。采菊东篱下,悠然见南山。山气日夕佳,飞鸟相与还。此中有真意,欲辨已忘言。

此诗写出了悠游自在的隐居生活。第一句平平道出,第二句转折,第三句承上发问,第四句回答作结,结构安排得非常自然,难怪王安石大发感慨:"自有诗人以来,无此四句。"

陶渊明写躬耕生活的体验。如《归园田居》其三:

种豆南山下,草盛豆苗稀。晨兴理荒秽,带月荷锄归。道狭草木长,夕露沾我衣。衣沾不足惜,但使愿无违。

写归田后的劳动生活,并且表达了自己的意愿。再如《庚戌岁九月中于西田获早稻》:

人生归有道,衣食固其端。孰是都不营,而以求自安。开春理常业,岁功聊可观。晨出肆微勤,日入负耒还。山中饶霜露,风气亦先寒。田家岂不苦?弗获辞此难。四体诚乃疲,庶无异患干。盥濯息檐下,斗酒散襟颜。遥遥沮溺心,千载乃相关。但愿长如此,躬耕非所叹。

此诗写出了秋收后的愉快心情,同时表示了自己愿意长期躬耕的志趣。在作者看来,人生的终极皈依是道,而衣食确是人生之前提。

有的田园诗写出了自己的穷困和农村的凋敝。如《怨诗楚调示庞主簿邓治中》:"炎火屡焚如,螟蜮恣中田。风雨纵横至,收敛不盈廛。夏日长抱饥,寒夜无被眠。造夕思鸡鸣,及晨愿乌迁。"《归园田居》其四:"徘徊丘垄间,依依昔人居。井灶有遗处,桑竹残朽株。借问采薪者,此人皆焉如。薪者向我言,死没无复余。"晚年的陶渊明,物质生活陷入了饥寒交迫的境地,有时甚至到了乞食的地步,如《乞食》:

饥来驱我去,不知竟何之。行行至斯里,叩门拙言辞。主人解余意,遗赠岂虚来。谈谐终日夕,觞至辄倾杯。情欣新知欢,言咏遂赋诗。感子漂母惠,愧我非韩才。衔戢知何谢,冥报以相贻。

写出了向人乞贷,同时表示了自己的感激之情。

在有些作品中,陶渊明写出了与农人的交往。如《移居》二首:

昔欲居南村，非为卜其宅。闻多素心人，乐与数晨夕。怀此颇有年，今日从兹役。弊庐何必广，取足蔽床席。邻曲时时来，抗言谈在昔。奇文共欣赏，疑义相与析。

春秋多佳日，登高赋新诗。过门更相呼，有酒斟酌之。农务各自归，闲暇辄相思。相思则披衣，言笑无厌时。此理将不胜？无为忽去兹。衣食当须纪，力耕不吾欺。

这两首诗是作者在义熙六年（410）由上京迁至南里之南村时所写。第一首写朋友谈论的乐趣；第二首写出了农务之余与朋友诗酒流连之乐。另《归园田居》（其二）、《饮酒》（其三）亦对此有所表现。

除了田园诗，陶渊明的咏史诗、咏怀诗亦很出色。这些作品，继承了阮籍、左思的诗歌创作传统，围绕着出仕与归隐这一矛盾冲突，表现自己不与统治者同流合污的品格。代表作有《饮酒》《拟古》《杂诗》《咏贫士》《咏荆轲》等。鲁迅先生指出，陶诗不但有"静穆""悠然"的一面，也有"金刚怒目"的一面，主要是指这类作品而言。如《读山海经》其十：

精卫衔微木，将以填沧海。刑天舞干戚，猛志故常在。同物既无虑，化去不复悔。徒设在昔心，良辰讵可待！

歌颂了精卫和刑天至死不屈的斗争意志，慨叹时光的消逝和良时的不可再来。《杂诗》其二：

白日沦西阿，素月出东岭。遥遥万里辉，荡荡空中景。风来入房户，夜中枕席冷。气变悟时易，不眠知夕永。欲言无予和，挥杯劝孤影。日月掷人去，有志不获骋。念此怀悲凄，终晓不能静。

作者将素月辉景荡荡万里之奇境与日月掷人有志未骋之悲慨融为一体，抒发了光阴流逝、生命有限，而志业无成、生命价值尚未实现之忧患意识。

陶渊明作品的最大的特点即为平淡自然。在陶诗中，极少夸张的手法，华丽的辞藻，而大多是质朴的语言。诗中所描写的对象，往往是最平常的，如鸡犬、桑麻、穷巷、村舍等，而且一切都平平淡淡。如"种豆南山下，草盛豆苗稀""春秋多佳日，登高赋新诗""秋菊有佳色，裛露掇其英"，全都明白如话。苏轼说他是："大匠运斤，不见斧凿之痕。"（《与苏辙书》）朱熹说他的诗："不待安排，胸中自然流出。"（《朱子语类》）元好问说其诗："一语天然万古新，豪华落尽见真淳。"（《论诗绝句》）但陶渊明的诗虽平淡却韵味隽永。如《读〈山海经〉》（其一）"众鸟欣有托，吾亦爱吾庐"，《癸卯岁始春怀古田舍》（其二）"平畴交远风，良苗亦怀新"，两个"亦"字，物我情融，耐人寻味。再如《郭主簿》"中夏贮清阴"，一个"贮"字，便写出了夏日的清凉。正如苏轼所说"质而实绮，癯而实腴"（《与苏辙书》），评价十分精辟。

陶渊明的诗歌除了平淡自然外，又能做到情、景、理的统一。陶渊明写诗，并不是纯客观地景物刻画，而是把感情融入景物之中，做到情景交融。除此之外，陶渊明的诗歌还富有哲理色彩。陶诗中的"理"不是抽象的哲学说教，而是包含着生活中的情趣。如"人生归有道，衣食固其端"（《庚戌岁九月中于西田获早稻》），"落地为兄弟，何必骨肉亲"(《杂诗》其一),"吁嗟身后名,于我若浮烟"(《怨诗楚调示庞主簿邓治中》),"及时当勉励,岁月不待人"(《杂诗》其一),这些诗句言浅意深,富于哲理性。清人潘德舆说陶渊明"任举一境一物,皆能曲肖神理"(《养一斋诗话》),评价较为中肯。

三、陶渊明的文学地位和影响

作为东晋诗坛最杰出的诗人,陶渊明的诗文并未受到时人重视。到了唐代,陶渊明越来越受到重视,陶诗的价值亦为人所发现。到了宋代,特别是经过苏轼、朱熹的推崇,才真正确立了陶渊明在文学史上的崇高地位。

唐人学陶诗,不独在推出田园诗派,亦在揣摩、学习其艺术风格。其时,"王右丞有其清腴,孟山人有其闲远,储太祝有其朴实,韦左司有其冲和,柳仪曹有其峻洁,皆学焉而得其性之相近"(《说诗晬语》)。明人论陶,更得个中三昧。许学夷云:"靖节诗真率自然,倾倒所有,晋宋以还,初不知尚;虽靖节亦不过写其所欲言,亦非有意胜人耳。"(《诗源辨体》卷六)唐顺之云:"陶彭泽未尝较声律,雕句文,但信手写出,便是宇宙间第一等好诗。何则?其本色高也。"(《答茅鹿门知县》)"本色"二字,的确能概括陶渊明其人其文。

陶渊明在中国诗歌发展史上的巨大贡献是拓宽了传统诗歌的题材,创立了田园诗。在此之前,田园自然和农村生活从未真正成为诗歌表现的主题,只是作为衬托而存在,是陶渊明的隐逸人格,使他把自然美和农村的自然生活当作审美的对象,把诗歌的审美触角伸展到世俗诗人无可企及的领域。

第五章　隋唐五代民间文学及作家

　　魏晋南北朝是文学自觉的时代，文学的艺术特质得到了充分的发展，文学创作积累了丰富的经验，为唐代文学的繁荣提供了很好的基础。从永嘉南渡开始的漫长岁月里，文学一直在南北分裂的局面中发展，带着明显的地域色彩，有待纳入统一的进程当中。唐人的贡献，就是在魏晋南北朝文学的基础上，合南北文学之两长，创造了隋唐文学的辉煌。

　　隋代的历史是短暂的，因此隋代文学带有过渡、衔接魏晋文学与唐代文学的历史特征与艺术效应。隋文帝崇尚质朴的北方文风，以抵制南方艳丽的文风。隋炀帝则倡导华艳的南方文风，以求统一南北文学风格走向。无论这种帝王之倡导实际成效如何，都在客观上促进了南北文学的交流与互补。因此，魏徵在《隋书》文学传序中指出："然彼此好尚，互有异同。江左宫商发越，贵于清绮；河朔词义贞刚，重乎气质。气质则理胜其词，清绮则文过其意。理深者便于时用，文华者宜于咏歌。此其南北词人得失之大较也。若能掇彼清音，简兹累句，各去所短，合其两长，则文质彬彬，尽善尽美矣。"南北文学交融所形成的这种"文质彬彬""尽善尽美"的局面，作为一种文学理想，则由唐代来完美地实现了。

第一节　隋唐五代民间文学概况

一、隋唐五代文学的发展

　　隋代文学上承六朝余风，仍以形式主义的骈俪文及淫靡的宫体诗居于文坛统治地位；但这时已有少数人对这种文风表示不满，企图有所改变，有的作家作品也出现了比较刚健的风格，透露了由六朝浓厚的形式主义转变到唐代现实主义的喜讯。隋代的短期统一，把过去南北对立的文风初步融合起来，成为南朝文学过渡到唐代文学的桥梁。虽然隋代进步作家的成就还不大不高，但这一贡献的意义是应该予以适当的估计的。

　　唐代文学极为繁荣，首先表现在诗歌方面，成为中国古典诗歌的黄金时代，不仅数量多，形式完备，题材广泛，而且就其质量来说，思想内容和艺术技巧也都达到很高的境界、从唐初到贞观年间（公元 618—649 年）为唐诗的准备时期，犹存梁、陈宫体诗的遗风，但主要作家已开始以其嘹亮的歌声来歌唱自己的生活感受,表现人生的理想,向现实主义转化,在摆脱宫体影响的过程中起一厂很大作用。紧跟着出现了陈子昂,更有意识地提出以"复古"为号召的革命性的主张,要求作家关心政治社会,注意人民生活,从理论与实践上对宫体遗风进行彻底扫荡,为唐代诗歌的发展开辟了一条康庄大道,真是"卓立千古,横制颓波,天下翕然,质文一变"(卢藏用《右拾遗陈子昂文集序》)。

开元(公元713—741年)、天宝(公元742—755年)间,号称盛唐时期,诗人辈出,尤为杰出的是伟大的积极浪漫主义诗人李白。他的诗虽主要在于抒情,但也表现了对于人民的深切同情,不仅描写了社会的繁荣景象,也批判了当时不合理的社会制度并鞭挞了统治阶级的黑暗统治与腐朽生活。有些诗人参加'厂对外战争,对边塞、行军、征战等有较深体会,写出一些有名的边塞诗;也有些因政治失意而退隐田园,写了一些山水诗和田园诗。这时期在诗歌领域里,形成了百花齐放的局面。

"安史之乱"前后,社会内部矛盾由尖锐而恶化,帝国命运由盛而衰,人们自此再也不能过上安定的生活了。伟大的现实主义诗人杜甫把自己的命运和广大人民的命运紧紧地联结在一起,以其高度的艺术修养与对待人民的深厚的感情创作了许多富有爱国主义思想和人道主义精神,反映当时政治社会实际生活的"史诗",成为这个苦难时代的镜子。

经过大历(代宗李豫年号,公元766—779年),到元和、长庆年间(前者为宪宗李纯年号,公元806—820年;后者为穆宗李恒年号,公兀821—824年),中唐社会有一段相对安定的时期法才建经济得到进一步的发展,市民阶层兴起,但农民却痛苦愈甚。就在这样的历史社会条件下,唐代诗歌进入了第二次繁荣的阶段。以白居易为首的新乐府运动蓬勃地发展起来了。他们强调诗歌的政治社会作用,主张以通俗的乐府体来揭露统治阶级的罪恶,反映人民的痛苦和异族的侵略;与此同时的贾岛、孟郊、李贺以及以倡导古文运动著名的韩愈则各以其独特的风格创作了许多瘦硬、幽险的诗,也使诗坛变得更为丰富多彩。

自文宗李昂大和(公元827—835年)以后,算是晚唐时期了:晚唐诗风有两条线:一条是聂夷中、杜荀鹤等的批判现实主义;另一条是李商隐、温庭筠和杜牧等的偏于注重婉丽、着意辞藻和典事的涛风。另外,还有陆龟蒙、皮日休等虽以描写隐居生活为主,但写作态度比较严肃,也写出一些揭露黑暗现实的作品,基本上属于第一条线。

到了五代,诗歌的主要形式不是五七言古近体诗,而是自中唐以后兴起的文人词。中唐文人从民间的曲子词取得新的营养和力量,把诗从僵化了的格律中解放出来,但这时填词还只是诗人的余事。到晚唐时期,温庭筠的作品虽然也是诗多于词,但以其成就与影响而论,他的词却比涛还重要得多。从此,词便成为一种离开诗而独立的文学形式,五代著名文人便都是主要运用词这种形式来抒写个人情怀的,韦庄、李煜、冯延巳便是这个时期统治阶级上层文人词家的代表。

词是城市兴起后适应市民阶层的需要而发展的,同样,变文也是市民文学,并且也是发展于中晚唐以后的,与宋代的各种民间文学,尤其说唱文学关系至巨。

唐代的传奇小说是魏晋六朝志怪小说的发展,但也有它产生的历史社会原因。商业都市的兴起与繁荣是传奇小说诞生的社会基础；市民生活与思想提供了创作的题材与内容；变文的发达，古文运动的开展以及科举仕进制度的演变等等，都对传奇小说的降生和发展起了促进作用。

唐代的古文运动实是文学革新运动，目的在于反对六朝以来盛行的形式主义的骈文，所以有很大的进步意义。唐初就有人提倡古文，反对骈俪，但力量不大，成效不著，安史之乱以后，尤其中唐时期韩愈、柳宗元出来，大倡古文，并于理论之外，又能以其散文艺术的卓越成就具体地影响了广大作者，形成一个不可阻遏的巨大力量，于是这文学史上第一次古文运动，也就是散文文学的革新运动，便取得了决定性的胜利。

隋唐五代这一整个时期，政治上虽不属于一个时代，在文学发展上却是绵延不断，难于割裂的。隋代三十年的文学实与初唐文学同为过渡性质；而五代则为晚唐的继续，尤其五代作家的诗词大抵均沿袭晚唐余韵，没有多少变化，温庭筠的词被编入《花间集》，成为花间派之首，正可说明这种情况。因此，这四百年间的文学主要就是唐代文学，隋与唐初为一阶段，五代则附于晚唐而为另一阶段，实只是盛唐和中唐的准备与余波，属于前后两个过渡时期而已。

二、隋唐文学思想的变革及文论的价值取向

隋唐五代文学思想，在魏晋南北朝文论发展和唐代文学创作繁荣的基础上，又有了新的进展，并带着明显的时代品格和文学发展的特点。这主要表现为：这一时期文学界掀起的文学思潮和提出的文学主张同社会生活和政治思想结合得更加紧密，表现出时代特征和共同的创作倾向，推动和丰富了我国现实主义文学思想的发展；唐代的许多作家和文学评论家，为适应社会发展需要，往往由共同的政治主张和创作要求，在反对形式主义的文风中形成共同的文学流派，发展成为声势浩大的古文运动和新乐府运动；唐代的一些优秀作家其本身就是杰出的文学评论家，他们提出的文学思想和理论主张，既是对过去或同时代诗人诗作经验的评论和总结，也是以自身的创作实践为基础，更富于指导和实践性的意义；在唐代佛教思想的影响下，出现了僧人的论诗著作：如日人遍照金刚的《文镜秘府论》，释皎然的《诗式》和司空图的《诗品》等。他们注重诗歌的感兴、意境、兴象、超妙、"入神"等玄言哲理和风格旨趣等理论范畴的探讨。

（一）从隋朝的文体改革到子昂"文章始高蹈"说起

公元581年，隋文帝夺取北周取得政权后，曾"普诏天下"进行文体改革，提倡所谓"公私文翰，并宜实录"，即去掉华艳辞藻、讲求实用的主张。其时，李谔、王通曾打着"尊圣""宗经"旗号反对六朝"竞聘文华"无补于世用的绮丽文风，意图通过改革文体，为巩固隋朝的经济基础及政权利益服务。他们或从儒家正统思想和崇尚实用的观点出发，要求文学"上明三纲，下达五常"，起到"征存亡，辨得失"的作用。（王通：《文中子·天地》）把文学（包括文章）当作宣传儒家道义教化的工具；或者对六朝以来"遗理存异，

寻虚逐微，竟一韵之奇，争一字之巧，连篇累牍，不出月露之形，积案盈箱，唯是风云之状"（李谔：《上隋高祖革文华书》）的形式主义创作风气进行批判。但是，由于他们片面强调文学的教化作用，无视文学的特点及其发展规律，所以隋代的统治者和理论家虽有改革齐梁文风的愿望，但因社会风尚的骄奢，宗旨违背了文学发展规律，且这种改革只限于统治阶级和封建士大夫的提倡，缺乏社会的群众认同，所以开皇初年的改革文风，随着隋文帝晚年的骄奢，随同作家人文心态的泯灭，特别是隋炀帝杨广即位后的残暴腐败统治，纲纪陵替，文风改革很快就消失了。在隋朝短暂的三十几年里，文坛无论在理论或创作方面都没有新的建树。

唐代初年，唐高祖为了总结历史经验，"贻鉴今古"（刘昫等：《旧唐书·令狐德棻传》）大修史书，一批史学家在撰写历史或为文学家作传时，往往通过文苑传序或作家传论，涉及许多有关文学理论和作家评价方面的主张。这样，在我国文学发展史上，史学家担负着部分文学评论工作的任务，成为我国古代文论有别于西方文艺批评的一个特色。早在西汉，就有过司马迁对屈原及其作品所做的高度美学评价，表现出他进步的文学观。唐朝的令狐德棻、李百药、魏徵、刘知几等也是这方面的代表。一般来说，史学家考察和评论作家作品，都十分注重文章的经世致用，即注重作品的人文底蕴、社会影响及社会功能的论述，所谓"文之为用，其大矣！大所以敷德教于天下，下所以达情志于上。"（魏徵：《隋书·文学传序》）"经礼乐而纬国家，通古今而述善恶，非文莫可。"（姚思廉：《梁书·文学传序》）他们不仅认识到历史纪要，要求质朴中见其真，而文学纪事却要求真中见出美的写作原则，反对六朝以来"竞采浮艳之词"（魏征：《群书治要序》）和"虚加练饰，轻事雕采"（刘知几：《史通·叙事》）的轻薄为文作风；他们强调作品的质文统一，以及写作上的简练、集中，即所谓"文质因其宜，繁约适其变"。（令狐德棻：《周书·王褒庾信传论》）"略小存大，举重明轻，一言而巨细咸该，片语而洪纤靡漏"（刘知几：《史通·叙事》）。认为应该从"时俗不同，古今有异"（刘知几：《史通·模拟》）的变化发展中去分析作家作品，等等。初唐史学家的这些论文见解，过多地侧重于实用、记事和记言方面的论述，远不及文论家那样注重对文学的创作、审美特征及文学表现手法等阐述的具体深入。但在我国文学理论史上，史学家以崭新的审美视角和人文心态探索文学现象，其文论对于坚持文学反映生活的真实性，对反对形式主义的创作倾向和推动现实主义创作理论的建立和发展都产生过良好影响，应该给予应有的重视。

如果说唐初史学家从崇实用的角度对六朝形式主义文风进行批判的话，那么初唐四杰（王勃、杨炯、卢照邻、骆宾王）在创作上，以其气势磅礴，昂扬悲壮的边塞诗，一反六朝靡艳之风。他们胸怀壮志，通过自己的创作实践，高扬作家的人文心态，不仅扩大着诗歌创作题材，而且意识到改革文体和艺术独创的重要。王勃主张文章能"激扬正道"，"黜非圣之书，除不稽之论"。（王勃：《上吏部裴侍郎启》）杨炯感叹创作上的"骨气都尽，刚健不闻"，并以"思革前蔽，用光志业"为己任，提出过所谓"蹈前贤之未识，探先王之不言，经籍为心，得王、何于逸契，风云入思，叶张、左于神交"的新的审美创作要求，

（王勃：《王勃集序》）。

待至7世纪中叶，陈子昂起于初唐文坛，他政治上提出"选贤任能"以及"顺黎民之愿"的人文主张（陈子昂《答制事问》），在文学思想上，他公开树起反对齐梁以来"采丽竞繁，而兴寄都绝"的靡丽文风的大旗，发表了像《与东方左史虬修竹篇序》这样的文学宣言，真正拉开了唐代人文革新的序幕。在宣言中，陈子昂既肯定了"汉魏风骨"（即"建安风力"）的现实主义创作精神，倡言比兴、寄托的表现手法，赞扬"骨气端翔，音情顿挫，光英朗练，有金石声"的具遒劲风格的作品。在齐、梁遗风尚存的唐初文坛，陈子昂"崛起江汉"，以他的革新精神、理论主张和创作实践，维护传承和发展了自《诗经》至汉魏以还诗歌创作的现实主义传统，使"天下翕然，质文一变"。（卢藏用：《陈子昂文集序》）形成"国朝盛文章，子昂始高蹈"（韩愈：《荐士诗》）的要求文坛革新的局面。所谓"卓立千古，横制颓波"（韩愈：《荐士诗》），不仅对唐代现实主义诗歌创作和理论批评的发展产生了深远影响，而且对改变"婉丽浮侈"的散文风气也起了促进作用。"唐兴、文章承徐、庾余风，天下祖尚，子昂始变雅正。"（宋祁、欧阳修、范镇、吕夏卿等：《新唐书·本传》）唐代散文家李华、肖颖士，以及韩愈、柳宗元等人，曾对陈子昂散文改革的功绩作过时代的审美品格和赞扬。

（二）盛唐气象与李杜文章"光焰万丈长"

我国7世纪中叶以后，即从唐高宗龙朔到唐玄宗天宝近百年的唐代王朝，由于社会稳定，经济繁荣，国力强盛，民气昂扬，呈现一派繁荣昌盛的景象，这就为诗歌、绘画、音乐、舞蹈等文学艺术高扬人文精神创作事业的发展提供了极为有利的社会条件，从而把我国封建时期的文学艺术推向一个高峰。这一时期，诗人们有的镇守边塞，怀着为国效力和建立功勋的欣羡之情，用诗歌表达英雄气概；有的感于国力强盛，歌颂和抒发祖国山河的无限壮丽；有的则对权贵蔑视和要求挣脱封建礼教束缚，而写出了对自由向往的心境、入世思想和对开明政治的追求；有的则又在唐帝国处在由盛转衰的年代，揭露出封建统治者的穷兵黩武给人民带来的苦难，叙写对劳动人民的同情。总之，这一时期的诗歌创作者们，虽然大多不是专门的职业作家，但他们崇尚崇高雄奇的人文精神，通过自身的生活经历，从隋朝靡艳的文风中走了出来，在所触所感的审美体验中，对社会人生充满了自豪、理想和自信，从而在广阔的生活领域描绘了当时的社会现实，反映出时代的精神面貌，开拓了文学创作的视野，遂形成盛唐诗歌豪情跌宕，笔力雄奇的独特风格，成为诗歌史上的"盛唐气象"。"李杜文章在，光焰万丈长。"（韩愈：《调张籍》）陈子昂提出的力主"建安风骨"和"兴寄"的表现手法在新的历史条件下得到进一步继承和发展。

李白是继战国时期屈原之后我国盛唐时期一位杰出的浪漫主义诗人。他以横溢的才情，承传了陈子昂诗歌革新的优良传统，打着复古革新的旗号（所谓"将复古道，非我而谁！"），把提倡建安风骨和追求自由解放的思想结合起来，不仅完成了诗歌革新运动，而且以他纯真的人文心态和创作实践，实践了他诗歌革新主张。在创作上，李白崇尚"清水出芙蓉，天然去雕饰"（李白：《赠江夏韦太守良宰》）的"清真"自然美，而提倡清新的理想风格，他赞美屈原那"走笔群象，思通神明"（李白：《江上吟》）的浪漫主义表现手法，主张创作不受诗律的束缚。认为诗歌艺术不仅要"辞欲壮丽，义归博远"，而且要有"光赞盛美，感天动神"（李白：《大猎赋序》）的美丽境界和感人的艺术力量，在艺术审美鉴赏上，他欣赏"一挥成斧斤"的挥洒自如的文风，喜爱"文质相炳焕"（李白：《古风（三十五）》）的创作方法。认为诗歌创作既要有炽热奔放的感情，更要有飞驰的想象和大胆神奇的夸张。诚然，李白的这种文学思想，既反映了时代和独特的人文个性的要求，也是他性格气质和自身创作实践经验的体现。这一时期，与陈子昂、李白反对齐梁形式主义文风相联系，以选诗宣传文学主张和批评标准的，还有殷璠的《河岳英灵集》和元结《箧中集》。前者从考察南朝和盛唐诗歌的发展历史中，标举"比兴"和"声律风骨"兼备的创作原则，他反对专以辞藻为能事，但又能重视声律美；后者慨叹"风雅不兴"，"文章道丧盖久"，而强调继承《诗经》精神、风雅比兴传统。他们的诗论虽然存在一些片面性，但通过编选诗集，总结了一些创作经验和艺术规律，体现了现实主义的创作要求，对尔后诗论和诗歌编纂带来了一定的影响。

伟大的现实主义诗人杜甫，则针对当时文坛存在"好古者遗近"和"务华者去实"的创作偏向，以他崇高的人文创作心态，提出必须"亲风雅""近风骚"，以及讲究诗歌形式美的创作要求，在后期盛唐诗坛，进一步继承和发展了文学必须真实地反映现实的现实主义诗歌创作传统。其诗歌理论《戏为六绝句》，提倡"汉魏风骚"和四杰文体，而推崇创作上的雄浑和清新文风，他强调继承诗歌创作的"兴寄"和富于"风力"的表现手法。在对待六朝文学、以及继承革新的关系问题上，杜甫既没有因革新对六朝文学作全盘否定，也没有为了继承对以往艺术经验全盘吸收的缺点，他采取的原则是："不薄今人爱古人，清词丽句必为邻""别裁伪体亲风雅，转益多师是汝师"。他喜爱"翡翠"般的优美之诗，更赞美"鲸鱼碧海"般的阔大雄奇的境界，深刻体现了杜甫诗论的人文精神和辩证思想，也反映了他善于从传统艺术经验中"博取众长"等特点："安得思如陶谢手，令渠述作与同游"，（杜甫：《江上值水如海势聊短述》）"孰知二谢将能事，颇学阴何苦用心"，（杜甫：《解闷》之四）等等。杜甫的诗论既是以自身创作实践为基础，也是他善于多方面继承学习前人经验的结果。如元稹所说，杜子美"所谓上薄风、骚，下该沈、宋，古傍苏、李，气夺曹、刘，掩颜、谢之孤高，杂徐、庾之流丽，尽得古今之体势，而兼人人之所独专"（杜甫：《唐故工部员外郎杜君墓系铭并序》）。总之，陈子昂、李白、杜甫等人尽管不是专门的文学理论批评家，但他们在创作和理论的结合上，高扬文学创作的人文心态，使明道与致用相契合，从而促进了文学事业和理论批评的发展，他们的理论主张直接影响到中唐时期以白居易为代表的诗歌理论和新乐府运动。

（三）新乐府运动与元白诗作的人文心态

安史之乱（755年）以后，唐朝帝国的政治经济开始走向衰落，其间虽然有过贞元时期（785—805年）的所谓"中兴"，但已失去了盛唐时期的繁荣和升平气象。在那政局动乱、宦官专权和藩镇割据人文精神缺失的形势下，一些有正义感的文人，为了匡救时政，更加密切注视社会现实，匡扶社稷，他们怀着对人民的同情和对执政者的规劝，即所谓"欲开壅蔽达人情，先向歌诗求讽刺"（白居易：《采诗官》），意想恢复汉魏乐府诗歌再现现实的优良传统，使文学创作有补于世，起到"救世劝俗"的社会政治效果。勃兴于中唐时期以元（稹）、白（居易）为首的"新乐府运动"及其文学主张，正是这一特定历史条件下产生的进步文学思潮，深刻体现了文学反映现实以及文艺的人文精神和为政事服务的创作原则。

人文系指人类社会的各种文化现象，人文心态是实现社会发展和人文科学的心理机制。唐代文学思想的价值，深刻体现在唐代作家的诗文创作和理论批评的人文心态中。白居易年青时代是在贫困的生活中度过的。他关心国事，具有"达则兼济天下"的进取心；他敢于仗义执言，"好刚不好柔"（白居易：《折剑头》、白居易：《白香山集》卷一），常和元稹商讨澄清政治对策，以实现功名抱负。直至元和10年，白居易因上疏"急请捕贼，以雪国耻"（刘昫等：《旧唐书·本传》）被当局贬为江州司马。这样，使他能更广泛接触现实和给予劳动人民以同情，产生"不能发声哭转作乐府诗"（白居易：《寄唐生》）的愿望。他一生不仅写下像《秦中吟》《新乐府》一类真实地反映社会生活的光辉诗篇，而且在创作实践和诗歌革新运动中，提出过一系列文学主张。这些主张集中反映在白居易的《与元九书》《新乐府序》《策林》和《寄唐生》等书序诗文中。其文学思想的显著特点，就是强调文学必须为社会、为民生的人文精神以及为政治服务的社会功能。具体表现为：（1）十分强调文学与现实生活的联系。如说：作诗"则必动于情，然后兴于嗟叹，发于吟咏。""大凡人之感于事，形于歌诗"。（白居易：《策林（六十九）》）"事物牵于外，情理动于内，随感而兴于叹咏"。（白居易：《与元九书》）在文艺与现实的关系上，把文学反映外物引向表现社会现实和人生的问题，既丰富了"诗言志"的文学思想，更明确地提出"文章合为时而著，歌诗合为事而作"。（白居易：《与元九书》）以及"为君、为臣、为民、为物、为事而作，不为文而作"（白居易：《新乐府序》）的理论纲领；（2）在白居易看来，文学创作不是消极地反映现实，而是一种有为而作的有意识的人文创作活动。所谓"以诗补察时政"，"以歌泄导人情"。（白居易：《与元九书》）"篇篇无空文，句句必尽规"（白居易：《寄唐生》）。他反对创作上的虚假和伪饰，而主张"尚质抑淫，著诚去伪"。（白居易：《策林（六十八）》）（3）白居易强调诗歌必须真实地反映社会生活。"闻见之间，有足悲者，因直歌其事"，"安得《秦中吟》，一吟歌一事"。（白居易：《秦中吟序》）诗人只有再现生活真实，才能倾注对劳动者的同情。因此，在文学反映生活的本原问题上，白居易继承发展了汉乐府民歌"感于哀乐，缘事而发"的现实主义文学创作传统。（4）白居易强调文艺的比兴和美刺讽喻的创作原则。"为诗意如何？六义互铺陈，风雅比兴外，未尝著空文。……上可裨教化，舒之济万民"。（白居易：《读张籍古乐府》）"自拾遗以来，凡所适所感，关于美刺比兴者，……因事立题，题为《新乐府》。"（白居易：《与元九书》）他反对六朝以来"嘲风月，弄花草""沉溺于山水"的脱离现实的创作风气，指出："美刺之诗不稽政，则补察之义废矣，虽雕章琢句，将焉用之？"（白居易：《策林（六十八）》）把提倡诗歌讽喻美刺的社会功能和作家维护人文创作心态，反对形式主义的创作风气结合起来。他主张"立采诗之言，开讽刺之道，察其得失之政，通其上下之情"。（白居易：《策林（六十九）》）认为自己所作新乐府就是"意激而言质"，力求做到"其辞质而径，欲见之者易谕也；其言直而切，欲闻之者深诫也；其事核而实，使采之者传信也"。（白居易：《新乐府序》）白居易和杜甫一样，继承和发展了我国诗歌创作中风雅比兴和美刺褒贬传统，但白居易更强调诗歌激切的讽喻功能，这种文艺思想和他的文艺人文心态，以及为"时"为"事"而作的文学主张是一致的，强调诗歌反映生活的真实，发挥诗歌的讽谏作用，从而在新的历史条件下开始冲破了"怨而不怒"和"主文而谲谏"的传统诗歌的束缚，把我国诗论中的抒情言志的为文心态、"美刺"和比兴、寄托说提到一个新的高度。（5）为了使文艺有助于"救济人病，裨补时阙"。白居易在强调文学反映现实的同时，还很注意诗歌的抒情言志和"情以物兴"的艺术特点。如说"感人心者，莫先乎情，莫始乎言，莫深乎义""诗者，根情，苗言，华声，实义。"（白居易：《与元九书》）即是说诗歌创作以情为先，以言为始，只有发自诗人真情实感的作品，才能使"览者欲其易入而深诫"。（白居易：《与杨虞卿书》）使"未有声入而不应，情交而不感者。"（白居易：《与元九书》）这种关于"情""义""言""声"相统一的诗歌理论，较全面地揭示出诗歌的构成要素和创作的基本规律，提出了作品的内容与形式相统一，以及要具有感人的艺术力量的审美创作要求。诚然，白居易提出诗歌"唯歌生民病，愿得天子知"（白居易：《寄唐生》）"上以纫王教，系国风；下以存炯戒，通讽喻"（白居易：《策林（六十八）》）的人文心态和创作思想，从根本上说，还是为封建统治阶级服务的。由于他过分强调文艺为政治服务，因此，对于艺术创作的特性（如创作中的自然美和形象思维等）有所忽视，对一些作家的评论也存在片面性。但白居易的文学主张，是面对社会现实，面向民生，他既重视文学为社会现实服务的社会功能，也重视对艺术传统的继承和革新。这些，正体现了时代和社会生活对文学创作的要求。他以祈求真实和通俗化的为民生的创作实践，把我国现实主义诗歌理论提高到一个新阶段。而与白居易相友善的元稹，早年和白居易一起致力于提倡新乐府运动，他除了强调诗歌"讽兴当时之事，以贻后代之人"（白居易：《新乐府古题序》）的社会作用外，对杜甫及其《悲陈陶》《哀江头》《兵车行》《丽人行》等佳作，作了高度的审美评价。这样，由白居易和元稹、张籍、王建等人所掀起的唐代中叶的新乐府运动和文学主张，对当时的文学创作产生了深广的影响，在我国文学思想史上具有重要的意义。

（四）唐代古文运动与韩、柳诗文革新

作为唐代中叶的文学思潮，还有风行于大历至元和年间（约从8世纪中叶到9世纪初）韩愈、柳宗元领导的唐代古文运动。这一文学运动和元、白"新乐府运动"一样，都是力

求通过文学革新，为适应当时社会和政治需要服务，以其抒写民生的创作要求，在反对形式主义文风的斗争中起了补弊纠偏的作用，有力地推动了当时文论和文学创作的发展。但元、白所走的是诗歌现实主义理论的提倡，韩、柳所取的是散文界反骈重散的革新。前者致力于恢复风雅和乐府诗传统，以美刺讽喻为主要内容；后者着眼于明道宗经的复古，以复古为革新，要求恢复秦汉"古文"明道致用传统。因此，同是文学革新，其所走的途径和着眼点又稍有异。

天宝之乱后，唐王朝经过代宗、德宗（762—805年）两朝的经济恢复，封建统治得以巩固和发展。韩、柳领导的古文运动正是适应了中唐王朝中央集权统治需要出现于当时文坛的。他们既重儒家的伦理教化，又提倡文道并重，主张文辞的革新独创，从而在反对六朝骈俪文体的斗争中促进了散文艺术的发展。唐代早期的古文理论家，如柳冕、萧颖士、李华、独孤及等人，已经论及了"教化美则文章盛，文章盛则王道兴"（柳冕：《论房杜二相公书》）和"文本乎道"，"盖道能兼气，气能兼辞，辞不当则文斯败矣"（梁肃：《唐左补阙李（翰）君前集序》）的主张，提倡文道统一。待至韩愈、柳宗元就更明确地提出"文以载道"和"文以明道"的理论，他们高扬散文创作的人文心态，强调作文要"有益于世"，要"文从字顺"，要注重"兴寄"和"导扬讽喻"等特点。从散文发展的角度看，韩柳领导的古文运动，虽然还是以宣传儒家之道为正宗，但在六朝以来"饰其词，而遗其意"的骈俪文已成为文学创作桎梏之时，古文运动不仅有力地打击了形式主义脱离社会现实的诰体文风，而且对建立和发展言情载道、展示作家的人文创作心态和抒写自如的散体古文产生了深远的影响。

韩愈之前，虽有过早期古文家革新要求，但文风没有发生根本变化，而使"夸多斗艳""文不足言"的骈俪文尚再流行。韩愈起而立志改革，他以复古道为旗号，把"明道致用"和文体革新相结合，提倡"古道"和"言辞"（即"道"与"文"）的统一，所谓"愈之志在古道，又甚好其言辞"，（《答陈生书》）"学古道则欲兼通其辞；通其辞者，本志乎道也。"（《题欧阳生哀辞后》）他重道但也重文："辞不足，不可以成文"，而"文字暧昧，虽有实美，其谁观之"。（《答尉迟生书》）把作家的根底主观修养看成写好文章的关键。他在提倡用散文古文替代骈文的同时，非常强调文章的革新独创和创作人文心态，所谓"能者非他，能自树立不因循者是也"，（《答刘正夫书》）"文从字顺各识职，惟古于辞必已出"（《樊绍述墓志铭》）等等，指出创作要在继承前人创作经验的基础上，能够大胆创新，以达到得心应手"浩乎其沛然"的境界。与此同时，韩愈十分推崇李（白）、杜（甫）的作品，指出"李、杜文章在，光焰万丈长"，并针对群愚对李杜的谤伤，提出过李、杜并尊的理论。（韩愈：《调张籍》）韩愈还通过对历代作家创作经验的总结，提出"气盛言宜"和"不平则鸣"的文学主张。前者发展了孟子的"养气"说和曹丕"文以气为主"的思想，认为作文要以气为先，"气盛，则言之长短，与声之高下者皆宜"。（韩愈：《送李翊书》）强调作家的情感、气势在为文创作中的意义。后者则继承发展了司马迁"发愤著书"的理论，认为"有不得已者而后言，其歌也有思，其哭也有怀"，"楚大国也，其亡也以屈原鸣"（韩愈：《送孟东野序》），进一步揭示了文学创作的抒情与作家生活境遇相联系的问题，充实了文学创作的人文心态和韩愈"文以载道"说的内容。总之，韩愈的古文运动及其理论主张，虽然没有摆脱儒家宗经、明道思想的束缚，甚至有时以卫道者自命，限制了文章思想内容的通脱与表达，但韩愈以他出色的散文创作成就，在理论和创作实践的结合上，使散文从骈体文的形式主义束缚中解放出来，创造了一种抒写自如和富于表现力的新文风，在文学与现实的关系上也灌注了一些新的内容。这样，韩愈领导的古文运动，由于提出了进步的文学主张，顺应了时代对文学创作的要求，并通过他对青年作家的培养，在柳宗元及韩门弟子的响应推动下取得了极大的成功，起了"大拯颓风，教人自为"和"摧陷廓清之功"（李汉：《昌黎先生集序》）的作用，有力地推动了尔后散文创作的繁荣和发展。

柳宗元是一位唯物主义哲学家，他哲学思想上确认"元气"为客观存在，反对因果报应，反对宦官专权，认为"国民之本"，主张作文必合"生民之意"；在文学思想上，他和韩愈一样主张"文以明道"，高扬纯真的人文精神，反对"炳炳朗朗，务采色、夸声音（律）而以为能"，（柳宗元：《答韦中立论师道书》）的作文风气，所谓："圣人之道，期以明道"，"文以行为本，在先诚其中"，（柳宗元：《报袁君陈秀才避师名书》）正和韩愈的观点相一致。但柳宗元对道的理解以及求道的途径，不再限于传统的儒家孔孟之道，而是涉及外界客观事物和社会生活内容。如说："道之及，及乎物而已"，（柳宗元：《报崔黯秀才论为文书》）"意欲施之事实，以辅时及物为道"，（柳宗元：《答吴武陵论非国语书》）"颇识古今理道"（柳宗元：《与李翰林建书》）等等，他注意文学的比兴特征，指出："文有二道，辞令褒贬，本乎著述者也；导扬讽喻，本乎比兴者也""著述者流，在于高壮广厚，词正而理备……比兴者流，在于丽则清越，言畅而意美"。（柳宗元：《杨评事文集后序》）这样，柳宗元从创作的"辅时及物"的社会作用出发，一方面要求写作有益于世，并区分了一般著作和文艺作品的界限，同时也阐述了文学以比兴为主的反映社会生活的特点。正因为柳宗元对"道"的理解贯穿了唯物论的生活内容，对文艺表现新情境的特征有一定的认识，所以能冲破推尊经史、卑视文学的旧观念，于古文运动又增添了新的内容。文学史上韩柳并称，他们以其丰富的文学创作实践了进步的文学主张，从而把我国古代散文艺术提高到一个新阶段。这一文学思潮，直接影响到宋代初年反"西昆体"的文学革新的斗争。

唐代古文运动到了李翱、皇甫湜、孙樵、李德裕又起了一些变化。李翱在推崇韩愈"文以载道"说的同时，发展了韩愈的"务去陈言"和兼通其辞的文学创作思想，主张"造意创言，皆不相师"提出"义深则意远，义远则理辩，理辩则气直，气直则辞盛，辞盛则文工"（李翱：《答朱载言书》）的"文、理、义、气"相互为用的创作要求，保持了散体文言的艺术特征。而皇甫湜、孙樵等人则片面发挥韩愈的"不专一能，怪怪奇奇"（韩愈：《送穷文》）和"搜奇抉怪，雕镂文字"（韩愈：《荆潭唱和诗序》）的一面，提倡所谓"以非常之文，通至正之理"（皇甫湜：《答李生第二书》）的追求"怪"与"奇"的写作要求,他们脱离了创作主体的人文心态,离开了作品的思想内容和文道统一的创作原则,而提出"储思必深,摛辞必高,道人之所不道,到人之所不到"(孙樵:《与王霖秀才书》)的写作方法,名曰"创新",实则又走上了追求"奇异怪癖"的形式主义的极端,失去了韩愈文学作品的气势雄健、文情酣畅的特点和艺术风格,正如苏轼所说,"诗需有为而作,好奇务新,乃诗之病"。(苏轼:《题柳子厚诗》)"唐之古文自韩愈始,其后学韩而不至者为皇甫湜,学皇甫湜而不至者为孙樵,自樵以降,无足观矣"。(苏轼:《谢南省主文启》)可见,唐代古文运动及其文学思想也是在发展变化的,这种追求怪癖的变化,既是他们脱离了文学创作的本源造成的,也反映了他们艺术思维方法的片面性。

(五)佛学兴盛与诗学审美创作理论的扩展

晚唐五代,政局动乱,社会矛盾加剧,一些贵族文人,为迎合封建阶级生活和庸俗艺术趣味需要,竭力提倡华靡香艳的诗风,他们师承"宫体",以"靡漫浸淫"为尚,所谓"下笔不在洞房娥眉、神仙诡怪之间,则掷之不顾"。(吴融:《禅月集序》)把文学当作浸淫消遣的工具。这种以描写色香情调和地主官僚颓废生活为内容的作品和主张,在《花间集》和欧阳炯所做的"序"中得到明显的反映,对晚唐及后代词风带来了消极的影响。但另一些关心国事、同情人民疾苦的诗人,如杜牧、皮日休等,他们从切身生活和艺术实践出发,提出"意能遣词,辞不能成意"的命题,认为文学创作必须"以意为主,以气为辅,以辞采章句为之兵卫"(杜牧:《答庄充书》)和"诗之美也,闻之足以观乎功;诗之刺也,闻之足以戒乎病"。(皮日休:《正乐府十篇》)在文学作品构成及其社会功能方面,于晚唐五代继承了我国古代重美轻教化的现实主义诗歌的审美创作原则。而晚唐著名诗人李商隐在反对以周公孔子之道为正宗的同时,在文学思想上提出"行道不系今古,直挥笔为文,不爱摭取经史"(李商隐:《上崔华州书》)的非名教的文学观,认为"属辞之士,言志为最",即文学创作要有独创性,要能发抒性灵,表现人文心态及真情实感,在晚唐诗论中独树一帜。

必须论及的是,随着唐代佛教的兴盛,佛教境界及"发明玄理"等观念,渐渐影响和浸透到文学理论领域,形成了一种讲求神理、超妙、兴象为主要内容的文学理论思潮。其中影响较大者有中唐诗僧皎然的《诗式》,和晚唐司空图的《二十四诗品》。他们承传和发挥了盛唐王昌龄的"三境"(物境、情境、意境)说,在总结王(维)孟(浩然)(含韦应物)诗派创作经验的基础上,对诗歌艺术的审美特征做了更为深入的探索。他们要么标举"高、逸、贞、忠、节、志、气、情、思、德、诚、闲、达、悲、怨、意、力、静、远"等十九体(字)概括"文章德体风味",(皎然:《诗式》上卷)要么把"取境"视为评诗标准,对诗之风格做了有益的区分;或者以"禅宗""妙悟"论诗,对诗歌的意境、形象思维和审美鉴赏等特征作过一些论述。他们的共同缺点是脱离了艺术反映生活的基本美学原则,离开了诗歌再现生活的思想内容去探索诗歌理论问题,因此其文学主张不免带着山林隐逸情趣和唯心主义的色彩。但另一方面,他们用精练形象化语言及比喻,生动地展示了诗歌的艺术特征,表现出他们力求兴象、情性的形象性的审美创作要求。因此,他们对诗歌的"复古通变"、艺术风格,以及表现手法、审美特征等等,都提出过许多可资借鉴的见解。例如,皎然指出作诗要"真于情性,尚于作用"。(皎然:《诗式·文章宗旨》)"作者须知复变之道"以及"取象曰比,取义曰兴"(皎然:《诗式》)等特点。又如,司空图提出的"思与境偕""韵外之致""味外之旨"(司空图:《与李生论诗书》),以及"象外之象""景外之景""超以象外,得其环中"等说法,不仅论述了诗歌艺术的意境、联想和含蓄等审美特征,而且他在前人论诗风格和总结唐诗创作经验的基础上,把诗歌分为"雄浑""冲淡""纤浓""沉着""高古""劲健""含蓄"等二十四品,并做了形象化的描述和说明,充分显示出我国以诗论诗的意境美和形象美。如谈到"刚健"时,司空图说:"行神如空,行气如虹,巫峡千寻,走云连风……",谈到"豪放"时,则说:"观花匪禁,吞吐大荒,由道返气,处得以狂。天风浪浪,海山苍苍,真力弥满,万象在旁……"等等。这种形象化的论诗方法和语言表述,尽管不够严密完善,但写来意象欲出,鲜明生动,有助于读者对艺术形象的理解及审美欣赏,对后来的文学理论和美学思想都产生过较大影响。宋代杰出的文学艺术家苏轼就说:"唐末司空图崎岖兵乱之间,而诗文高雅,犹有承平之遗风……盖自列其诗之有得于文字之表者二十四韵,恨不当时不识其妙,予三复其言而悲之。"又说:"信乎表圣之言,美在咸酸之外,可以一唱而三叹也"。(苏轼:《书黄子思诗集后》)南宋严羽提出的"妙悟""兴趣"说,清人王士祯提出"神韵"说,均吸取和发展了司空图的论诗见解,又做了申述和发挥。

第二节 李白与民间文学

李白是继屈原之后又一伟大的浪漫主义诗人。他继承了前代浪漫主义创作的成就,以鲜明强烈的爱憎感情,高傲豪迈的性格,恣肆纵放、雄奇飘逸的诗风,抒写了理想与现实的矛盾,体现了盛唐时代乐观向上的创造精神及不满封建秩序的潜在力量。

在李白的创作中,浪漫主义精神和浪漫主义表现手法达到了高度的统一。他那惊风雨、泣鬼神的诗歌不仅深深地吸引了当时众多的诗人,而且对后世的影响也极为深远,故而赢得了"诗仙"之称。

一、李白的生平

李白(701—762),字太白,号青莲居士。祖籍陇西成纪(今甘肃天水附近),生于中亚的碎叶(今吉尔吉斯斯坦共和国境内),5岁时随父亲迁居绵州彰明(今四川江油)的青莲乡。

李白在少年时代就博学广览，并好行侠。20岁后，开始在蜀中的成都、峨眉山等地漫游。他为了实现自己的政治理想，25岁后离开四川，开始了新的漫游兼求仕的生活，足迹遍布鄂、湘、赣和江浙，后折回湖北，在安陆蹉跎了10年。其间，他以安陆为中心，北上晋冀，南下江浙，东达齐鲁，几乎漫游了半个中国。壮游经历开阔了李白的眼界，增长了他的见识，同时也激发了他的创作灵感，使他写出了许多优秀的诗篇。42岁寸，他被玄宗召到长安，供奉翰林，但在政治上并不受重视。这使他感到政治理想破灭。同时，他的傲岸作风又遭到权臣们的不满而进谗诋毁。在极度失望之下，他离开了长安。在长安生活的3年，使李白对当时统治集团的腐朽有了较深的认识，写出了一些抒发愤懑、抨击现实的诗篇。离开长安后，他再度开始漫游生活，并结识了杜甫和高适。安史之乱爆发后，李白隐居庐山。后来加入永王李璘幕府，不久，李璘反叛肃宗，被肃宗平息，李白也因此受到牵连，下浔阳狱，后被流放夜郎（今贵州桐梓一带），中途遇赦。762年，李白病死在当涂（今安徽怀远）。

二、李白诗歌的内容

李白现存诗歌900多首。这些作品集中表现了他独特的个性、思想和经历，同时也像一面镜子，反映了盛唐时代的社会现实和精神生活面貌。

唐朝经过100多年的发展，到开元、天宝年间，已达到繁荣昌盛的顶点。同时，封建社会的各种固有矛盾也逐渐激化，统治阶级已开始走向奢侈和腐化。特定的时代背景和生活经历，使李白的诗歌内容具有很强的时代特征，如《梁甫吟》等。在这些诗歌里，诗人常常借历史人物表达自己向往功名事业的雄心和拯物济世的愿望。

他还写过不少歌颂游侠的诗，如《侠客行》等。这些诗往往和诗人的政治理想有着密切联系。但他的理想和现实有着尖锐的矛盾，于是他就用诗歌来抒发自己的痛苦和愤懑，如《行路难》三首便集中表现了李白的追求和幻灭，《宣州谢跳楼饯别校书叔云》也是这方面的名作。

李白一生大半过着游历生活，足迹遍步大江南北，故而写出了"蜀道之难，难于上青天""君不见黄河之水天上来，奔流到海不复回""飞流直下三千尺，疑是银河落九天"等很多描写和赞美名山大川的诗篇。李白笔下那些雄伟奇险、磅礴壮丽的高山大河，都曲折地表现了诗人叛逆不羁、追求自由的性格。同时，李白又是一个热爱祖国、心系人民疾苦的诗人。在他所写的诗中，有反对不义战争的，有歌颂边疆将士的，也有反映人民疾苦的。李白诗歌丰富的内容和鲜明的时代特征，成为当时广阔的社会环境和诗人复杂的内心世界的生动写照。

三、李白诗歌的艺术风格

李白诗歌具有现实主义和浪漫主义两方面的内容要素。其中，浪漫主义占主导地位。

他创造性地运用了浪漫主义手法，使诗歌充满了无比神奇的艺术魅力。

首先，他具有异乎寻常的想象力，这种想象力通过比喻、夸张等修辞手法在他的诗歌中得到完美的发挥，营造出神话般的意境。例如，"白发三千丈，缘愁似个长"，借有形的发，喻无形的愁，比喻新颖独特，夸张大胆生动。再如"抽刀断水水更流，举杯消愁愁更愁"，也是借助丰富的想象，达到出奇制胜的表达效果。这样的例子在李白的诗歌中不胜枚举。

其次，李白的诗歌充满强烈的自我表现色彩。诗人注重内心情感的抒写和宣泄，他在诗中创造的丰富多彩的意象，不仅具有鲜明的个性风格，而且洋溢着狂放张扬、无拘无束的自由精神和内在激情，这使他的诗歌具有一种排山倒海的语言气势和震撼人心的美学力量。"狂风吹我心，西挂咸阳树""仰天大笑出门去，我辈岂是蓬蒿人"，这些诗句坦诚率真，直抒胸臆，自我表现的主观色彩浓厚而鲜明。

此外，李白诗歌的语言脍炙人口，魅力四射。他一方面汲取魏晋以来优秀诗人的语言技巧，另一方面还认真地学习民歌语言，并形成了自己的语言风格。李白的诗歌语言犹如"清水出芙蓉，天然去雕饰"，生动鲜活，明净简洁，既瑰丽华美，又自然素朴，对后世产生了极大的影响。

第三节　杜甫与民间文学

当李白在诗歌中将浪漫主义发挥到极致时，杜甫则把诗歌推上了现实主义的高峰。杜甫的一生大部分是在忧伤和痛苦中度过的。由于生活的艰难，他更多地体察到人民的痛苦。他的诗具有丰富的社会内容，鲜明的时代色彩和强烈的政治倾向，很多作品反映了安史之乱前后复杂的社会矛盾，故被称为"诗史"。

杜甫总结并发扬了《诗经》、汉乐府的现实主义精神，开拓了一条通向现实和人生的创作道路。他最大的贡献在于使古典诗歌深入地走向生活、走向人民，把许多重大的历史事件带进了诗歌领域，使诗歌的艺术性和政治性达到高度完美的统一。他因此被后世称为"诗圣"。

一、杜甫的生平

杜甫（712—770），字子美，原籍襄阳（今湖北襄樊），生于巩县（今河南巩义市）。严武曾表荐他为检校工部员外郎，后人因称其杜工部。杜甫的一生可分为四个时期。

读书与壮游时期（35岁以前）。杜甫从小就刻苦学习，7岁就能写诗。20岁后，他曾游历吴、越，24岁赴洛阳应试，未能及第，又在齐、鲁一带漫游。之后又漫游于梁、宋间。长期的壮游，扩大了诗人的视野和心胸，使他的诗歌充满了激情和豪放之气。作品可以《望岳》为代表。

困守长安时期（35—41岁）。杜甫35岁时来到长安，奔走于权贵门下，试图得到引荐。他虽多次努力，但生活却一天比一天贫困。直到天宝十四年（755）才得到右卫率府胄曹参军的卑微职位。生活折磨了杜甫，也成全了杜甫。他的思想感情开始逐渐向人民靠近，变成了一个忧国忧民的诗人，从而写出了《兵车行》《丽人行》《自京赴奉先县咏怀五百字》等现实主义杰作。

陷贼与为官时期（44—48岁）。安史之乱爆发后，杜甫为了避乱，带着家眷从奉先（今陕西蒲城）辗转来到白水（今陕西白水），又到了鄜州（今陕西富县）的羌村。杜甫一家走在难民的行列里，尝遍了一切逃难者所受的苦楚，后来，他又被叛军捉住，送到长安。沦陷后的长安，满目疮痍，一片国破家亡的惨象，诗人感到十分悲痛。756年，肃宗在灵武（今宁夏灵武）即位。杜甫冒死逃出长安，投奔肃宗，任左拾遗。历史的暴风雨把杜甫锻炼成中国古代文学史上伟大的诗人。他写出了"三吏"（《石壕吏》《新安吏》《潼关吏》）、"三别"（《新婚别》《垂老别》《无家别》）、《悲陈陶》《春望》《羌村》《北征》等一系列充满时代精神和忧患意识的重要作品，把现实主义的诗歌创作发展到了顶点。

漂泊西南时期（49—59岁）。759年7月，为了避乱谋生，杜甫弃官来到当时较为富足的蜀中，靠朋友的帮助在成都郊外建了一所草堂，开始漂泊西南的生活。后来，杜甫的故交严武出任剑南东西川节度使，表荐杜甫担任了节度参谋、检校工部员外郎。他闲居草堂，生活比较安稳，所写诗篇也显出一种清新闲淡的韵致，但生活仍然很艰苦。这期间，他写了1000多首诗，如《茅屋为秋风所破歌》《闻官军收河南河北》等，都是这一时期的名作。永泰元年（765），严武去世，蜀中又发生大乱，杜甫带着全家沿长江东下出川，途中却因疾病和战乱先在云安（今重庆云阳）滞留了一段时间，后又在夔州（今重庆奉节）居住了近两年。这段时间的诗作以组诗《秋兴》为代表，律诗的创作艺术达到炉火纯青的境界。杜甫到57岁才得以离开夔州，顺江而下，在湘、鄂一带漂泊。770年冬，伟大的诗人长眠在由长沙到岳阳的一条破船上。直到813年，他的灵柩才由其孙杜嗣业从岳阳移葬偃师（今河南偃师）。

二、杜甫诗歌的思想内容

杜甫诗真实地反映了唐代社会由极盛走向大衰这一历史转折过程中的种种社会现象，被誉为"诗史"。

杜甫诗歌的思想内容主要表现在以下几方面：

一是严肃的现实抒写。杜甫生活在大唐帝国由盛而衰之际，各种社会矛盾日益凸显并逐渐尖锐。诗人多年漫游祖国各地，又长期寓居政治中心，所见甚广，所闻甚多，对严酷的现实体验甚深。这对诗人的创作产生了决定性的影响。他十分认真地观察生活，真实地记录生活，形成了严肃的写实态度，并体现在创作中。

二是鲜明的现实批判。杜甫亲历了强大的帝国由盛而衰的转折，对造成这一转折的现实矛盾有深切沉痛的体验。尽管他从内心认同并忠诚于所处的社会制度和最高统治者，但仍然以高度的责任感和忧虑感，用呕血泣泪的诗歌对黑暗现实进行了深刻的批判，揭露统治阶级各种祸国殃民的罪行。这成为诗人经常表现的重要主题。《兵车行》《丽人行》是这方面的代表作。

三是对民生疾苦的关怀和同情。杜甫一生遭遇坎坷，又经历战乱，身受深重的时代苦难。这使他的诗表现出高度的现实关怀。在"三吏""三别"中，他揭示出广大人民在残酷兵役下所遭受的痛楚。他对人民沉重的苦难寄予深厚的同情，一想到百姓遭受的痛苦，便忘怀了自己。在《茅屋为秋风所破歌》里，他自己的茅屋为风刮破，想的却是："安得广厦千万间，大庇天下寒士俱欢颜。风雨不动安如山！呜呼，何时眼前突兀见此屋，吾庐独破受冻死亦足！"

四是对国家与民族命运的深切忧患。杜甫热爱人民，也非常关心自己的祖国。他的喜怒哀乐是和祖国命运的盛衰起伏相呼应的。他的诗歌也表现出对祖国的无比热爱，如《春望》："感时花溅泪，恨别鸟惊心。"这就是时代歌手杜甫的爱国主义情操。一旦大乱初定，悲歌了一生的诗人又会狂喜得流泪，如《闻官军收河南河北》。强烈的忧国忧民的思想感情是杜甫诗歌的基调。

三、杜甫诗歌的艺术风格

杜甫的诗不仅具有高度的思想性，而且具有极高的艺术性，是内容和形式统一的典范。其中现实主义表现手法是他的主要艺术特色。这些特色突出表现在以下几方面：

第一，对现实生活作高度的艺术概括。杜甫善于选择和概括有典型意义的人物或事物，通过个别反映一般。例如，《自京赴奉先县咏怀五百字》中"朱门酒肉臭，路有冻死骨"，用10个字概括了社会现实中尖锐的阶级矛盾。

第二，把自己的主观意识融入客观的具体描写中。《石壕吏》描写了"有吏夜捉人"的事件。全诗完全是客观叙述，没有一句作者的评价，但作者的爱憎却明显地透露了出来。他就是这样把自己的主观感受和评价融化在客观的叙述中，让事物本身直接感染读者。

第三，沉郁顿挫的诗歌风格。他的诗歌，语言苍劲凝练，格律严谨工整，意境沉厚深邃，气魄阔大雄浑。杜甫对语言艺术有极高的造诣，他不仅擅长雕刻词句，还善于运用民间口头语言和方言里谚。他的"三吏""三别"等都是采用民间口语写成的。他具有出色的驾驭体裁的才能，各种诗体的运用及革新古题也常为世人称道。

第四节　白居易与民间文学

一、白居易的生平和思想

白居易（772—846），字乐天，自号香山居士，又号醉吟先生，曾官太子少傅，后人因称白香山、白傅或白太傅。原籍太原，祖上迁居下邽（今陕西渭南）。

白居易少年时代是在战乱中度过的，期间两河藩镇屡屡叛乱，相继称王，甚至还发生了朱泚占据长安称帝、德宗出逃奉天的大事，十二三岁便离乡到越中避乱。德宗贞元十六年（800），他考中进士，贞元十八年（802）应拔萃科试，人甲等，授秘书省校书郎，与元稹一道开始了仕宦生涯。元和元年（806）应制举时，白居易与元稹闭门思考现实社会种种问题，写下了75篇"对策"。这些后来被编为《策林》的政治短论，涉及了当时社会种种问题，如反对横征暴敛、主张节财开源、禁止土地兼并、批评君主过奢等等，都反映了白居易对社会的责任感和对政治的参与热情。这一年，他被任命为盩厔（今陕西周至）县尉，元和二年（807）冬被召回长安任翰林学士，元和三年至五年任左拾遗。元和五年（810），白居易任满改授京兆府户曹参军，次年因母丧而回乡守制三年半，后返长安，任太子左赞善大夫。

任左拾遗的三年，是白居易一生中为实现自己"兼济天下"政治主张的时期，也是他创作的黄金时期。白居易从他的正义感和政治进取心出发，对时政提出了强烈的批评。《与元九书》说："自登朝来，年齿渐长，阅事渐多，每与人言，多询时务，每读书史，多求理道。……是时皇帝初继位，宰府有正人，屡降玺书，访人急病。仆当此日，擢在翰林，身是谏官，月请谏纸。"他屡次上书，反对宦官领兵掌权，指责皇帝的过失，在朝廷上以论事激切、扶正不阿著称。又创作了包括《秦中吟十首》《新乐府五十首》在内的大量政治讽谕诗。对这段在其政治与文学生涯中最有光彩的历史，直到多年后白居易还颇为自豪。

白居易的讽谕诗锋芒尖锐，刺痛了权豪贵近的心，险恶的政治处境使他产生了退避思想。元和十年（815），宰相武元衡被平卢节度使李师道的刺客刺死，大臣裴度也被刺客重伤，白居易上书急请捕贼，反而因越职言事而获罪，被贬江州司马。这一打击，使他早年的生活理念、政治理想逐渐动摇，遂由兼济转向独善其身，并开始向佛道思想靠近。此后，他又任过忠州、杭州、苏州刺史，秘书监，河南尹，太子少傅等职。越到晚年，他受佛教的浸染就越深，最后闲居洛阳，与香山僧如满结火社，诗酒唱酬、啸咏山水、捐钱修寺、疏浚河道。75岁卒于洛阳。有《白氏长庆集》。

二、白居易诗歌的思想内容

白居易一生存诗文 3800 多首（篇），为唐代诗人之最。他在 44 岁时曾将自己此前所作的诗歌进行分类："仆数月来，检讨囊帙中，得新旧诗，各以类分，分为卷目。自拾遗来，凡所遇所感，关于美刺兴比者；又自武德讫元和，因事立题，题为《新乐府》者，共一百五十首，谓之讽谕诗。又或退公，或卧病闲居，知足保和，吟玩性情者一百首，谓之闲适诗。又有事物牵于外，情理动于内，随感遇而形于叹咏者一百首，谓之感伤诗。又有五言、七言、长句、绝句，自百韵至两韵者，四百余首，谓之杂律诗。"（《与元九书》）晚年又把其余的诗歌分为"格诗""律诗"两大类。将诗歌分为讽谕诗、闲适诗、感伤诗、格律诗不尽恰当，但能反映出白居易诗歌创作的基本情况。

四类诗中，价值最高最为白居易看中的就是"美刺兴比"的讽谕诗。这类诗歌共有170 多首，批判性、战斗性都很强，是白居易现实主义诗歌的代表作。其中《秦中吟十首》《新乐府五十首》，属于"篇篇无空文，句句必尽规"的有为之作。

从"惟歌生民病"的目的出发，讽谕诗首先广泛地反映了人民痛苦，体现出诗人极大的同情心。这首先表现在对农民的关切，尤其是农民面对的土地问题和赋税问题，如《观刈麦》中描写了农民"足蒸暑土气，背灼炎天光"的辛勤劳动，以及"家田输税尽"而不得不拾穗的农妇。诗人在质朴的叙述中饱含着深切的同情，也因此为自己不事农桑而岁有余粮深感羞愧。诗人用对赋敛的痛恨之心把田家、贫妇和自己三方联系在一起，突出了诗歌对横征暴敛的批判意义。《采地黄者》中农民在遭受天灾后过着牛马不如的生活，而地主的马却有"残粟"："愿易马残粟，救此苦饥肠！"所以诗人得出结论："嗷嗷万族中，唯农最苦辛！"《重赋》中写下层民众"幼者形不蔽，老者体无温；悲喘并寒气，并入鼻中辛"。诗人直接斥责贪官污吏不顾人民死活，勒索求宠的罪行："夺我身上暖，买尔眼前恩。"《缭绫》中也以"丝细缲多女手疼，札札千声不盈尺"写出农妇的艰辛。

其次，讽谕诗抨击、揭露统治者骄奢淫逸以及由此而欺压人民的罪行。中唐政治腐败的根源之一，就是宦官专权，《新唐书·宦官传序》载："左右神策、天威将军，委宦者主之，置护军中尉、中护军，分提禁兵，是以威柄下迁，政在宦人，举手伸缩，便有轻重。"在《轻肥》一诗中，白居易将讽刺、批判的矛头直接指向炙手可热、气焰熏天的宦官。

不收实物而收现钱的"两税法"是中唐的另一个弊政，给农民带来了沉重的负担。《重赋》揭露了两税法的真相——"敛索无冬春"，对农民的憔悴做了描绘。在《赠友》一诗中，作者质问道："私家无钱炉，平地无铜山。胡为秋夏税，岁岁输铜钱？"为了换取铜钱，农民只有"贱粜粟与麦，贱贸丝与绵"，结果是"岁暮衣食尽""憔悴畎亩间"。

名为购物"而实夺之"的"官市"是中唐的另一弊政。所谓宫市，是指皇帝派宦官到市场上采购所需的物品，随便给点钱或东西，实际上是掠夺人民财物。因为直接关涉皇帝和宦官的利益，所以很少有人敢过问，白居易却写出了《卖炭翁》，并明确标明主旨"苦宫市也"。

中唐的弊政，还有"进奉"。所谓进奉，就是地方官出于各种利益或目的，向皇帝额外进献榨取的财物的行为，进奉的财物归皇帝个人享用。白居易《论裴均进奉银器状》说当时地方官"每假进奉，广有诛求"，又《论于𬱖裴均状》也说"莫不减削军府，割剥疲人（民），每一入朝，甚于两税"，可见"进奉"害民之甚。白居易的《红线毯》虽自言是"忧农桑之费"，其实是讽刺"进奉"的。对于统治阶级的荒乐生活本身，白居易也进行了抨击，如《歌舞》《买花》等，都是有的放矢之作。

再次，白居易还注意到边疆无休止的战争给千万百姓带来的负担与痛苦。著名的《新丰折臂翁》写了一位在天宝年间逃过兵役的老人，当时宰臣"欲求恩幸立边功"，发动对南诏的战争，无数被强征去当兵的人冤死异乡，这位老人"偷将大石捶折臂"，才留得残命。诗中借老翁之口说道："此臂折来六十年，一肢虽废一身全。至今风雨阴寒夜，直到天明痛不眠。痛不眠，终不悔，且喜老身今独在。不然当时泸水头，身死魂孤骨不收。应作云南望乡鬼，万人冢上哭呦呦。"这位命运悲惨的老人，却以欣喜口吻自庆侥幸，让人读来更觉悲哀、悲凉。同时，也让人从中感受到诗人的目的不仅在记叙一桩往事，而是在揭露战争带给广大人民的无穷苦难。

最后，反映妇女痛苦、关心妇女命运，也是白居易讽谕诗的主题之一。如《井底引银瓶》《母别子》《上阳白发人》等。后者表现的是长期幽闭深宫中的宫女不幸的一生，诗中熔叙事、抒情、写景、议论于一炉，描述生动形象，很有感染力，在唐代以宫女为题材的诗歌中，堪称少有的佳作。

44岁被贬江州司马，白居易的思想开始发生变化，他在《与杨虞卿书》中说："今且安时顺命，用遣岁月。或免罢之后，得以自由，浩然江湖，从此长往。"从此闲适生活成了白居易诗歌的主要内容。这些闲适诗有明朗自然的气脉和平易流畅的语言，让人读来有亲切的感觉。他的闲适诗追求自然淡泊、悠远平和的风格，有些悠长的理趣。像《大林寺桃花》不仅写出了在山寺看见迟开桃花的惊喜，还蕴含了人间事"别有一番天地"的理趣。《问刘十九》短短20字，写得简练朴素，既真挚幽默，又热情诙谐，极富生活情趣，给人以无限艺术美的享受。

白居易的"闲适诗"，像上述几首那样写得很出色的还有一些。但类似的情怀写得太多，未免重叠复出，令人有雷同之感。尤其是他总爱在诗里表白自己的淡泊高雅，哀叹自己的衰老孤独，谈论佛禅的理趣，就给人境界不高、题材不广、创造性不足的缺憾。

讽谕、闲适之外，白居易还有比较重要的一类"感伤诗"。唐宣宗李忱写诗悼念白居易时说："童子解吟《长恨》曲，胡儿能唱《琵琶》篇。"《长恨歌》《琵琶行》是公认的白居易这类诗的代表作。

《长恨歌》作于元和元年（806）。据陈鸿《长恨歌传》揣度，白居易写《长恨歌》的本意是要"惩尤物，窒乱阶，垂于将来"，这可以说也有"讽谕"的意味。而且，《新乐府》中的《李夫人》诗中，特别提到"伤心不独汉武帝，自古及今皆如斯。君不见……

泰陵一掬泪，马嵬坡下念杨妃，纵令妍姿艳质化为土，此恨长在无销期"，也可视为是《长恨歌》创作主观意图的一个注脚。所以，《长恨歌》从写杨贵妃入宫到安史之乱，都对君主的耽色误国和贵妃的专宠任性有所讽刺。但是，这一意图并没有贯穿到底。白居易在描述杨、李爱情悲剧本身时，又抱着同情态度，用了许多动人的情节和语言把这场悲剧写得缠绵悱恻，这样就出现了双重主题彼此纠缠的状况。特别是诗中对玄宗与贵妃二人生死相恋、梦魂萦绕的那种带神话色彩的反复渲染，更把前一个主题大大地冲淡了。所以，《长恨歌》留给读者的主要不是"惩尤物"式的道德教训，而是对刻骨铭心的爱情的伤悼、感慨、礼赞。

《长恨歌》的艺术魅力在于：首先，诗人善于通过景物、声音、色彩来创造悲剧性的气氛，处处突出这一爱情悲剧的"长恨"，如赐死贵妃后唐玄宗幸蜀路上"黄埃散漫风萧索，云栈萦回登剑阁。峨眉山下少人行，旌旗无光日色薄"，惨淡的日色，萦回的栈道，满天的黄埃，无光的旌旗，冷落寂寥的峨眉山，烘托了悲剧主人翁悲惨凄凉的心境；又如唐玄宗"天旋日转"回京城后"夕殿萤飞思悄然，孤灯挑尽未成眠。迟迟钟鼓初长夜，耿耿星河欲曙天"，夕殿萤飞，孤灯独伴，长夜钟鼓，耿耿星河，这些意象都能给人以孤单寂寞的审美感受，写出了唐玄宗从早到晚痛苦深挚的情思。而杨贵妃在楼阁玲珑的仙山"玉容寂寞泪阑干，梨花一枝春带雨"，写她的眼泪和孤寂既丰润又形象。其次，这样的长篇一气舒卷，在结构上每段末二句都摄总下文，全诗场景的转换天衣无缝。从杨贵妃"三千宠爱在一身"的专宠，到"宛转蛾眉马前死"的悲惨结局，再到"圣主朝朝暮暮情"的深沉思念，一直到请道士寻杨氏芳魂"上穷碧落下黄泉"，一环紧扣一环，情节的发展令人感到真实可信。最后，全诗用婉转的声调，通畅的意脉，清丽的语言，抒写缠绵悱恻的情思，言意和谐，声情并茂，读来就像触摸一匹光滑柔软的锦缎，感觉既细腻又酣畅。如写杨贵妃的娇柔说："回眸一笑百媚生，六宫粉黛无颜色。春寒赐浴华清池，温泉水滑洗凝脂。"写她赐死时的景况说："六军不发无奈何，宛转蛾眉马前死。花钿委地无人收，翠翘金雀玉搔头。"连她的死也死得"宛转"，死后的景象既惊心又华贵。又如写她在仙界的寂寞说："玉容寂寞泪阑干，梨花一枝春带雨。"这位贵妇的眼泪也是那样哀婉美丽。

写于元和十一年（816）的《琵琶行》，则是一首感伤自己生平坎坷的抒情叙事诗。开头记述诗人秋夜在江州浔阳江头送客，听见江上琵琶声，于是便请弹琵琶的女子相见："千呼万唤始出来，犹抱琵琶半遮面。转轴拨弦三两声，未成曲调先有情。"在听了一曲琵琶后，女子诉说了自己的身世。原来她与白居易一样来自京都，也有一番由繁华而凄凉的遭遇，同病相怜的白居易深有感触："我闻琵琶已叹息，又闻此语重唧唧。同是天涯沦落人，相逢何必曾相识。"最后，沉浸在哀伤中的女子再弹一曲，声音越发凄凉悲切，而同样沉浸在伤感中的白居易听罢，更是泪下沾襟。

此诗在艺术上的特点是：首先，叙事层次分明，前后照应。如先写琵琶女出场，再写弹琵琶，接着写身世，最后作者自述遭遇。其次，抒情与叙事的高度结合。这是一首叙事诗，也是一首抒情诗，很多语言本身就兼有叙事和抒情的特点，如"我闻琵琶已叹息，又闻此语重唧唧。同是天涯沦落人,相逢何必曾相识""未成曲调先有情""似诉平生不得意""低眉信手续续弹,说尽心中无限事""别有幽愁暗恨生,此时无声胜有声"等。再次,在叙事方面注意详略变化,烘托内容的部分略写,描写音乐和身世的部分则为重点;第一次写音乐很详细,第二次写音乐只用一句"凄凄不似向前声";第一次写邀请琵琶女相见时很细致,而请她弹琵琶、讲身世,则一概省去。详写的地方细致生动,略写的地方一笔带过。

三、白居易诗歌的艺术成就和影响

白居易的讽谕诗在艺术方面成就极高,主要有以下几方面的特点。

其一,主题集中。或"一吟悲一事",或"首句标其目,卒章显其志",使作品主题思想集中、明确、突出。《秦中吟十首》,每篇题目点明所咏之事,每诗只选取最典型的材料,集中描写,突出主题,不旁敲侧击、涉猎他事,具有非常明确的目的性,使人读后一目了然。如在《重赋》中集中揭露了中唐"无名税"的弊端,对地方官吏以"羡余"为名横征暴敛、不惜加重百姓生活负担而讨取皇帝欢心的丑恶嘴脸予以无情暴露。《歌舞》集中描写了朱紫公侯们"日中为一乐""红烛歌舞楼"的醉生梦死生活,结句却是"岂知阌乡狱,中有冻死囚"的对比与浩叹。《新乐府五十首》有意取法《诗经》体例,前设总序,每篇效《关雎》之例,取首句为题,以为此篇所咏之事。每篇题下有小序,标明题旨,明确"美刺"目的,不另出他意,篇末则呼应小序题旨,以增强所咏之事的针对性,从而使主题思想显豁无遗。如《上阳白发人》《新丰折臂翁》等。

其二,融浓烈的情感和警策的议论于叙事之中,叙事在先,抒情于后,二者相辅相成。这种表现手法仍与卒章显志、突出主题息息相关。如那首"忧蚕桑之费"的《红线毯》诗。诗人开篇先是作一般叙事:"红线毯,择茧缲丝清水煮,拣丝练线红蓝染。染为红线红于蓝,织作披香殿上毯。"对由蚕茧制成红线毯的复杂工艺过程及其艰难程度进行了详尽的叙述——这需要付出多大的代价啊!孰知辛苦织就的红线毯将作何之用?"美人踏上歌舞来",原来是用于供给皇帝取乐的宫女们跳舞用的。最后诗人不无激愤地怒斥宣州太守道:"宣州太守知不知?一丈毯,千两丝。地不知寒人要暖,少夺人衣作地衣!"

其三,运用强烈而鲜明的对比手法,塑造出鲜活的人物形象。在许多讽谕作品里,白居易往往先将当权者穷奢极侈、醉生梦死的豪华生活淋漓尽致地描摹出来,然后在作品的结句赫然树起一个对立面——广大劳动人民的凄惨遇际。通过这种强烈对比,使封建社会两大基本阶级的尖锐对立鲜明地呈现在人们面前。如《轻肥》等。

调动诸如肖像描写和心理刻画及叙事、写景、抒情等多种艺术手段来创作讽谕诗,也是白居易所惯用的手法。以《卖炭翁》为例,诗人先对卖炭翁做了一番肖像描写:"满面尘灰烟火色,两鬓苍苍十指黑。"简短的14个字就把其外貌特征活灵活现地勾勒出来了,使人如见其人。接下来进行了心理刻画:"可怜身上衣正单,心忧炭贱愿天寒。"揭示了卖炭老人特殊的矛盾心理:一方面因衣不蔽体而希求天暖,另一方面又担心天暖会影响木炭的卖价。随后对其入长安城卖炭经过及被太监公开掠夺的不幸遭遇做了具体生动的描述。其中掺杂着简洁的景物描写，如"牛困人饥日已高，市南门外泥中歇"。最后，诗人含蓄地抒发了自己的愤懑之情："一车炭，千余斤，宫使驱将惜不得。半匹红纱一丈绫，系向牛头充炭直。"多种艺术手段的综合运用，于此便可略见一斑。

其四，深入浅出的诗歌语言和灵活通俗、生动自然的表现形式有机地结合在一起，增强了诗歌的感染力，使诗歌一经诞生，即刻不胫而走，遍传天下。白居易能随时把当时广泛流传着的民歌谣谚（如口语、俗语、俚语等）融入自己的作品中去，既增强了诗歌的人民性，又为广大群众所喜闻乐见，易于接受。

白居易对新题乐府诗下的功夫很大，影响也很大。他有意识地继承杜甫诗歌的创作精神，也是杜甫之后杰出的现实主义诗人。他继承并发展了《诗经》和汉乐府的现实主义传统，沿着杜甫开创的道路进一步从文学理论和创作实践上掀起了一个波澜壮阔的现实主义诗歌高潮。

第五节　李商隐与民间文学

一、李商隐的生平

李商隐（813—858），字义山，号玉溪生，怀州河内（今河南泌阳）人，唐文宗开成二年（837）进士。少年得志，却长期沉沦下僚，一生为寄人篱下的文墨小吏。有《李义山诗集》。

李商隐3岁左右，随父亲李嗣赴浙。不到10岁，李嗣去世。李商隐只得随母还乡，过着艰苦清贫的生活。在家中李商隐是长子，因此也就同时背负上了撑持门户的责任。李商隐在文章中提到自己在少年时期曾"佣书贩舂"，即为别人抄书挣钱，贴补家用。19岁以文才得到牛党令狐楚的赏识，改从令狐楚学骈文章奏，被引为幕府巡官，并经令狐绹荐举，25岁中进士。次年，李党成员泾原节度使王茂元爱其才，辟为书记，以女妻之。牛党的人因此骂他"背恩"。此后牛党执政，他一直遭到排挤，在各藩镇幕府中过着清寒的幕僚生活，潦倒至死。在个人生活方面，李商隐是一个极重感情的人。据苏雪林《李义山恋爱事迹考》，李商隐早年有几段曲折的爱情经历，但都没有结果；婚后，他与妻子感情极好，然而妻子却在他39岁时去世。因此，在他心灵中，爱情带来的痛苦也是极深的。李商隐特殊的人生经历，养成了他忧郁感伤的性格，敏心多愁，对他的诗歌创作产生了很大影响。

二、李商隐诗歌的思想内容

首先，李商隐创作了大量的政治诗。李商隐关心社会，对政治倾注了极大的热情，他的各类政治诗不下百首，在其现存的约600首诗中，占了六分之一，比重非常高。把政治上的感触和生活上的抒情紧密地联系在一起，通过个人的身世遭遇、日常生活的歌咏而表现出自己对现实重大问题的肯定或批判，这是李商隐大量政治诗中的主要内容。如大和九年（835）甘露之变发生后，他曾写了《有感二首》《重有感三首》。李商隐的朋友刘黄，因反对宦官而被贬至死，李商隐写下了《哭刘黄》《哭刘司户黄》《哭刘司户二首》，一再叹息"空闻迁贾谊，不待相孙弘""一叫千回首，天高不为闻"，反复为其鸣不平。再如"甘露之变"3年后诗人写了《行次西郊作一百韵》，诗歌由具体局部的事件和问题，延伸到对唐王朝开国以来的盛衰历史，以及政治、经济、军事等方面问题的全方位考察与思考，视野开阔，气势宏大。

李商隐部分政治诗是以咏史的形式出现的。李商隐的咏史诗历来受到推重，他常常在诗中借古讽今，抨击君主的荒唐误国。如《隋宫》以隋宫为题材，讽刺隋炀帝杨广的荒淫亡国。此诗写隋炀帝为了寻欢作乐，无休止地出外巡游，奢侈昏庸，开凿运河，建造行宫，劳民伤财，终于为自己制造了亡国的条件，成了和陈后主一样的亡国之君。讽古是为喻今，诗人把隋炀帝当作历史上以荒淫奢华著称的暴君的典型，来告诫晚唐的那些荒淫腐朽、醉生梦死的统治者。全诗采用比兴手法，写得灵活含蓄，色彩鲜明，音节铿锵。

李商隐生活在晚唐那种国势颓危的氛围下，这不能不使他对历史抱有更多的批判意识，对政治怀有更多的拯救意绪，对荒淫误国者含有更多的痛恨心理，讽刺也就特别尖锐。如《马嵬》诗中每一联都包含鲜明的对照，再辅以虚字的抑扬，在冷讽的同时，寓有深沉的感慨。他的《龙池》诗更为尖锐地揭露玄宗霸占儿媳的丑行，连本朝皇帝也不留情面，不稍讳饰。

李商隐怀抱壮志，但难以施展，正如崔珏《哭李商隐》所言："虚负凌云万丈才，一生襟抱未曾开。"因此，李商隐还创作了大量感怀诗，借以抒发自己壮志难酬的苦闷。如《安定城楼》，诗中以贾谊、王粲怀才不遇自比，抒发自己忧伤国事的心情、欲回天地的怀抱和郁郁不得志的苦闷，还对嫉贤妒能之辈予以辛辣的讽刺。由于政治上的失意，他的感怀诗多以感叹个人沦落为主要内容，如《登乐游原》表达了诗人为了排遣忧愁，驱车登古原，登古原而见美好的落日，见落日易逝而倍增惋惜和惆怅之情。何焯曾言此诗："迟暮之感，沉沦之痛，触绪纷来，悲凉无限。"

另外，李商隐也常以咏物的形式抒怀，如早年所写《初食笋呈座中》，以嫩笋为象征，抒发了对社会的愤慨和自己前途的忧虑。《回中牡丹为雨所败二首》，以被雨所败的牡丹象征自己，表现了自己的不幸遭遇。《落花》则是借助片片落花，倾诉出怀才不遇之感。《蝉》抓住蝉的生活特点、处境、遭遇来咏叹，达到了出神入化的境界。而且句句寄托自己命运遭遇的不幸、生活处境的艰难，以及对社会不平的愤慨，把蝉、树、"我"三者的关系，通过景、情、理的抒写，融为一个有机整体。

李商隐诗中，最为后人称道的是他的爱情诗。李商隐的爱情诗，有些抒情对象是很明显的，甚至有些是诗人自己直接点明的；有些并未点明，诗人可能有某种难言之隐，故意用"无题"或以篇首二字为题，以求隐晦。李商隐的爱情诗格调凄美，感情真挚，主要表现男女主人公爱情实现的艰难，异地相思的无限痛苦。如《无题》（相见时难别亦难）（飒飒东风细雨来）（昨夜星辰昨夜风）等。

李商隐在爱情诗中反复咏叹那种深沉的相思苦痛，渲染浓郁的悲剧气氛，表达了在重压下难以实现而又苦苦追求的理想，对美好事物消失而产生的憾恨以及无所依托的悲哀。这种悲剧性的调子之所以成为李商隐诗中反复咏叹的主题，一方面固然同他爱情生活的不幸遭遇有关；另一方面，这些长期郁积在诗人胸中的思想感情，包含了诗人在政治、社会方面的体验和感受，在那些含蓄隐晦的清词丽句中，分明含有某种更深一层的人生态度和情绪，从而使诗成为表现诗人身世和情怀的一种象征，甚至表现了那个时代知识分子的社会心理。于是，爱情的咏叹与人生的感怀，在诗中得到了和谐的统一。这些诗作为晚唐的一种时代情绪、社会心理，具有一定的认识价值和特殊的社会意义。

三、李商隐诗歌的艺术成就和影响

特殊的生活经历使李商隐常被一种感伤抑郁的情绪纠结包裹，这种感情基调影响了他的审美情趣。他擅长用精美华丽的语言，含蓄曲折的表现方式，回环往复的结构，构成朦胧幽深的意境，来表现心灵深处的情绪与感受。在他的无题诗（包括以篇首数字为题而实际仍为无题的诗）中，这种特点尤其显著。

首先，善于从前代小说、诗歌和神话中吸取素材，巧用典故，也非常善于捕捉富于情感表现力的意象。如《无题》（相见时难别亦难），最后一联用了两个典故"蓬山"和"青鸟"。李商隐使用包括典故在内的各种意象时，都经过精心的选择。一方面，这些意象大都是色彩裱丽或神秘谲诡、本身就带有一定美感的，诸如"云母屏风""金翡翠""绣芙蓉""舞鸾镜匣""睡鸭香炉""红烛残花""凤尾香罗"等等，使诗歌呈现出一种令人目眩的视觉效果；另一方面，这些意象又大都蕴含有一定的哀愁、彷徨、伤感等感情色彩。如《板桥晓别》："回望高城落晓河，长亭窗户压微波。水仙欲上鲤鱼去，一夜芙蓉红泪多。""水仙"句暗用琴高事，还将"留恋处，兰舟催发"的现实幻化成"水仙欲上鲤鱼去"的境界。"一夜芙蓉红泪多"中的"红泪"暗用薛灵芸事，将送行暗喻为水中芙蓉，以表现她的美貌，又由红色的芙蓉进而想象出她的泪应该也是红泪。用传奇的笔法来写普通的离别，将现实与幻想融为一片，创造出色彩缤纷的童话式幻境。

其次，李商隐的诗章法曲折变化。通篇往往吟咏的是一种情绪，而在不同角度上叠加重复，犹如人在徘徊缠绵不休。如《无题》（相见时难别亦难）写离别、写相思，先用春蚕吐丝、蜡炬滴泪喻两情之深，再借晓镜、夜吟写相思之苦，最后又以通信表相爱。全诗回环起伏，紧紧围绕着别愁离恨来制造浓郁的伤感气氛。再如《无题》（来是空言去绝踪），诗人精心制造了一种幽冷的氛围。在这里，实景与幻境，千里与咫尺，希望与失望，聚合与分离，这些曲折萦回的描写，使人的感情也随之忽喜忽怒，忽而惊喜所爱已在身边，忽而感叹所爱相距路途之远。在七绝《夜雨寄北》中，结构章法同样使用得非常巧妙。近体诗一般要避免字面的重复，这首诗有意打破常规。"期"的两见，一为妻问，一为己答，突出别离之苦。特别是"巴山夜雨"的重出，一为过去，一为今宵，用过去之苦反衬出今宵之欢，不仅构成了音调与章法的回环往复之妙，且确切地表现了时间和空间回环往复的意境之美，达到了内容与形式的完美结合。

再次，李商隐诗意境和情思朦胧，在内涵上也就往往具有多义性。李商隐诗歌的多义性，其根本原因在于把心灵世界当作表现对象。他一反盛唐诗歌用情景交融、虚实相生来表现外部世界的一事一物的传统，而退回内心，展现心灵世界中的幻觉、体验和情感。如著名的七律《锦瑟》。

李商隐的诗歌，特别是他的爱情诗，对后世有巨大的影响，晚唐的韩偓等人，宋初的西昆派诗人，清代的黄景仁、龚自珍等人的诗风都受到了他的影响。唐宋婉约派词人，元明清爱情戏曲作家，也都不断地向他学习。

第六章　宋代民间文学及作家

　　宋代文学体现出独特的风貌，与唐代文学相比，具有精致、内趋的品格。宋代文学的演进变化既有文学自身的规律，也受到特定的政治、经济、文化背景的影响。北宋散文是唐代韩柳散文的继续和发展。宋初柳开等人反对唐末、五代及"西昆"浮艳文风，揭开了宋代古文运动的序幕。欧阳修是宋代古文运动的领袖，在他及苏轼等散文大家的努力下，终于补救文坛积弊，将散文创作引向健康发展的道路。北宋诗的嬗变历史与散文相通，变革步伐基本一致。欧阳修、苏舜钦、梅尧臣诸家以清丽平淡的风格开创了宋诗的独特面貌，此后经王安石、苏轼到黄庭坚，宋诗形成了散文化、议论化的倾向。词到宋代达到鼎盛。宋初词承袭晚唐、五代婉约词风，柳永以倡新声在词坛崛起，使宋词发生了一次大的嬗变。苏轼则在婉约词派外别立豪放一宗，变革了词风，开豪放词的先河。

第一节　宋代民间文学概述

　　品性涵养是宋代文士关注的精神境界。品性涵养，要有一定的规范准则去遵循，而这种规范又具有历史延续性，于是产生"尊统"意识。尊统有两层内涵：一为维护正统，二为崇尚权威。由前者产生贯穿两宋始终的文统、道统观念，由后者生成宋代文坛上体派纷纭的现象。可见，品性涵养、尊统意识、体派现象之间，明显有一种内在逻辑。

一、品性涵养

　　品性者，品节、心性之谓也。品节，指品格气节；心性，指心术禀性。重视内在精神世界品格心术的涵养，是宋型文化的一大特征，并在文学思想中留下了痕迹。宋人读书多，学问博大精深，有一种融会贯通的博大人文气象。宋人所谓学问，不仅指读书时融会贯通前人的知识、经验和技巧，以及丰厚的知识积累，更是指内在的精神境界，如高尚品节的涵养、清旷胸襟的陶冶，以及内在心性的体认反省。朱熹说："学问须以《大学》为先，次《论语》，次《孟子》，次《中庸》。"这种学问是教人明心见性，所谓"《大学》一书，皆以修身为本，正心、诚意、致知、格物，皆是修身内事"（《朱子语类》卷一四）。所以钱穆论宋学精神说:"盖自唐以来所谓学者,非进士场屋之业,则释道山林之趣,至是(指北宋)而始有意于为生民建政教之本。"(《中国近三百年学术史·引论》)

按《大学》本为《礼记》中的一篇,宋以前未见显赫,至宋儒才予以高度重视。至朱熹始为其作章句,并改动章节,又因说传文有缺,增补《致知格物》一章。朱熹等将《大学》抬高到与《论语》《孟子》《中庸》同等的地位,合称为四子书。朝廷以四书取士,成为士人猎取功名的必读书,始于宋代,原因就在于它是明心见性的基础。宋儒认为,在儒家的伦理道德的思维锁链上,"格物致知"是达到修、齐、治、平理想境界的逻辑起点和心理前提。"致知在格物。物格而后知至,知至而后意诚,意诚而后心正,心正而后身修,身修而后家齐,家齐而后国治,国治而后天下平。"(《四书章句》)所以,在宋儒眼中,其地位甚至高于其他三书。如在《朱子语类》及《四书章句》的编排次序上,就将《大学》置于其他三子之前。朱熹明言:"先看《大学》,次《语》《孟》,次《中庸》。果然下功夫,句句字字,涵咏切己,看得透彻,一生受用不尽。"(《朱子语类》卷一四)由此也可窥见心性义理在宋儒眼中的重要。有宋一代,理学思潮,弥漫朝野,注重心术品行的涵养,也必然遍被士林。

宋初诗文革新运动先锋王禹偁有句云:"子美集开诗世界,伯阳书见到根源。"(《日长简仲咸》)就道出其中奥妙:宋人所谓学问之道,实乃包含两个相互重叠交融的世界。崇尚读书,"客子光阴书卷里","读书未了死方休",向杜甫等大师前贤学习,是一种境界;但这还不够,还要修身养性,治心养气,以求"见道根源",这才是更博大的精神气象。读书穷理与治心养性,密切关联。黄庭坚尝云:"读书欲精不欲博,用心欲纯不欲杂。读书务博,常不尽意;用心不纯,讫无全功。治经之法,不独玩其文章,谈说义理而已,一言一句皆以养心治性。"又云:"但须勤读书,令精博;极养心,令纯净。根本若深,不患枝不茂也。"(《与济川侄帖》)洪炎赞扬黄庭坚"其发源以治心修性为宗本,放而至于远声利,薄轩冕;极其致,忧国爱民,忠义之气,蔼然见于笔墨之外"(《豫章黄先生退听堂录序》);司马光亦云:"玉蕴石而山木茂,珠居渊而岸草荣,皆物理自然,虽欲掩之,不可得也。"(《传家集》卷六九)这里既有士人领袖"先天下之忧而忧,后天下之乐而乐"人格品质的自觉培养,有儒家心性对内在主体道德人格的长年累月的锻炼,也有庄、禅那种建立在直觉顿悟内心体验基础之上的超越世间是非荣辱的生存智慧,还有与自然物理相激荡推摩从而获得的一种艺术感悟。

负有强烈的使命感和责任感,是宋人品性涵养的第一层面。生长于文官政治的社会土壤,宋代士人群体本身就负载着治国安天下的直接使命,对社会负有不可推卸的责任,所以他们尤重气节,高扬儒家以天下为己任的积极入世思想,对社会、政治投注了极大热情。与民同忧乐,是一种古老的儒家学说,《孟子·梁惠王下》:"乐民之乐者,民亦乐其乐;忧民之忧者,民亦忧其忧。乐以天下,忧以天下,然而不王者,未之有也。"而范仲淹则给士人提出了"先天下之忧而忧,后天下之乐而乐"的处世原则,其道德更高、境界更美,成为有宋一代士风的精神风标,使得尊奉政治品节和高尚人格成为士人处世原则的群体自觉。南宋人王十朋《读岳阳楼记》诗云："先忧后乐范文正，此言此志高孟轲。"朱熹也推崇范"大厉名节，振作士气，故振作士大夫之功为多也"（《朱子语类》卷一二九）。苏舜钦诗有云："奋舌说利害，以救民膏肓。不然弃砚席，挺身赴边疆。喋血麈羌戎，胸胆森开张。弯弓射飙枪，越马扫大荒。功勋入丹青，名迹万世香。"（《舟中感怀寄馆中诸君》）万丈豪气，颇有盛唐边塞气象。有宋一代，兴衰安危，如犬牙纵横交错，而士人的精神面貌始终昂扬不衰，实有赖于这种博大人生境界的塑造。诚如后人所论："真、仁之世，田锡、王禹翱、范仲淹、欧阳修、唐介诸贤，以直言谠论倡于朝，于是中外缙绅知以名节相高，廉耻相尚，尽去五季之陋矣。故靖康之变，志士投袂，起而勤王，临难不屈，所在有之。及宋之亡，忠节相望，班班可书，匡直辅翼之功，盖非一日积也。"（《宋史忠义传序》）有宋一代，忠臣义士的数目，超越前代，查《宋史·忠义传》，皇皇十卷，所载278人之多。而《新唐书·忠义传》只有三卷，所载59人。宋为唐的四倍有余，可见宋代崇尚气节之一斑。魏时曹植有"捐躯赴国难，视死忽如归"（《白马篇》）的豪言，但毕竟未亲身实践；而宋人文天祥的名句"人生自古谁无死，留取丹心照汗青"，却是用自己的生命去实践了，并且凝结成一股充塞天地的浩然正气，世世代代为后人楷模。在以天下为己任的大前提下，宋人之积极参政，表现在方方面面，兹举两端。一是结党"为公"。北宋时期围绕庆历、熙宁变法而展开的新旧两党之争，颇有近代政党竞争的萌芽性质。由于是"为公"而争，细查《宋史》，持不同政见的政治家虽形同水火，但并未为私利欲置对方于死地，而是仍有交往过从。如范仲淹之与吕夷简，苏轼之与王安石，王安石之与吕惠卿等。欧阳修所著《朋党论》大倡"君子之朋"，其特征是"所守者道义，所行者忠信，所惜者名节。以之修身，则同道而相宜；以之事国，则同舟而共济"。这种理论产生在宋代，绝非偶然，它是宋代士风孕育出的积极参政意识。二是出现了限制君权的思想。在儒家"民为邦本"的思想基础上，宋代士人逐步萌生出对君权神圣性的怀疑。范仲淹曾说："寇莱公澶渊之役，而能左右天子，不动如山，天下谓之大忠。"（《宋史全文续资治通鉴》卷五）已认为臣比君高明。陆游《家世旧闻》记其高祖陆轸，曾对仁宗"举笏指御榻曰：'天下奸雄睥睨此座者多矣，陛下须好作，乃可长得'"，而仁宗不以为念，"次日以其语告大臣曰：'陆某淳直如此'"。这实在是宋代士风培育出的自由言论精神。

重视内在心性的反省与修习，是宋人品性涵养的第二层面。治心养气，是有宋一代学术的精华，弥漫渗透到文化的各个层面。庄、禅讲究直觉顿悟、重视内心体验，以超越世间是非荣辱的哲学，被宋儒消化吸收，融会贯通，取精用宏，发展成一种忽略向外在事功用力（如治国平天下）而重视内在心性修养（如格物致知）的儒者智慧。而治心养气，正是儒、道、佛三家合流的思维交汇点。它不仅指道德追求，还是一种心性智慧。追求道德挺立、品节高尚的儒家境界与庄、禅向往超然物外的清旷胸襟，实有相通之处。治心养气对苏、黄等一代大师的心态产生了深刻影响，使作家具有深于情而不为情所动，寓意于物而不滞于物的清旷胸怀，具有超然物外，与道为一，将生活艺术化的品格。苏轼贬谪黄州后即讲究禅理气数，以安心调气为养生之法。其《答秦太虚书》云："吾侪渐衰，不可复作少年调度，当速用道士方数言，厚自养炼。"所以其弟子秦观说："苏氏之道，深得于性命自得之际。其次则器足以任重，识足以致远。至于议论文章乃其与世周旋，至粗者也。"晁补之称黄鲁直"于治心养气，能为人所不为。故用于读书为文字，致思高远，亦似其为人"。苏、黄诸公能将庄禅智慧融入艺术思维，不仅与宋文化发展的内省心态相吻合，开有宋一代以内心涵养论诗之门，而且与程朱理学讲究心性诚明的哲学体认和道德修养相关。

从日常与物的周旋揣摩中获得悟性灵感，或称广义的格物态度，是宋人品行涵养的第三层面。宋代理学，朝野共尊，而作为其认识论核心的"格物致知"学说，实极大影响一代士人心态。宋人论诗，素有"诗家三昧"之说，讲的是积力既久，豁然贯通，突然顿悟到作诗的奥妙与真谛，于是左右逢源，滔滔不绝，陆游所谓"诗家三昧忽见前，屈贾在眼元历历。天机云锦妙在我，剪裁处处非刀尺"（《九月一日夜读诗稿有感走笔作歌》），描述的就是这种由量变到质变的过程。而欲达此境界，需要下长期涵养功夫，有一个渐进积累过程。正如陆游所说："诗岂易言哉？一书之不见，一物之不识，一理之不穷，皆有憾焉。"（《何君墓表》）罗大经也说："凡作文章，须要胸中有万卷书为之根底，自然雄浑有筋骨，精明有气魄，深醇有意味，可以追古作者。"严羽援禅喻诗，见解与陆、罗极其相似："先须熟读《楚辞》，朝夕讽咏以为之本；及读《古诗十九首》，乐府四篇，李陵、苏武、汉魏五言皆须熟读，即以李、杜二集枕藉观之，如今人之治经，然后博取盛唐名家，酝酿胸中，久之自然悟入。"（《沧浪诗话·诗辨》）读书见性明理，厚积薄发，这种认识，在宋人中很普遍。它不仅有禅学痕迹，也明显与理学"格物致知"之说相通。文学本质上是一种带有情感色彩的认识活动，也要从现实中获得灵感，从认识论的角度说，极类似理学上的"格物致知"的过程，不过一为理性，一为感性。所谓"格物致知"，就是通过穷尽事物之理而达到本心的全知。朱熹进一步解释说："盖人心之灵，莫不有知，而后天下之物，莫不有理。惟于理有未穷，故其知有不尽也。……至于用力之久，而一旦豁然贯通焉，则众物之表里精粗无不到，而吾心之全体大用无不明矣。此谓物格，此谓知之至也。"（《大学章句》）格物的目的虽不是明物之理，而是明心之理，但毕竟首先要与物相周旋揣摩，逐一"痛理会一番，如血战相似"（《大学章句》）。格物的范围极广，"上而无极太极，下而至于一草一木一昆虫之微，亦各有理。一书不读，则阙了一书道理；一事不穷，则阙了一事道理；一物不格，则阙了一物道理。须著逐一件与他理会过"。这里，朱熹所云极像是对陆游"一书之不见，一物之不识，一理之不穷"的诠释，且极贴切。朱、陆二人之语，一论道，一论文，竟然可以互为诠释。可见文学与理学在认识论上所达到的水乳交融的默契程度。另外，朱熹、严羽在一些用语上也很近似，如朱熹认为格物有浅深，其云："格，尽也，须是穷尽事物之理。若是穷得两三分，便未是格物。须是穷尽得到十分，方是格物。"（《朱子语类》卷一五）严羽《沧浪诗话》："然悟有浅深，有分限之悟，有透彻之悟，有但得一知半解之悟。"在此，朱所谓"两三分"，就是严之"一知半解之悟"。苏洵自述其学文经历说："取读《论语》《孟子》韩子及其他圣人贤人之文，而兀然端坐终日以读之者，七八年矣。方其始也，入其中而惶然，博观于其外而骇然以惊；

及其久也，读之益精，而其胸中豁然以明。……时既久，胸中之言日益多，不能自制，试出而书之。已而再三读之，浑浑乎觉其来之易矣。"（《上欧阳内翰书》）这同朱子所说的"至于用力之久，而一旦豁然贯通焉，则众物之表里精粗无不到，而吾心之全体大用无不明矣"（《朱子语类》卷一五），如出一辙，不过一论文，一论道。尤其值得一提的是，朱熹特别把老苏这种渐悟的方法拈出，警示学者，其《沧州精舍谕学者》云："如此求师，徒费脚力。不如归家杜门，依老苏法，以二三年为期，正襟危坐，将《大学》《论语》《中庸》《孟子》及《诗》《书》《礼记》、程、张诸书，分明易晓处，反复读之；更就自己身心上存养玩索，著实行履，有个入处方好求师，证其所得，而订其谬误。"可见文学与理学的相通之处。

二、尊统意识

崇尚气节，涵养品性，总要有一定的是非标准去遵循，而这种标准又有着某种历史延续性，这就是所谓"统系"或"统序"。宋代文人，很重"统系"或"统序"。统，即世代相传的纲纪、法度、秩序，是士大夫为人行事的准则。《孟子·梁惠王下》："君子创业垂统，可为继也。"这影响到宋代士人心态，就是有一种"尊统"意识，如陈师道《正统论》就说："统者，一也，一天下而君之王事也，君子之所贵也。"宋代文坛上之尊韩、学杜，文学思想中"道统""文统"观念的形成，均与此有关。

守内虚外，不仅是宋王朝对外的军政策略，也是其对内的意识形态策略，即重视内在心术的修养，在思想文化上强调一元化，亦有"大一统"的趋势。异族虎视眈眈，燕云陷落敌手，王室偏安一隅，这本身对孔子以来的"尊王攘夷"和发源于《春秋》公羊学的大一统思想就是一种挑战。军政形势导致意识形态方面的论争。守内虚外，不仅是宋王朝的军政策略，也是其意识形态的政策，即重视内在心术的修养，在思想文化上强调一元化，所谓"天下只此一家，古今相传一脉"（钱钟书语）。宋初，孙复作《春秋尊王发微》，鼓吹正统，尊重朝廷。真宗时，官修大型类书《册府元龟》，其《帝王部·总序》云："昔雒出书九章，圣人则之，以为世大法。其初一曰五行：一曰水，二曰火，三曰木，四曰金，五曰土。帝王之起，必承王气……盖五精之运，以相生为德，木生火，火生土，土生金，金生水，水生木，乘时迭王以昭统绪。故创业受命之王，必推本乎历数，参考乎徽德，稽其行次，上承天统，春秋之大居正，贵其体元而建极也。前志之论闰位，谓其非次不当也。"进而以"五德终始"说为理论依据，严别正闰，论证秦和朱梁为非正统，此可视为官方的系统观念。随后，张方平作《南北正闰论》，尹洙作《河南府请解投赟南北正统论》，沿袭其说加以发挥引申，以"五行相胜"说肯定西晋、北魏、北周、隋、唐为正统，进而推断东晋及宋、齐、梁、陈为非正统。

一代文宗欧阳修也加入了这场争论，他曾作《正统论》七篇，专门论证统系观念，此外在《魏梁解》《正统辨》及《新五代史》传论中都表达了同样的思想。他给"正统"所下的定义是："《传》曰：'君子大居正。'又曰：'王者大一统。'正者，所以合天下之不一也。由不正与不一，然后正统之论作。"（《正统论》上）并反复强调"正统"的意义——"夫所谓正统者，万世大公之器也""夫正与统之为名，甚尊而重也"，是"王者所以一民而临天下"的理论工具。欧阳修正统论的精华是关于"绝统"之说，其云："正统有时而绝也，故正统之序，上自尧、舜，历夏、商、周、秦、汉而绝，晋得之而又绝，隋、唐得之而又绝。自尧、舜以来，三绝而复续。唯有绝而有续，然后是非公，予夺当，正统明。"（《正统论》下）此外，苏轼也曾作《正统论三首》，赞成欧阳修的"绝统"说。面对宋代海内难以浑一的局面，司马光提出了比较灵活的正统主张，首先是天无常道，贤者为君："天生民，其势不能自治，必相与戴君以治之。苟能禁暴除害，以保全其生，赏善罚恶，使不至于乱，斯可谓之君矣。"这比呆板的"五德终始"论显得灵活不少。他进而提出"不别正闰"的主张："臣愚诚不足以识前代之正闰，窃以为苟不能使九州合为一统，皆有天子之名而无其实者也。虽华夏仁暴，大小强弱，或时不同，要皆与古之列国无异，岂得独尊奖一国谓之正统，而其余皆为僭伪哉！"这种观念也影响到他的史学思想："臣今所述，止欲叙国家之兴衰，著民生之休戚，使观者自择其善恶得失，以为劝诫。非若春秋立褒贬之法，拨乱世反诸正也。正闰之际，非所敢知，但据其功业之实而言之。"

此外，尚有章望之的《明统论》，郭纯的《会统稽元图》，陈师道的《正统论》，毕仲游的《正统议》，宋庠作《纪年通谱》，还曾为仁宗采纳"诏送使馆"。他们各抒己见，有的认为秦、晋、隋、五代为"霸统"，有的主张秦、曹魏、东晋、后魏为正统……尽管众说纷纭，但在关注统绪上他们却是一致的，如张方平说："夫国之大事，莫大于继统。"（《君子大居正论》）陈师道也说："夫正者，以有贰也。……天下有贰，君子择而从之，所以致一也。不一，则无君；无君，则人道尽矣。"（《正统论》）传达官方观念的《册府元龟》更是直接将统系思想为当朝服务："自伏羲氏以木王终始之传，循环五周，至于皇朝，以炎灵受命，赤精受谶，乘火德而王，混一区夏，宅土中而临万国，得天统之正序矣。"

作为一种思想意识，尊统观念对文学思想产生了很大影响，宋文化的特点是思想政治上讲"正统"，哲学思想讲"道统"，文学思想则强调"文统"，其间联系十分密切。"道统"与"文统"，是中国文化史上两个相互独立又紧密联系的命题，可谓源远流长。《孟子·尽心下》曾历述由尧、舜至于汤，由汤至于文王，由文王至于孔子，传"道"之圣人的出现周期均为"五百余岁"，道统由他们阐扬才不至于断绝，并感叹孔子而后百余年来后继乏人。其后，唐代韩愈作《原道》，深入阐述文道合一的文学思想，继孟子后精心编织了一个道统谱系："尧以是传之舜，舜以是传之禹，禹以是传之汤，汤以是传之文、武、周公，文、武、周公传之孔子，孔子传之孟轲，轲之死，不得其传焉。"道统如此，文统又如何呢？韩愈在《进学解》及《送孟东野序》中，历述《尚书》《春秋》《左传》《易》《诗》等散文艺术，加上庄周、屈原、司马迁、扬雄及陈子昂，设立了一个崇尚先秦两汉散文的文统。至于宋代，受"尊统"思潮影响，则有把道统与文统合而为一的趋势，宋初古文倡导者柳开即云："吾之道，孔子孟轲扬雄韩愈之道；吾之文，孔子孟轲扬雄韩愈之文也。"

弘道成文，因文见道，其方向是要以文学为载道之器具，以拯救世道人心，柳开还说："文章为道之筌也，筌可妄作乎？筌之不良，获斯失矣。女恶容之厚于德，不恶德之厚于容也。文恶辞之华于理，不恶理之华于辞也。"王禹偁更是从文学发生学的角度论证了文以载道的天然合理性："夫文，传道而明心也。古圣人不得已而为之也，且人能一乎心，至乎道，修身则无咎，事君则有立。及其无位也，惧乎心之所有不得明乎外，道之所畜不得传乎后，于是乎有言焉。又惧乎言之易泯也，于是乎有文焉。"（《答张扶书》）真正确立韩愈"文统"地位的是宋人，石介首倡韩愈为"文统"的当然传人，其文章题目就是《尊韩》，认为道统系列，"孔子为圣人之至"；"文统"系列，"吏部为贤人之至"。苏轼作《潮洲韩文公庙碑》，更是盖棺论定之作，为宋人树立起一面旗帜，其云："自东汉以来，道丧文弊，异端并起。……独韩文公起布衣，谈笑而麾之，天下靡然从公，复归于正。盖三百年与此矣。文起八代之衰，道济天下之溺。"所论之义远超出韩愈本身，目的是重振古文雄风，挽救"文教衰落，风俗靡靡"（《上欧阳内翰书》）。翻开宋代不同时期古文运动倡导者们的集子，有关道统、文统的见解比比皆是，不繁赘举。许多文学名家如范仲淹、欧阳修、苏轼、黄庭坚、吕本中、陆游、杨万里等，笔下也多有"道盛文至""事信言文"，"诗者复道矫弊之具"的议论，可以说，尊统意识实可视为宋代文学思想大河的一条可观的支流，尤其在宋代士人痛感"道丧文弊，异端蜂起"，有必要以复古的形式对文学进行改革。尊统意识对宋代文学思想的影响是不可低估的。

　　此外，宋人之尊统，隐寓承传统系、舍我其谁的内涵，或宋人有很强的"续统"意识。这是重视品性涵养的责任感与崇尚古代的尊统意识的结合。在宋人心目中，"文统"至韩愈而终，接续的历史责任自然落到本朝人身上，但承接这"天降大任"的究竟是谁，则其说不一。柳开云："自韩愈氏没，无人焉。今我之所以成章者，亦将绍复先师夫子之道也。未知天使我之出耶，是我窃其器以居，则我何德而及于是者哉！"（《答臧丙第一书》）石介力倡古文，高扬文统，他认为："盖其弊由于朝庭敦好时俗，习尚染积，非一朝一夕也。不有大贤奋袂于其间，崛然而起，将无革之者乎？"（《上赵先生书》，正谊堂本《徂徕集》）但自料无力承担此重任，其云："顾己无孟轲、荀卿、扬雄、文中子、吏部之力，不能亟复斯文，其心亦不敢须臾忘。"（《上张兵部书》）于是转移给他人："《传》曰：'五百年一贤人生。'孔子至孟子，孟子至扬子，扬子至文中子，文中子至吏部，吏部至先生，其验欤？"（《上赵先生书》）并愿追随左右，振兴宋文，与汉唐争辉："先生如果欲有为，则请先生为吏部；介愿率士建中之徒，为李翱李观。先生唱于上，介等和于下；先生击其左，介等攻其右；先生骑之，介等角之。又岂知不能胜兹万百千人之众，革兹百数年之弊，使有宋之文，赫然为盛，与大汉相视，钜唐同风哉！"（《上赵先生书》）苏洵也有类似慨叹："韩愈氏没三百年矣，不知天下之将谁与也！"（《上欧阳内翰第二书》）苏轼则认为，天下事坏于道术，"晋以老庄亡，梁以佛亡，莫或正之"，以文章挽救道术人心，以文统合于道统，本朝只有欧阳修："（文章）五百余年而后得韩愈，学者以愈配孟子，盖庶几焉。愈之后三百余年，而后得欧阳子，其学推韩愈、孟子以达于孔氏，著礼乐仁义之实，以合于大道。其言简而明，信而通，引物连类，析之于至理，以服人心，故天下翕然师尊之。……士无贤不肖，不谋而合曰：'欧阳子，今之韩愈也。'"（《六一居士文集叙》）"著礼乐仁义之实，以合于大道"，属于道统；"其言简而明，信而通，引物连类"，属于文统。"析之于至理，以服人心，故天下翕然师尊之"，是文道结合，以文为载体，起到矫正道术人心的作用。宋人之崇尚道统、文统，像政治上讲"正统"一样，目的在于树立一种规范和准则，而寻找到担当此任之"斯人"，就确立了一种可为士范楷模的榜样，以点带面，影响天下士风，所谓"自欧阳子出，天下争自濯磨，以通经学古为高，以救时行道为贤，以犯颜纳谏为忠，长育成就。至嘉末，号称多士，欧阳子之功为多。"（《六一居士文集叙》）这种风气，既是政风，又是学风、文风。宋代文学领域大家林立，高潮迭起，体派纷纭，显然与这种"现代"或"近代"意识浓厚的尊统风气有关。

三、体派现象

尊统有两层含义，一为维护正统，一为崇尚权威。正统是维护某种观念，权威则要具体落实到人。由前者，形成贯穿两宋文学的道统、文统观念；由后者，产生宋代文坛的体派纷纭现象。宋文化对文学及文学思想的又一影响，是体派现象的存在。宋代文学体派之多，令人眼花缭乱。唐人虽风格纷纭，流派众多，但大多为自然形成，且基本上各自为战，体派结盟意识松散；宋人生唐后，有了不同风格流派作为从容模仿的对象，加之明确的尚统主盟意识，在文学思想上，就形成强烈的登坛树帜、别立门户的体派意识。

关于宋诗的体派，严羽《沧浪诗话·诗辨》已大致勾勒了其基本脉络，方回作《送罗寿可诗序》，叙述得更为精细："宋五代旧习，诗有白体、昆体、晚唐体。……欧阳公出焉，一变为李太白、韩昌黎之诗，苏自美二难相与为颉颃。梅盛俞则唐体之出类者也，晚唐于是退舍。苏长公踵欧阳公而起，王半山备众体，精绝句、古五言或三谢。独黄双井专尚少陵，秦、晁莫窥其藩；张文潜自然有唐风，别成一宗，惟吕居仁克肖。陈后山弃所学双井，黄致广大，陈至精微，天下诗北面矣，立为江西派之说者，铨取或不尽然，胡致堂诋之。乃后陈简斋、曾文清为渡江之巨擘；乾淳以来，尤、范、杨、陆、萧，其尤也。道学宗师于书无所不通，于文无所不能，诗其余事，而高古清劲，尽扫余子，又有一朱文公。嘉定而降，稍厌江西，永嘉四灵复为九僧晚唐体，非始于此四人也，后生晚进不知颠末，靡然宗之，涉其波而不究其源，日浅日下。"依照方回之说，博参严羽等人研究成果，可大致分宋诗为白体、晚唐体、昆体、欧公体、荆公体、东坡体、江西诗派、道学体、诚斋体、四灵体、江湖派、遗民诗派。

体派的形成，原因纷繁复杂，需具体情况具体分析。共同的思想倾向及审美取向，很容易成为一种凝聚力，形成某一派别。宋代大家多为思想、学术、文学兼胜的复合型人才，其好立门户以为党争，自然会潜移默化地影响文学思想。如朱熹论与苏轼在文与道关系上的分歧："道者文之根本，文者道之枝叶，唯其根本乎道，所以发于文皆道也。……今东坡之言曰，吾所谓文必与道俱，则是文自文而道自道，待作文时旋去讨个道来入放里面，此是他大病处。"（《朱子语类》卷一百）表明道学家文学思想自成一森严壁垒，北宋周、程道学派，南宋朱熹、吕祖谦、张栻为核心的理学派，均属此一脉。还有一种情况是：党争影响士人心态，由此带来文风的变化，从而导致体派的形成。例如影响较大的"荆公体"为王安石晚年风格，叶梦得《石林诗话》（卷上）将其概括为："王荆公晚年诗律尤精严，造句用字，间不容发，然意与言会，言随意遣，浑然天成，殆不见有牵率排比处。"这种"体"的形成，"便与熙、丰党争密不可分，甚至可以说，'荆公体'的内涵特征，直接由熙、丰党争孕育而成，是诗人在经历党争后心灵颤动和自我反省的外化形态。"激烈的党争导致文学观念、审美趣味及诗风的变化，在一代宗师苏、黄身上，也有类似的情形。另外，体派的形成还与时局变化有关，南宋以宗泽、李纲、胡铨、岳飞为中坚的抗战派，以陈亮为核心，辛弃疾、陆游、周必大、杨万里、范成大为羽翼的事功派崛起文坛，忠愤激昂，文章务实事而切世用，甚至南宋词坛上以辛词为代表的豪放派异军突起，此一派别"大声革堂鼕，小声铿？横绝六合，扫空万古"，无疑都与军政时局所激发的爱国情怀有关。

但值得注意的是，它与宋人热衷结社的社会风气有关。如北宋大观、政和年间，徐俯所结豫章诗社，与江西诗派就有密切联系。张元干记其事曰："往在豫章，问句法于东湖先生徐师川。是时洪刍驹父、弟炎玉父、苏坚伯固、子庠养直、潘淳子真、吕本中居仁、汪藻彦章、向子諲伯恭，为同社诗酒之乐。予既冠矣，亦获攘臂其间。大观庚寅、辛卯岁也。"其中的主要成员如徐俯、洪刍、洪炎等均列名于《江西诗社宗派图》中。而此图作者吕本中亦为其成员。此外，还有洪朋、谢逸、李彭等人，亦被列入《江西诗社宗派图》中。诗社成员与黄庭坚有密切关系，徐俯、洪朋、洪刍、洪炎都是黄之外甥，李彭则是黄的舅父李常的重孙。这种亲缘关系，使其交往密切，相互勉励，极易形成理论共鸣。如黄庭坚著名的申述江西诗派"灵丹一粒，点铁成金"主张的文章之一就是《答洪驹父书》。诗文结社对体派形成的影响直接而巨大，孙觌谈及江西诗派形成源流时说："元中，豫章黄鲁直独以诗鸣。当是时，江右学诗者皆黄氏。至靖康、建炎间，鲁直之甥徐师川、二洪驹父、玉父皆以诗人进居从官大臣之列，一时学士大夫向慕作为江西宗派，如佛氏传心，推次甲乙，绘而为图，凡挂一名其中，有荣辉焉。"可见诗社与流派的关系之密切。

诗文结社不仅是文学流派的雏形，还培养出一种主盟意识。一社之结，必有拥戴者和组织者组成，文坛上影响较大者，一般成为一社之盟主，如许昌诗社的叶梦得，豫章诗社的徐俯，洛阳耆英会、真率会的文彦博、司马光，彭城诗社的贺铸，周紫芝诗社的周紫芝等。主盟意识，受尊统思想的影响。上文说过，宋人尤重统系，继统意识强烈。继统是崇尚古人，主盟是尊崇今人。苏轼语"欧阳子，今之韩愈也"，侧重在一"今"字，很能代表宋人观念。古人之统，总要经过今人的创作和理论实践操作才能起到现实作用，否则就失去意义，杜甫、韩愈再好，但毕竟是唐代的。宋人于此，体会尤深，欲望尤强。真德秀《文章正宗纲目》："正宗云者，以后世文辞之多变，欲学者识其源流之正也。"强调正宗，就要寻找能担当此任者。李廌《师友谈记》云："东坡尝言文章之任，亦在名世之士相与主盟，则其道不坠。方今太平之盛，文士辈出，要使一时之文有所宗主。昔欧阳文忠常以是任付与某，故不敢不勉。异时文章盟主，责在诸君，亦如文忠之付授也。"由此也生出宗派主盟意识。周必大《初寮先生前后集序》："一代文章必有宗，惟名世者得其传。天生斯人，固已不数，向非君师作而成之，则其道不坠于地者希矣。"体派宗主意识，在江西诗派的形成上表现得尤为显著。黄庭坚在世时，并无自立宗派之意，只是当时及后来的追随者云起风从，分门树帜，推举他为宗师。正如刘克庄所说："会萃百家句律之长，穷极历代体制之变，搜猎奇书，穿穴异闻，作为古律，自成一家，虽只字半句不轻出，遂为本朝诗家宗祖，在禅学中比得达摩，不易之论也。"（《江西诗派序》）吕本中作《江西诗社宗派图》，正式提出"江西宗派"的概念，其序云："歌诗至于豫章始大出而力振之，后学者同作交和，尽发千古之秘，无其蕴矣。录其名字，曰江西宗派，其原流皆出豫章也。"杨万里《江西宗派诗序》对此还有详细解释："江西宗派诗者，诗江西也，人非皆江西也。人非皆江西而诗曰江西者何？系之也。系之者何？以味不以形也。"方回作《瀛奎律髓》，提出一祖三宗说，卷二十六陈与义《清明》诗评语云："古今诗人，当以老杜、山谷、后山、简斋四家为一祖三宗。"

如水映物，如镜照影，体派现象也在文学思想中得到反映。严羽认为："辨家数如辨苍白，方可言诗。荆公评文章，先体制而后文之工拙。"（《沧浪诗话·诗辨》）又说："作诗正须辨尽诸家体制，然后不为旁门所惑。今人作诗，差入门户者，正以体制莫辨也。世之技艺，犹各有家数。市缣帛者，必分道地，然后知优劣，况文章乎？"盖因某一体派的形成，必推举一位或几位大家为其领袖，必追求自家独特个性，以形成不蹈袭他人的某种风格、思潮，必有一定之宗旨、法规，而后起者又求新思变，设法摆脱旧法窠臼，提出新的文学主张。较为知名的"中兴四大家"如尤袤、陆游、杨万里、范成大等，早年都师从江西诗派，后来又都跳出江西诗法的窠臼，其中杨万里超越江西藩篱创立"诚斋体"尤其值得称道。又如，戴复古早期诗风受永嘉四灵影响较大，后自出机杼，独树一帜，其《论诗十绝》之四云："意匠如云变化生，笔端有力任纵横。须教自我胸中出，切忌随人脚后行。"江湖派大师刘克庄自述学诗次第说："初余由放翁入，后喜诚斋，又兼取东都、南渡、江西诸老，上及于唐人，大小家数，手抄口诵。"（《〈刻楮集〉序》）他转益多师，自成一家，"发为诗文，持论尚节气，下笔关伦教，一篇一咏，脱稿争传"。翻开各类宋代文学史及批评史，这样出入某一派的例子，俯拾即是。它在给文坛注入活力的同时，无疑也促进了文学思想的活跃与繁荣，一部宋代文学思想史，就是众多不同的文体流派相互激荡、吐故纳新的思维运动史。

要之，宋代实施文官政治，"文"与"官"的结盟，对宋代文学及思想影响很大。宋代文学思想的许多鲜明特征，诸如崇尚理性，注重学问，喜好讨论，以师古为革新，人文色彩浓厚等，都可以从中找到原因。因此，从社会文化背景的角度考察宋代文学思想，是十分必要的。本节将品性涵养、尊统意识、体派现象视为一条思维锁链，试图找出其中的规律，就是一种尝试。

第二节　欧阳修与民间文学

一、欧阳修的生平简介

欧阳修（1007—1072），字永叔，号醉翁，晚年又号六一居士，庐陵（今江西吉安）人。他出身于一个小官吏家庭，但4岁丧父，生活贫困。其母郑氏亲自教他读书，以芦杆代笔，在沙上写字。欧阳修资质聪颖，刻苦勤奋，少年习作诗赋文章，文笔老练，有如成人，其叔由此看到了家族振兴的希望，曾对欧阳修的母亲说："嫂无以家贫子幼为念，此奇儿也！不唯起家以大吾门，他日必名重当世。"郑氏还常对欧阳修讲述其父生前廉洁仁慈的事迹。良好的家教对欧阳修日后成长为杰出的政治家、文学家打下了坚实的基础。

仁宗天圣八年（1030），24岁的欧阳修进士及第，次年到西京（今洛阳）任留守推官，结识了尹洙、梅尧臣等人，声同气应，切磋诗文。景祐元年（1034），召试学士院，授任宣德郎，充馆阁校勘。景祐三年，范仲淹因上疏批评时政，被贬饶州，欧阳修为之辩护，也被贬为夷陵（今湖北宜昌）县令。康定元年（1040），欧阳修被召回京，复任馆阁校勘，后知谏院。庆历三年（1043），范仲淹、韩琦、富弼等人推行"庆历新政"，欧阳修参与革新，提出了改革吏治、军事、贡举法等主张。庆历五年，范、韩、富等相继被贬，欧阳修也被贬为滁州（今安徽滁州）太守。以后，又知扬州、颍州（今安徽阜阳）、应天府（今河南商丘）。至和元年（1054）八月，奉诏入京，与宋祁同修《新唐书》。嘉禧二年（1057）二月，欧阳修以翰林学士身份主持进士考试，提倡平实的文风，录取了苏轼、苏辙、曾巩等人。这对北宋文风的转变有很大影响。嘉祐五年（1060），欧阳修拜枢密副使。次年任参知政事。以后，又相继任刑部尚书、兵部尚书等职。神宗熙宁二年（1069），王安石实行新法。欧阳修对青苗法曾表异议，且未执行。熙宁三年（1070），改知蔡州（今河南汝南县）。熙宁四年（1071）六月，以太子少师的身份辞职，卒于颍州。

二、欧阳修的文学主张

欧阳修在变革文风的同时，也对诗风进行了革新。他重视韩愈诗歌"资谈笑，助谐谑，叙人情，状物态，一寓于诗而曲尽其妙"的特点，并提出了"诗穷而后工"的诗歌理论。相对于西昆诗人"历览遗编，研味前作"的主张，欧阳修的诗论无疑含有重视生活内容的精神。欧阳修的诗友梅尧臣则更加明确地主张诗歌创作应做到"因事有所激，因物兴以通"，并反对"有作皆言空"的不良诗风。欧、梅等人的诗歌创作正是以扭转西昆体脱离现实的不良倾向为指导思想的，这体现了宋代诗人对矫正晚唐五代诗风的自觉性。

从柳开、穆修到石介，复古主义的文论都有重道轻文、甚至完全把文学看作道统之附庸的倾向。欧阳修则与之不同，他对文与道的关系持有新的观点。首先，欧阳修认为儒家之道是与现实生活密切相关的："六经之所载，皆人事之切于世者。"其次，欧阳修文道并重，他认为"道纯则充于中者实，中充实则发为文者辉光。"又认为"其言之所载者大且文，则其传也彰；言之所载者不文而又小，则其传也不彰。"此外，他还认为文具有独立的性质："古人之学者非一家，其为道虽同，言语文章，未尝相似。"这种文道并重的思想有两重意义：一是把文学看得与道同样重要，二是把文学的艺术形式看得与思想内容同样重要，这无疑大大地提高了文学的地位。柳开等人以韩愈相号召，主要着眼于其道统，而欧阳修却重于继承韩愈的文学传统。

欧阳修自幼喜爱韩文，后来写作古文也以韩、柳为学习典范，但他并不盲目崇古，他所取法的是韩文文从字顺的一面，对韩、柳古文已露端倪的奇险深奥倾向则弃而不取。他说："孟、韩文虽高，不必似之也，取其自然耳。"同时，欧阳修对骈体文的艺术成就并不一概否定，对杨亿等人"雄文博学，笔力有馀"也颇为赞赏。

三、欧阳修的散文

欧阳修是北宋文坛的领袖、宋代散文的奠基人。他在文学创作上的成就，以散文为最高。苏轼评其文时说："论大道似韩愈，论本似陆贽，纪事似司马迁，诗赋似李白"。但欧阳修虽素慕韩文的深厚雄博，汪洋恣肆，但并不是一味盲目模仿，而是有着自己鲜明的特点。

（一）思想内容

欧阳修一生写了500余篇散文，各体兼备，有政论文、史论文、记事文、抒情文和笔记文等。他的散文大都内容充实，气势旺盛，深入浅出，精炼流畅。叙事说理，娓娓动听；抒情写景，引人入胜。他的散文能做到寓奇于平，给当时的文坛注入了新的血液。在艺术上，其古文继承并发扬了韩柳文从字顺的文风，叙事简括有法，议论迂徐有致，章法曲折变化，语言圆融轻快，深寓理趣、情趣，文学价值极高。

欧阳修的散文不仅内容充实，而且形式灵活多样。无论是议论，还是叙事，都是有为而作，有感而发。欧阳修的散文主要有以下几类：

政论文，如《本论》《原弊》《与高司谏书》《朋党论》等。这类作品直接关系到当时的政治斗争，如早年所作的《与高司谏书》，揭露、批评高若讷在政治上见风使舵的卑劣行为，是非分明，义正辞严，充满着政治激情。仁宗景祐三年（1036），范仲淹上《百官图》，批评宰相吕夷简任人唯亲，被贬江西饶州。朝臣纷纷论救，而谏官高若讷不但不谏诤，反而诋毁范仲淹，激起欧阳修强烈义愤，写了这封义正辞严的信，斥责高若讷趋炎附势，不敢主持正义的卑劣行为："以智文过，此君子之贼也。""下字其位而不言，便当去之，无妨他人之堪其任者也。""是足下不复知人间有羞耻事尔！"文章理直气壮，议论风发，鞭辟入里，虽"气尽语急，急言竭论"，但又婉转曲折。充分体现了疾恶如仇、刚正不阿、直言敢谏的高尚品格。又如庆历年间所作的《朋党论》，可谓是他政论文的代表作。仁宗庆历三年（1043），宰相吕夷简、枢密使夏竦等保守派人物，由于欧阳修等人的弹劾而先后罢官，以范仲淹、韩琦等为代表的革新派上台执政，欧阳修被荐引为谏官。不甘失败的吕夷简等人大造舆论，攻击范仲淹引用朋党，仁宗因此下诏"戒百官朋党"。为澄清是非，欧阳修写了这篇文章。文章着重指出，朋党有君子小人之别，君子"以同道为朋"，小人"以同利为朋"，人君治国必须"退小人之伪朋，用君子之真朋"。文章以古证今，正反对比，是非分明，刚柔相济，驳论结合，逻辑严密，说服力强。文章连用排句，气势很足。他针对保守势力诬蔑范仲淹等人结为朋党的言论，旗帜鲜明地提出"小人无朋，唯君子则有之"的论点，有力地驳斥了政敌的谬论，显示了革新者的凛然正气和过人胆识。欧阳修的这一类文章具有积极的实质性内容，是古文的实际功用和艺术价值有机结合的典范。

笔记文，如《归田录》笔说》《试笔》等。欧阳修之前，宋代文人不重视这类散文的创作，欧阳修可谓是开了宋代笔记文创作的先声。他的笔记文不拘一格，写得生动活泼，富有情趣，并常能描摹细节，刻画人物。其中，《归田录》记述了朝廷遗事、职官制度、社会风习和士大夫的趣事轶闻；介绍自己的写作经验，具有很高的认识价值。

游记散文，如《丰乐亭记》《醉翁亭记》《李秀才东园记》《丛翠亭记》《峡州至喜雨亭记》等。欧阳修的这类散文数量多，成就也最高。《丰乐亭记》对滁州的历史故事、地理环境乃至风土人情都作了细致的描写，内容十分丰富。《醉翁亭记》写滁州山间朝暮变化，四时不同的景色以及滁人和自己在山间游乐，层次历落分明，语言自然流畅，表达了摆脱约束、从容委婉的情致。这些游记，实质上也是优美的抒情文。

墓志铭、祭文，如《泷冈阡表》《祭石曼卿文》《祭尹师鲁文》等文。欧阳修曾写过很多墓志，如为友人梅尧臣、尹洙、苏舜钦等人所作的墓志铭，悼念亡友，追怀往事，情深意挚，极为动人。他的这类文章毫无虚夸溢美之弊，而是抓住人物生平的主要行迹，突出重点，写出了鲜明的性格，都是优秀的人物传记。《泷冈阡表》以生动细腻的笔触和真挚深厚的情感，追忆父母的嘉言懿行，细节描写细腻逼真，栩栩如生，又通过母亲之口转叙父亲为官清廉、治狱谨慎的事迹，在叙事之中寄寓了深切的悼念之情，感人肺腑。

序跋杂文，如《苏氏文集序》等。欧阳修为友人文集所作的序言，不但对友人的文学业绩进行评述，而且抒写了对死生离合、盛衰成败的人生遭际的感慨，绝非为文而文之作，具有鲜明的个性特征。

史传史论，如《五代史》中的一些序论，对五代的历史教训进行总结，并鲜明地表达了作者的褒贬，以及国家兴亡在于人事而非天命的历史观。《五代史伶官传序》最为出色，沈德潜谓此文"抑扬顿挫，得《史记》神髓，《五代史》中第一篇文字"。文章通过后唐庄宗李存勖得天下与失天下的典型事例，说明"忧劳可以兴国，逸豫可以亡身"，"祸患常积于忽微，而智勇多困于所溺"，一个王朝的盛衰兴亡全在于"人事"，而非"天命"。文章叙事简约，论证严密，对比鲜明，低昂往复，一唱三叹，跌宕多姿，具有浓厚的抒情意味。

欧阳修写过各种赋,古赋如《红鹦鹉赋》《迷梦赋》,骈赋如《黄杨树赋》。律赋如《监试玉不琢不成器赋》。到了晚年,他对前代的骈赋、律赋进行了改造,去除了排偶、限韵的两重规定,改以单笔散体作赋,创造了文赋。其名作如《秋声赋》,既部分保留了骈赋、律赋的铺陈排比、骈词俪句及设为问答的形式特征,又呈现出活泼流动的散体倾向,且增强了赋体的抒情意味。欧阳修的成功尝试,对文赋形式的确立具有里程碑式的意义。

欧阳修对四六体也进行了革新。宋初的四六皆沿袭唐人旧制,西昆诸子更是严格遵守李商隐等人的"三十六体"。欧阳修虽也遵守旧制用四六体来写公牍文书,但他常参用散体单行之古文笔法,且少用故事成语,不求对偶工切,从而给这种骈四俪六的文体注入了新的活力,他的《上随州钱相公启》《蔡州乞致仕第二表》等,都是宋代四六体文中的佳作。

(二)艺术成就

欧阳修的散文在艺术上有着鲜明的独创性,主要表现在以下三个方面:

第一,风格平易流畅。在欧阳修之前的古文,无论是韩、柳还是宋初的其他古文家,都免不了奇险艰涩的毛病,欧阳修在韩、柳之后第一次全面成功地创作出了这种没有奇字难句、文从字顺的散文,这在散文史上是一个重要的创造。如《五代史伶官传序》中的一段文字:

呜呼!盛衰之理,虽曰天命,岂非人事哉!原庄宗之所以得天下,与其所以失之者,可以知之矣。

世言晋王之将终也,以三矢赐庄宗而告之曰:"梁,吾仇也;燕王,吾所立。契丹与吾约为兄弟。而皆背晋以归梁。此三者,吾遗恨也。与尔三矢,尔其无忘乃父之志!"庄宗受而藏之于庙,其后用兵,则遣从事以一少牢告庙,请其矢,盛以锦囊,负而前驱,及凯旋而纳之。

这段文字写的是李克用临终告诫儿子后唐庄宗李存勖不忘报仇,而李存勖果然不忘父志,对父亲的嘱托郑重其事。所写的内容很丰富,但是,作者娓娓道来如谈家常,既没有夸大其词,也没有难字难句,简洁而又流畅。

第二,艺术手法灵活多样,不拘一格,且颇多创新。如《醉翁亭记》:

环滁皆山也。其西南诸峰,林壑尤美。望之蔚然而深秀者,琅琊也。山行六七里,渐闻水声潺潺,而泄出于两峰之间者,酿泉也。峰回路转,有亭翼然临于泉上者,醉翁亭也。作亭者谁?山之僧智仙也。名之者谁?太守自谓也。太守与客来饮于此,饮少辄醉,而年又最高,故自号曰"醉翁"也。醉翁之意不在酒,在乎山水之间也。山水之乐,得之心而寓之酒也。

若夫日出而林霏开,云归而岩穴暝,晦明变化者,山间之朝暮也。野芳发而幽香,佳木秀而繁阴,风霜高洁,水落而石出者,山间之四时也。朝而往,暮而归,四时之景不同,而乐亦无穷也。

作于仁宗庆历六年（1045），时作者贬知滁州，通过对滁州风物人情的描写，表达了寄情山水和与民同乐的思想感情。写法灵活多变，写亭之环境，由远而近，由大到小，由虚入实，逐层紧缩，步步逼近；写朝暮、四时景色用概括而形象的语言作静态描绘，画面分则独立，合则成趣；写滁州人游和太守宴会，则在展示人的动作和细节；写宴归，则用烘云托月之法，由禽鸟之乐、游人之乐而推出太守之"乐其乐"。这篇散文的语言十分精美，骈散兼行，铿锵悦耳，简洁明快，委婉含蓄，尤其是全文基本运用说明句式，连用21个"也"字收尾，使文章解释断定的语气一贯通篇，非但没有给人以累赘板滞之感，反而显得生动活泼、层次分明，在回环往复中有张有弛，跌宕顿挫，增强了文章的舒徐圆畅的节奏美和深挚浓郁的抒情性。关于连用21个"也"字的写法，是其他作家的散文中绝无仅有的。他的《秋声赋》以形象的手法描绘秋声，也是其独特的创造，对后世作家颇有启迪。

第三，无论写景、抒情还是说理，都能引人入胜，极具感染力和说服力。他的名作几乎都体现了这一特点。如《醉翁亭记》中间的一段："至于负者歌于途，行者休于树，前者呼，后者应，伛偻提携，往来而不绝者，滁人游也。临溪而渔，溪深而鱼肥；酿泉为酒，泉香而酒冽；山肴野蔌，杂然而前陈者，太守宴也。宴酣之乐，非丝非竹，射者中，弈者胜，觥筹交错，起坐而喧哗者，众宾欢也。苍然白发，颓然乎其中者，太守醉也。"这一段表现的是滁人游、太守（作者）宴、众宾欢、太守（作者）醉的四种情况。作者通过整齐的句式，富有典型意义细节和场面的描写，生动地表现了滁人的欢乐和太守（作者）的欢乐，将读者带入了一个充满喜悦的世界中，读来引人入胜。在这一点上，欧阳修有着特殊的本领，几乎无人可以取代的。

四、欧阳修的诗歌创作

欧阳修诗中不少是以政治民生为题材的作品，如《食糟民》把"日饮官酒诚可乐"的官吏与"釜无糜粥度冬春"的贫民对比，并对"我饮酒，尔食糟"的不合理，深深感到内心不安。《边户》描写了宋辽边境地区人民的不幸遭遇。《答扬子静两长句》，指出统治阶级的残酷剥削，贵族王公的享乐，是人民生活贫困的直接原因。欧诗中还有一些反映民风民俗的作品，如《明妃曲和王介甫》《再和明妃曲》，同情妇女的命运，也谴责了昏庸误国的统治者。

欧阳修诗中较多的是抒写个人生活经历、情绪以及亲朋间题赠应和的作品。如《黄溪夜泊》："楚人自古登临恨，暂到愁肠已九回。万树苍烟三峡暗，满川明月一猿哀。非乡况复惊残岁，慰客偏宜把酒杯。行见江山且吟咏，不因迁谪岂能来。"该诗写欧阳修谪居湖北夷陵，途经黄溪，登山临水之际，抚今伤古，感慨良多。诗中句句为沉痛语，连用"恨""愁""哀""暗""惊"，字字血泪，将谪居山城之苦、忠而被贬之痛完全表现了出来。《春日西湖寄谢法曹歌》中的"西湖春色归，春水绿于染。群芳烂不收，东风落如糁。参军春思乱如云，白发题诗愁送春。遥知湖上一尊酒，能忆天涯万里人。万里思春尚有情,忽逢春至客心惊。雪消门外千山绿,花发江边二月晴。少年把酒逢春色,今日逢春头已白。异乡物态与人殊,惟有东风旧相识"。这首诗作于1037年。作者被贬夷陵后,谢伯初从许昌(今属河南)寄诗安慰他,他遂以此诗答谢。首先想象许昌西湖的春景,写自己和谢伯初的交情。接着写自己政治上受到打击后的苦闷。作者面对异乡的春天,自伤自怜,心头充满无限的感触。再如《戏答元珍》:

　　春风疑不到天涯,二月山城未见花。残雪压枝犹有橘,冻雷惊笋欲抽芽。夜闻归雁生乡思,病入新年感物华。曾是洛阳花下客,野芳虽晚不须嗟!

　　此诗以荒远山城的凄凉春景衬托自己的落寞情怀,篇末故作宽解之言,委婉地倾吐了内心的感触,真切感人。

　　欧阳修诗歌的艺术成就很高,他的诗歌主要吸收了韩愈的议论化、散文化的特点,也学李白语言之清新流畅,议论往往能与叙事、抒情融为一体,所以得韩诗畅尽之致而避免了其枯躁艰涩之失。如《再和明妃曲》中"虽能杀画工,于事竟何益"及"红颜胜人多薄命,莫怨春风当自嗟",议论精警,又富有情韵;《书怀感事寄梅圣俞》叙述宴游经历,平直周详,深得古文之妙。语言自然流畅,风格清新有味,无韩诗艰涩拗口之弊。这种语言风格与欧诗特有的委婉平易的章法相结合,便形成了流丽宛转的风格,如《春日西湖寄谢法曹歌》,写好友万里相思和少去老来的感慨,时空跨度很大,情绪亦跌宕起落,然而文气仍很宛转,娓娓如诉家常。

　　欧阳修的诗歌成就虽远不能和散文相比,但其清新自然的风格,对扫除西昆派的浮艳诗风,仍有其良好的作用。

五、欧阳修的词创作

　　欧阳修的词作大部分是描写爱情的。如《踏莎行》,在抒发游子思家之情的同时,联想到闺中少妇登高怀远,并致其劝慰之意,流露了对思妇心情的体贴。又通过离愁不断如春水的妙喻和行人更在春山外的设想,构成了清丽而芊绵的意境。此外如《蝶恋花》("庭院深深深几许")、《临江仙》("柳外轻雷池上雨")等,也都色调鲜明,情思深远,成就在晏殊、张先之上。

　　表现人生感慨,主要是感慨遭际,伤时叹老,这也是欧词的重要内容。欧阳修一生宦海浮沉,曾三遭贬谪,仕途不像晏殊那么顺利,对人生命运的变幻和官场的艰险有较深的的体验,因而不时流露出"世路风波险,十年一别须臾"(《圣无忧》);"浮世歌欢真易失,宦途离合信难期"(《浣溪沙》);"如今薄宦老天涯。十年歧路,空负曲江花"(《临江仙》)的人生感叹。表现这类情感的词作虽然不太多,但毕竟显示出一种新的创作方向,即词既可以写传统的类型化的相思恨别,也能够用以抒发作者自我独特的人生体验和心态。

　　欧阳修写景的词作,主要表达啸傲湖山的洒脱情怀。如《朝中普·平山堂》,展现出他潇洒旷达的风神个性。这种乐观旷达的人生态度和用词来表现自我情怀的创作方式对后来的苏轼有着直接的影响。

欧词在题材上有突破，把个人由于仕宦波折引起的身世感慨写入词中，又有歌咏自然风光以及怀古之作，如《浪淘沙·往事忆开元》。有些词则具有俚俗化的倾向，如《南歌子》：

凤髻金泥带，龙纹玉掌梳。走来窗下笑相扶，爱道画眉深浅入时无？弄笔偎人久，描花试手初。等闲妨了绣工夫，笑问双鸳鸯字怎生书？

此词纯用白描的手法，生动而传神地描绘出了一位多情撒娇的少妇形象，表现了青年男女间的亲昵情感。另一首《玉楼春》（"夜来枕上争闲事"）描写一对夫妇吵驾后和解的故事，语言通俗，富有生活气息。此类词作，体现出一种与五代词追求语言富丽华美的贵族化倾向相异的审美趣味，而接近市民大众的审美情趣。

欧阳修的词总体风格是典雅、清疏峻洁。词作大都用典雅精致的语言，曲折而流贯的结构，清新蕴藉的风格。描写男女恋情的词，心理细腻，情感丰富。在宋代词人中，欧阳修可谓是别具一格，成就斐然。

第三节　苏轼与民间文学

苏轼是北宋文坛欧阳修之后更为杰出的领袖人物。他以丰富而广泛的文学实践建树了多方面的文学业绩，他的诗、文、词、赋代表着北宋文学的最高成就，是北宋诗文革新运动的集大成者。苏轼还是我国文学史上少有的文艺全才，在书画方面也是名家：书法与黄庭坚、米芾、蔡襄并称"四大家"；绘画是以文同为首的"文湖州竹派"的主要人物。

苏轼同他的恩师欧阳修一样，具有奖掖后进的热忱和发现人才的识力。北宋后期在文坛上占有重要地位的诗文作家，多出于苏门。苏轼不仅在宋代作家中享有盛誉，而且对后世的文学影响也是广泛而深远的。

一、苏轼的生平

苏轼（1037—1101），字子瞻，号东坡居士，四川眉县人。他出生在一个有文化修养的家庭中，父亲苏洵早有文名，母亲程氏善良而有文化教养，良好的家教为苏轼日后多方面的文学成就奠定了坚实的基础。

嘉祐元年（1056），苏轼与弟苏辙随父亲出川赴汴京应举，次年与苏辙中同榜进士。父子三人文才出众，深受欧阳修赏识，一时名动京城，世称"三苏"。

苏轼的一生是在激烈的政治斗争中度过的。王安石变法，苏轼持不同政见，自求外任，先后在杭州、密州、徐州等地做地方官。任内尽心职守，体恤民情，颇有政声。元丰二年（1079），在湖州任上以讪谤新政罪，被捕入狱，酿成北宋有名的文字狱"乌台诗案"，后侥幸获释，罪贬黄州。元祐元年（1086），旧党司马光执政，苏轼被召回京，授以翰林学士、知制诰重任，但因其不同意尽废新法，开罪于旧党，再度要求外任。苏轼对新旧两党都不阿附，不被见容于任何一方。哲宗亲政后，苏轼被列为元祐党人。从此，一贬再贬，62岁时被贬到海南的儋州。元符三年（1100），徽宗即位，被赦北还，次年七月病逝于常州。

苏轼的一生，仕途坎坷，屡遭挫折，但在文艺创作上却始终孜孜不倦，在艰难的人生历程中成就了不朽的文学事业。其《东坡全集》100多卷，遗留2700多首诗、300多首词和许多优美的散文。

二、苏轼的创作成就

苏轼在我国词史上有特殊地位，他把诗文革新精神扩展到词的创作中，改变了晚唐、五代以来词以婉约独专的风格，成为豪放词的开创者，与南宋辛弃疾并称"苏辛"。

今存苏词中，婉约之作仍占相当比重，不过，他以创新精神在保有旧领地时开拓出新的境地，把歌者之词变成了文人之词。其创新成就表现在三个方面：

一是以诗为词，扩大了词的题材范围。苏词冲破词为"艳科"的拘囿，举凡怀古记游、感旧悼亡、探讨哲理等诗歌惯用的题材统统可以入词，把词转化为文人言志抒怀的文体，从根本上改变了词的"诗馀"地位。

二是提高了语境，变革了传统词风。苏轼之前，范仲淹、欧阳修的有些词已露豪放端倪，苏轼则更独辟新境，以词为载体，抒发其豪放的心情和通脱的胸怀。《江城子》"密州出猎"，《念奴娇》"赤壁怀古"、《水调歌头》"明月几时有"即其豪放词的代表作。即便是婉约风格的词，苏轼也能一扫柔靡纤弱气息，赋予其一种清新自然、韵调高妙的境界，抒情深沉执着，具有独特的审美意味。

三是发展了词的表现技法。大抵语境愈放则词艺愈熟，为了充分表达意境，苏轼多方面吸收前人诗句入词，同时也恰当运用当时的口语，在一定程度上摆脱了音律的束缚，不为迁就声情而改变文情。南宋刘辰翁曾评："词至东坡，倾荡磊落，如诗如文，如天地奇观。（《辛稼轩词序》）

三、苏轼诗文的创作成就

苏轼作诗多方面地向李白、杜甫、白居易学习，晚年更爱陶渊明的诗，但于借鉴中又有创造，形成独特风格，与黄庭坚并称"苏黄"。

苏诗的内容主要有两方面，一是广泛关注社会政事，包括同情民生疾苦、关心国家命运、反映政事得失，其中还有一部分讽喻新法的。二是抒写个人情怀与歌咏自然景物。这类作品最能表现作者的才情思致和不俗襟怀，代表了苏诗的基本面貌和主要特色。此外，苏轼还有部分题画诗、和陶诗及酬唱诗。

苏诗的主导艺术风格是以文为诗，随意挥洒，自由奔放；想象丰富，笔力纵横驰骋；

机趣洋溢并兼有清逸简淡。苏诗完成了宋诗的艺术革新，影响很大，但其恃才好典，以议论为诗及和韵涛的凑韵凑篇，也在一定程度上影响了他的创作成就。

苏轼散文成就在"唐宋八大家"中直逼韩、柳、欧，与欧阳修并称"欧苏"，堪称文章巨匠。苏轼主张在文道合一的大前提下，先文后道，以文求道，因而其散文质实而形丰，造诣很高。

苏轼散文可分为议论文、记叙文、小品文、杂著几类。其中记叙文（亭台记、游记、碑传文等）是苏文中最具艺术独特性的部分。苏轼各体散文由于写作时期的不同，也呈不同的风格特色。总体而言，苏文趋于一致的风格是于自然平易中显其机变灵活，仪态横生，意趣盎然。

第四节 陆游与民间文学

陆游在我国文学史上占有很高的地位，他对中国文学乃至文化的贡献和影响，不仅在于其诗、文、词创作方面所取得的巨大艺术成就，更在于他用文学的形式把具有时代意义的爱国精神抒写到一种可超越时代的极致。因此，其作品，尤其是爱国诗篇不仅在当时打击了投降派，鼓舞了人们的斗志，而且对后世产生了深远影响，至今仍具有艺术审美和激励爱国情操的双重文化价值。

一、陆游的生平

陆游（1125—1210），字务观，号放翁，越州山阴（今浙江绍兴）人，出生在一个世代为官而有文化教养的家庭。他生于民族矛盾尖锐、国势迫危的南宋。幼年亲历战乱和环境的熏陶，培养了他忧国忧民的思想，抗金复国成为他一生的神圣志愿。1153年，陆游参加礼部考试，名列前茅，因触怒秦桧而被除名。孝宗即位，赐同进士出身。曾任镇江、隆兴通判。1172年又任四川宣抚使王炎、范成大等人的幕僚，曾获一生唯一的亲临前线的机会，历时8个月。陆游一生屡受投降派的排挤打击，曾几度罢官闲居，但其爱国忠诚始终不渝，在诗文中坚持不懈地抒发抗金爱国情怀。1210年，85岁的诗人写下《示儿》绝笔诗："死去原知万事空，但悲不见九州同。王师北定中原日，家祭毋忘告乃翁。"怀抱遗恨，与世长辞。

二、陆游的诗词和散文创作

陆游一生辛勤地从事创作，其诗、词、文皆有特色，以诗歌成就最高。

陆游现存诗歌9300余首，内容丰富，几乎涉及南宋前期社会生活的各个方面。其中最突出的部分是反映民族矛盾的爱国诗篇。这些诗从不同角度贴近爱国主义这个大主题：对抗金斗争的正面歌颂；对投降派的谴责与揭露；表达人民渴望收复故土、统一祖国的愿望；表现自己壮志难酬的悲愤与压抑等。其次是反映民生疾苦、描写农村风光的作品。再次是描写名胜古迹、自然风光的作品。另外，还有些纪行、酬答及即事即景的抒情小诗。

陆游于作词不甚着力，但其词在南宋词坛也有自家风貌。陆词今存145首，题材内容与其诗有相通之处。其爱国词可以与辛弃疾词相媲美。此外，也有流连风光和游宴投赠的闲适之作。而通过抒写自身爱情悲剧而控诉封建礼教的几首言情词，在古代词坛上是很有分量的。

陆游的散文在内容上有议政的、记叙个人读书经历及生活琐事的，其游记《入蜀记》以日记体描写长江两岸的山川风物、风俗民情，且注意对古迹的考证，具有较高的文化价值。陆游还具史才，参加了《孝宗实录》《光宗实录》的编撰工作，并独立完成了《南唐书》。陆游有《剑南诗稿》《渭南文集》等传世。

三、陆游的艺术风格

陆游的艺术风格集中体现在他的诗歌创作中。他作诗既向古代大家学习，又能自我革新，最终突破江西诗派理论的局限，自成一系。其创作的基本倾向是现实主义的，但又气魄雄浑，激情豪迈，富有浪漫主义色彩，并在很大程度上显示出二者的结合。

陆游文学创作的艺术特色主要有以下几点：一是注意从现实生活中汲取素材和灵感，但具体的艺术外化则偏重于概括和抒情，较少对具体事件进行刻画与铺叙。二是借助想象乃至梦境，运用夸张等手法描述现实中无法实现的理想，抒发爱国豪情。陆游仅记梦诗就有99首之多。三是讲求语言的平易晓畅、精练自然。所有这些，形成了陆游诗歌雄浑奔放、明朗流畅的基本风格。

第五节　辛弃疾与民间文学

辛弃疾是一位伟大的爱国词人，他的词同陆游的诗一样，极其成功地体现了崇高的爱国主义精神。辛弃疾继承了苏轼的豪放词风和南宋初期爱国词人的创作精神，进一步扩大了词的题材内容，提升了词的雄阔境界，彻底打破了词为艳科的传统观念，把宋词推到了一个新的高峰。辛词以爱国激情为底蕴的豪放词风，深得时望。与他同期的陈亮、刘过以及稍后的刘克庄、戴复古、刘辰翁、文天祥等人，词风明显受其影响，以至形成南宋中叶以后声势最大的爱国词派。辛词及辛派词人对当时及后世均产生了较大影响。

一、辛弃疾的生平

辛弃疾（1140—1207），字幼安，号稼轩，山东东路济南府人，豪放派词人，与苏轼合称"苏辛"，与李清照并称"济南二安"。他的一生可以大致分为三个阶段：第一阶段，抗金战斗期（23岁之前）。辛弃疾由祖父辛赞抚养成人，当时济南已为金兵所占，辛弃疾自小受到辛赞的民族大义教育，"每退食，辄引臣辈登高望远，指画山河，思投衅而起，以纾君父所不共戴天之愤"（《美芹十论》）。由此立下光复中原的壮志，22岁加入耿京的反金斗争，第二年耿京被杀，辛弃疾率领250名骑兵直捣金兵营地，生擒叛徒，又率万人南下归宋，展示出非凡的才干和勇气。第二阶段，辗转任职期（24—42岁）。因为是投诚而来，又坚决主战，辛弃疾受到朝廷多方猜忌，仅被任命为江西签判，后来虽有升迁，但都是地方官；屡次上疏请战，从未被采纳。第三阶段，罢官闲居期（43—68岁）。辛弃疾任地方官时兢兢业业，为百姓谋福利，严惩贪官污吏，因此遭人嫉恨，43岁任江西安抚使时被诬免官。此后20余年的大部分时间他闲居江西、福建农村（上饶、铅山一带），终至含恨逝世，但他从未放弃过报国的激情和功业的追求，"直使便为江海客，也应忧国愿年丰"（《新居上梁文》）。

二、辛弃疾的创作

存词629首（据唐圭璋《全宋词》、邓广铭《稼轩词编年笺注》统计共626首，孔凡礼《全宋词补辑》3首），有《稼轩词》和《稼轩长短句》两个本子。辛弃疾继承了苏轼"写其所怀"的词学主张，在《鹧鸪天》词中明确宣言："不妨旧事从头记，要写行藏入笑林。"他将自己的平生经历、行藏出处、思想精神、人格个性全部通过词作表达出来，因此他的词作在题材内容方面具有空前绝后的广度、深度和力度，心随意纵，恣肆挥洒，无事无物无意不可入词，继苏轼之后又一次开辟了宋词发展的无疆领域。辛词在创作内容上大致可分为以下几类：

（一）壮士心——对统一中原、济世安邦的雄心壮志的书写

贯穿辛词始终的灵魂和基调就是渴望祖国山河统一的热切愿望，这类词也最能体现辛弃疾的英雄本色，将词坛爱国主义主题发挥到淋漓尽致的境界。如《鹧鸪天》（壮岁旌旗拥万夫）回忆了青年时代率众起义、杀敌抗金、突围南渡的战斗经历，借以表现矢志抗战、渴求北伐的呼声。《破阵子》（醉里挑灯看剑）则将现实中的压抑消解于梦境，热情讴歌了梦想中抗金部队声势浩大的军容声威和奋勇直前的战斗精神。《南乡子》则写道："年少万兜鍪，坐断东南战未休。天下英雄谁敌手？曹刘。生子当如孙仲谋。"老当益壮，依然不减壮士情怀。辛弃疾是北方人，因此收复中原对他来说不仅仅是一种政治意识，更是一种深植于血脉的家国情怀，融"归乡梦"入"复国志"，因此这种激情比别的词人来得

更为厉烈醇厚。

（二）英雄泪——对报国无门、壮志难酬的悲愤之情的抒发

辛弃疾智勇双全，文韬武略，一生都以恢复中原为己任，却一生都不被重用，后期更是投闲置散超过二十年，这令他感到极大的打击和痛苦，因此将一腔愤郁不平之气发泄于词作。登临、咏史、思乡、送别，都可以成为他激发心中郁结的触媒。如《水龙吟·登建康赏心亭》："落日楼头，断鸿声里，江南游子。把吴钩看了，栏杆拍遍，无人会，登临意。"南归经年，却始终得不到能真正施展才干的职位，登楼销忧，却更添游子之恨。因此下阕说："可惜流年，忧愁风雨，树犹如此。倩何人唤取，红巾翠袖，揾英雄泪。"国家即将如大树凋零，谁可抚慰我这无人理解无人呼应的悲愁！《贺新郎·别茂嘉十二弟》则在与族弟把臂话别中痛切感怀"将军百战身名裂"，将满腔憾恨化为壮士悲歌、杜鹃啼血，正如唐圭璋先生所言："本词借古代许多离别之事概括出蕴蓄着无限血泪的家国之恨。"

（三）忠臣恨——对南宋王朝主和派的昏庸软弱进行揭露、鞭挞和抨击

投降苟安是南宋朝廷对外政策的主流，主战派呼声日益式微，对此辛弃疾痛恨不已，《贺新郎》（把酒长亭说）把批判矛头对准南宋朝廷，说南宋君臣"剩水残山无态度"，一味吟风弄月，不思进取。而《摸鱼儿》（更能消几番风雨）中的"君莫舞。君不见、玉环飞燕皆尘土"是直接警告那些投降派的奸邪小人，必然被历史的巨轮碾为尘土。《水龙吟·甲辰岁寿韩南涧尚书》态度更激烈："渡江天马南来，几人真是经纶手？长安父老，新亭风景，可怜依旧！夷甫诸人，神州沉陆，几曾回首！算平戎万里，功名本是，真儒事，公知否？"用《世说新语》"新亭对泣"之典，讽刺主和派软弱无能，丧权辱国。

（四）隐逸情——对农村田园生活和隐逸情趣的表现

辛弃疾闲居江南农村长达 20 余年，一生词作的一半以上创作于这一时期。明山秀水的自然风光与宁静朴素的农村生活给辛弃疾焦躁的心灵以温情的抚慰，也给他的闲居生活赋予了无限的趣味。这类词作或摹写纯美清丽的田园风光，或描写和谐淳朴的农村生活，或抒写恬淡愉快的闲适心境，风格大多轻快生动，清爽宜人，但有时也将自己的牢骚郁闷化入词中。如《清平乐·村居》描画了一幅其乐融融的农人家居图，碧草如茵，风景如诗；《鹧鸪天》（陌上柔桑破嫩芽）是春日的蓬勃生机，不同于"城中桃李愁风雨"的活泼野趣；《西江月·夜行黄沙道中》则是夏日的清凉静谧，"稻花香里说丰年"的收获喜悦。这些词作代表了农村词的革新与发展，充分地展现了自然田园的风物美、人情美，也投注了词人对生活富于热爱、富于情趣的态度。

辛弃疾词作题材非常广泛，此外还有旨在谈禅说理的哲理词，描写传统相思的艳情词等，前者如《木兰花慢》（可怜今夕月），用屈原《天问》体，向月亮提出六个问题，王国维《人间词话》评其"直悟月轮绕地之理，与科学家密合"，而《青玉案》（东风夜放花千树）则引出"众里寻他千百度，蓦然回首，那人却在、灯火阑珊处"的哲思，被王国

维用来比喻"成大事者"的第三重境界,广为周知。后者如《祝英台近·晚春》《鹧鸪天·代人赋》等,写相思爱情却无绮靡华艳之气,而显得清婉脱俗。

三、辛弃疾的艺术特点

《四库全书总目提要》说辛弃疾"能于剪红刻翠之外,屹然别立一宗",自苏轼开创豪放词风以来,南渡词人虽间有佳作,但并没有得到强有力的继承和发展,直至稼轩,不仅大量创作了具有豪放阔大风格的作品,而且在词的艺术手法、格调体式等方面进行了极富个人特色的创造,打开了宋词创作的广阔天地,成为"豪放词派"的宗主和扛鼎人物。辛词被时人和后人推尊为"稼轩体",早在南宋人范开编《稼轩词甲集》之时,在《稼轩词序》中对其特点已有较全面的论述。《南宋词史》用六个字来概括"稼轩体"的特色:雄豪、博大、隽峭。"雄豪"是就词境词格而言,"博大"是就词艺词风而言,"隽峭"是就语言用典而言。具体可概括为以下三点:

(一)雄豪壮阔的审美境界

这是"豪放词"最主要的艺术特征,也是辛弃疾心怀天下、气度卓然人格的外在表现。具体有三:

其一,善于在词中塑造一系列奇伟不凡的形象,包括人物形象、社会形象和自然物象,以抒写宏壮抱负和胸襟。其一,最夺人眼目的首先是词中生动鲜明的英雄形象,词中的抒情主人公本身就是一位豪迈不羁的悲剧英雄,"辛弃疾的英雄个性、生命情怀,正刻印在他的稼轩词里"。另外,辛词中多写功勋盖世、名垂千古的英主、名臣、将帅,如汉武帝、刘备、孙权、刘裕、屈原等。其二,辛词中形成了密集的军事意象群,诸如武器、铁马、旌旗、将军、奇兵等军事意象频繁出现,构成了词史上罕见的军事景观。①其三,辛词中多壮观雄健的自然物象。传统词离不开柔山秀水、亭台小园,境象精致而狭窄,而辛词笔下的山水是"问千丈、翠岩谁削""万里长鲸吞吐""水随天去秋无际",多描写辽阔远大的场景,给人以震撼之感。

其二,多用浪漫的夸张、想象、拟人、比喻等超现实笔法,呈现出变幻多姿的浪漫主义特征。如《一枝花·醉中戏作》"千丈擎天手,万卷悬河口",以夸张的形象比喻青年时期非凡的抱负与气概;《沁园春》(叠嶂西驰)"我觉其间,雄深雅健,如对文章太史公",以《史记》文风比喻山景给人带来的感觉;《沁园春·将止酒戒酒杯使勿近》则以人与酒杯的对话贯穿全词,场景活灵活现,天真奇丽如童话,洋溢着一种异乎寻常的激情状态。

其三,章法大开大阖,笔势跌宕不羁。首先,打破上下阕界限,熔描写、叙事、抒情、议论于一炉,纵横挥洒,笔墨飞舞。如《破阵子》(醉里挑灯看剑),上片"沙场秋点兵"之后,直贯下片"马作的卢飞快,弓如霹雳弦惊",天衣无缝,浑然一体。其次,善用比兴手法,打破用典常规,纵横古今,上天入地,信手拈来。如《贺新郎·别茂嘉十二弟》,历史与现实,宇宙与人事,纷至沓来,杂入词人悲慨,"成为历史、现实与大自然的和声共振""沉郁苍凉,跳跃动荡,古今无此笔力"(陈廷焯《白雨斋词话》卷一)。

(二)"以文为词"的艺术手法

继苏轼"以诗为词"、周邦彦"以赋为词"之后,辛弃疾进而"以文为词",将古文词赋惯用的章法、句式以及议论、对话等具体手法移植于词的创作,从而进一步打破了诗、词、文的界限,推动了三种文学样式互相借鉴、相互融汇的大趋势。

其一,融古文、辞赋章法结构入词。如《贺新郎·别茂嘉十二弟》"尽是集许多怨事"(宋代陈模《怀古录》卷中),与江淹《恨赋》《别赋》相近;《沁园春·将止酒戒酒杯使勿近》模仿汉赋主客问答体,类似于东方朔《答客难》、扬雄《解嘲》;《木兰花慢》(可怜今夕月)用屈原《天问》体;而《祝英台近·晚春》《清平乐·村居》则借鉴了散文叙事手法,以事件陈述结纂全篇。

其二,融古文句法、词汇入词。辛弃疾创造性地在词作中灵活运用经史子集中的句式和语汇,如《南乡子·登京口北固亭有怀》"天下英雄谁敌手"三句化用了《三国志》曹操的话;《西江月·遣兴》"近来始觉古人书,信着全无是处"原出自《孟子·尽心下》。而《贺新郎》(甚矣吾衰矣)的开头"甚矣吾衰矣"和结尾"知我者,二三子"都来源于《论语·述而》。再如"我见青山多妩媚,料青山、见我应如是""不恨古人吾不见,恨古人、不见吾狂耳"这类古文句法、语气词的运用在辛词中比比皆是。

其三,大量用典。辛词用典的密度与自由度直追文赋,因之成为稼轩体的主要特征之一,大大增强了辛词在艺术上的雅化特征,加大了词作的内涵和容量。但是,过度使事用典也造成了意义的晦涩难懂,以至于后人有"掉书袋"之讥。岳飞之孙岳珂在《程史·稼轩论词》中,就批评过稼轩"用事多"的弊病。

(三)多姿多彩的艺术风格

辛弃疾兼容百家,才情洋溢,因此造就了稼轩体的包罗万象、生机勃郁。周济说"辛宽姜(姜夔)窄",既是说辛词题材的广阔无垠,体裁的各式兼备,更是说稼轩词风的博大万有,无所不能。辛词以豪放风格为主,但也有《清平乐·村居》的清新自然,《祝英台近·晚春》的婉丽柔美,《西江月·遣兴》的幽默诙谐,《丑奴儿近·博山道中效李易安体》的俚俗平易,《念奴娇·赋雨岩效朱希真体》的放旷闲逸,体现出多样纷呈的风格情调。"有的'委婉清丽',有的'裱纤绵密',有的'奋发激越',有的'悲歌慷慨',其丰富多彩也是两宋其他词人的作品所不能比拟的。"

总之,辛弃疾是整个两宋词史成就、地位最高的词人,无论是词作内容境界、表现手法,还是语言的丰富性、深刻性、创造性和开拓性,都堪称独领风骚,空前绝后。

第七章 元明清民间文学及作家

第一节 元明清民间文学概述

一、元代民间文学概述

元代是个大一统的帝国,这对于全中国各民族的大融合、中外经济和文化的交流,都起了促进作用;但同时,整个元代又是一个悲剧性的时代。蒙古族在入主中原时,还处于氏族社会末期向封建制飞跃的阶段,比之于高度发展了的宋朝封建社会是很落后的。先就经济生产方式而言,它以强大的军事暴力征服中国以后,就企图以游牧民族的生活习惯,来改变中国的面貌。游牧所需的是牧场。早在成吉思汗时,蒙古贵族别迭等就曾建言:"虽得汉人,亦无所用,不若尽去之,使草木畅茂,以为牧地。"这个野蛮的建议,虽因当时重臣耶律楚材的反对,没有实行,但是由此可见蒙古贵族所计划的生产方式,具有多大的破坏性。在他们进行掠夺战争的过程中,往往采取残暴的屠城政策,所过之处,人民杀戮殆尽,财帛牛羊席卷而去,庐舍尽焚,城郭化为丘墟。像关中这样富庶之地,在兵火之余,八州十二县,户不满万。北方的大量农田,被荒废为牧场。蒙古统治者圈占大片土地,分封给贵族功臣和僧侣,而俘虏大量被征服者作为农奴或奴隶,从事无偿劳动。例如阿尔哈雅行省荆湖,以降民3800户没入为家奴。尽管元世祖忽必烈也曾经采取过某些恢复农业生产的措施,如"释降奴为民""严鬻人之禁,乏食者量加赈贷""劝课农桑"等等,农业生产有所复苏,但是由于蒙古贵族贪暴的本质,对人民仍然大肆搜刮,逼使百姓流离失所,辗转沟壑。特别是从元中叶以后,统治集团内部争夺权势的斗争极其尖锐,对人民的剥削更是变本加厉,赋税比元初增20多倍,使人民饥寒交迫,"日赢月脊,不得糠秕以实腹,褴褛以盖体""父子、兄弟、夫妇至相与鬻为食者,比比皆是。"由此可见,当时的中国农村经济,已经陷于衰敝状态。同样,手工业也受到严重的摧残。蒙古统治者为了满足生产武器和生活奢侈品的需要,特别注意搜刮工匠,各地屠城时,只有工匠不杀。元太宗窝阔台灭金后,刮中原民匠72万户;1279年元世祖灭南宋,籍工匠42万户,立局院70余所;1284年于江南民户中又籍匠户30万,选有艺者十余万户,而把无艺者遣归。被拘籍的工匠,都集中在官营的或各贵族经营的手工业作坊中,由匠作司管理。就生产规模和分工协作的程度而言,比南宋时有所发展,但工匠没有人身自由,沦为工奴,每年只给粮五石糊口,本身及子孙永为匠作工奴。强制性的工奴劳动,积极性与创造性不高,比宋代以独立手工业和雇佣工匠的生产关系,生产力的水平要低得多。这种以奴役中国人民为基础的经济制度,势必使社会的贫富差距更趋极端化,社会财富集中在蒙古、色目等少数特权阶级的手里,而广大人民则贫穷不堪。诚如《续通考·田赋考》所云:

富豪之家,或占民田,近于千顷……江南豪家,广占农田……恣意妄为,靡所不至。贫家乐岁终身苦,凶年不免于死亡。荆楚之域,至有售妻鬻子者。

在这种情况下,高利贷剥削很自然地盛行起来。蒙古人以皇帝为首,诸王、后妃、贵臣、僧侣、商人、地主、豪强,无不放高利贷。这种剥削极其残酷,一年本利相等,次年本利又翻一番。本银一锭,经过十年,利滚利,就变成1024锭。这种剥削方式叫"羊羔儿利",至期债户无钱偿还,其妻女牲畜,多被拖走抵债。元杂剧中有不少剧本的戏剧冲突,都与高利贷有关,不是偶然的。

在政治上,蒙元统治者实行民族歧视政策。把人分为四等:蒙古人最高贵,色目人(被征服较早的西域和欧洲诸国的人)次之,汉人(包括北方的中国汉人、契丹、女真及高丽人)又次之,南人(中国南方的汉人)最低贱。规定高级的军政长官都由蒙古人或色目人担任,汉人、南人只能充任副职和小官吏。到了元代末年,在农民起义的烽火四起之时,为了收拾人心,才不得不任用汉人为省、院、台、部的高官。法律也不平等:"诸蒙古人与汉人争,殴汉人,汉人勿还报,许诉于有司。"更不合理的,是"汉人、南人杀蒙古、色目人,处以死刑,且向犯人之遗属征烧埋银。蒙古、色目人若因争论或乘醉杀汉人,仅罚金,命其出征,而免死刑。"法律规定:杀死一名回教徒,罚黄金四十巴里失;杀死一名汉人,偿一头驴。为了防止汉人的反抗,元朝当局多次下令,不许汉人持铁尺、手挝及杖之藏刃者,不准汉人学武艺、打猎、骑马和集会。元杂剧中权豪势要的人物形象,就是享有特权的蒙古贵族。

基于民族歧视政策之上的元代吏治是极其黑暗腐败的。"上自中书省,下逮郡县,亲民之吏,必以蒙古人为之长;汉人、南人贰之。终元之世,奸臣恣睢于上,贪吏掊克于下,痡民蠹国,卒为召乱之阶。"贪赃枉法,恣肆妄为,荼毒百姓,冤狱无穷,是元朝吏治的显著特征,也是政治腐败的根源。元世祖忽必烈算是一个很有才干的皇帝,接受汉族儒士"崇儒重道"的建议,实行"汉法"治国,但是他贪婪的本性形成他政治措施上的一个特点:亟于财用。为了搜刮财富,先后任用阿哈玛特、卢世荣、僧格等为奸臣,一切设施;"专以掊克敛财为事",而阿哈玛特之徒,恃势妄为,滥施淫威,"民有附郭美田,辄为己有。内通货贿,外示刑威,廷中相视,无敢论列。"阿哈玛特被杀后,其党徒卢世荣又得到忽必烈的宠信,搜刮百姓更为残酷,当时人讽刺他们是"鹭鹚勾当","以鹭鹚得鱼,既满其颔,即为人抖取也。"史书中记载一件趣事:

世荣尝言于帝曰:"臣之行事多为人所怨,后必有潜臣者,请先言之。"帝曰:"汝言皆是，惟欲人无言者，安有是理！疾足之犬，狐不爱焉，主人岂不爱之？汝之所行，朕自爱也……"

皇帝与执政大臣的勾当尚且如此，更何况地方官吏？尽管朝廷定了很严的"官吏赃罪法"，贪污百贯以上者处死刑，但是贪污之风不止，而官吏贪污又总是与百姓的苦难和冤狱紧相关联。号称大元盛世的成宗大德年间，一次就发现贪污官吏18473人，赃款45865锭，冤狱5176件。这包含着多少人民的血泪！

农业生产的衰退，种族的压迫和官吏的贪暴使得整个社会经济遭到破坏，人民生活普遍陷于困境。但商业（特别是国际贸易）和手工业（特别是制造贵重消费品的手工业）却仍然有所发展，因而形成了当时一些大城市的畸形繁荣。这些发展和繁荣是由下列一些因素构成的：第一，宋、金时代的工商业原来是比较发达的，在蒙古入主中国全境以后，其所遭到的破坏也不像农业那么厉害。第二，在蒙古全盛时代，统治地区及于欧亚两洲。欧洲和中亚的科学技术，在当时的统一政权之下，不断地输入中国，刺激了原有手工业技术的进步。第三，各国商人纷纷来华，使得进出口的贸易比以前扩大。第四，由于农村破产，农民大量流入都市，就为都市提供了经常性的剩余劳动力，而这又使得人口集中都市，也显示着表面的繁荣。第五，这种畸形繁荣的出现，和蒙古、色目人以及汉族官僚大地主无止境地要求得到更多奢侈的享受扩大其不义之财这一因素，同样是分不开的。

13世纪70年代，意大利人马可波罗曾来中国游历，回国以后，写作了一部著名的《游记》。他描写当时元帝国的京城大都（今北京市）说："彼处营业之妓女，娟好者达两万人。每日商旅及外侨来往者，难以数计，故均应接不暇。……中国及其他区域之精美珍贵物品，均荟萃于此，以供奉此地之皇室、贵妇、诸侯、将佐及大汗朝中之臣僚。故余谓：此间之富裕及所用之珍奇宝货，为世界上其他城市所无。"《游记》中还记载了其他大都市，尤其是南方的一些大都市的发展情况。虽然这部著作的目的是鼓励欧洲商业资本的东来，其中颇多夸大之处，但我们仍能从其中看出元代都市大致的面貌。城市的畸形繁荣，为戏剧这一综合艺术的发展提供了物质基础。

在文化方面，为了巩固其统治，蒙元帝国采取儒、道、释三教并存而均为其所用的政策。蒙军在攻城略地过程中，诚然是野蛮残酷的，但从成吉思汗、窝阔台到忽必烈，也善于任用一些当地对中国传统文化修养较深的汉人或汉化了的辽金精英之士，成吉思汗重用丘处机、耶律楚材，起了非常积极的作用；窝阔台起用儒学代表人物元好问和杨奂；忽必烈重用理学名家姚枢、窦默、许衡，受理学熏陶的北方文人郝经、刘因、姚燧、卢挚等都受到礼遇。对被征服的各族人民，采取"因俗而治"的方针，吸收各地区民族的文化和统治方式，在中原地区，以"汉法"治汉人，到了忽必烈时代，基本上全用"汉法"。这与擢用一批儒士密切相关。也提倡尊孔崇儒，在大都设国子学，以"四书""五经"为教材；儒生可免除差役。把尊孔与信佛置于同等地位。其基本原则，即既要适应中国固有的情况，又要符合元朝统治者的利益。如果不符合统治者的利益，即使是中国古老的传统，他们也不感兴趣。例如科举是唐、宋以来读书人最主要的出路，而它所考的内容则属于汉族传统文化的范围。在这一方面，即使汉化了的蒙古人也自然难以和汉人竞争。为了防止汉人的仕进之路过宽，元朝就长期停止科举。直到仁宗延祐二年（1315），才举行第一次。整个元朝，也不过举行七次。而且即使在考取之后，蒙汉士人做官的机会仍然不均等。士人有了科举入仕之路，对戏曲创作的影响是负面的。

蒙古统治者从实际生活中认识到，利用被征服国家原有的宗教信仰，是有利于自己统治的。因此，他们对一切宗教都予以保护，而特别崇奉佛教，其次是全真道教。佛教的势力得到空前的发展。忽必烈尊吐蕃大喇嘛八思八为帝师，又于京师特置宣政院，专管佛教。各路府州都设有僧官，僧官凭借政治势力，占人财产，奸淫妇女，无恶不作。泰定年间，以帝师之兄为驸马，封白兰王，而"其弟子之号司空、司徒、国公、佩金玉印章者，前后相望。为其徒者，怙恶恣睢，气焰薰灼，延于四方，为害不可胜言。"到处建寺庙，做佛事，挥霍民脂民膏。丘处机全真道教也盛行，成吉思汗重用他，在征服西域过程中贡献过少杀掠等良策，它不同于以往道教宣言炼丹、符箓，而以老庄思想为主，兼取儒、释合理内核，故易为士人所接受。在中国知识阶层中全真教成为修身养性、苟全生命于乱世之具，对文学创作的影响颇为明显。

从以上的介绍中，可见当时社会矛盾的主要特征，而这些情况，也势必影响文坛。中国知识分子具有一种传统性的心态：达则兼济天下，穷则独善其身。在仕途得意之时，以儒家思想为主导，失意之时则以道家思想为主。不过，在元朝这个非常特殊的时代，情况要更复杂一些，表现在文学创作上，作家采取的方法、方式也更多样化，我们需要设身处地的、对他们给予更多更细仔的理解。特别值得注意的，在元代这个民族大融合的环境里，涌现出我国少数民族的一些作家作品，无论是散曲、杂剧、诗歌，在艺术上都独具特色。

几千年来，中国人民一直在皇权专制统治之下受着磨难。而当统治者本身堕落腐败的时候，又往往让异族侵入，使全体人民陷入被奴役的境地。在金代，沦陷的还只是半壁河山，在元代，则是全中国。这自然不是英勇的、酷爱自由的中国人民所能忍受的。从蒙古贵族开始南犯，以农民阶级为主要力量的中国人民就从来没有一天停止过反奴役斗争。1351年以后，武装斗争进入了高潮，由反抗元朝而发展为群雄割据的局面。这次历时近20年的战争，最后以明太祖朱元璋建立了他的大明帝国而告一结束。蒙古人依旧退回了他们北方的老家——蒙古高原。

二、明代民间文学概述

按照明代文学研究界的划分，明代文学思想的发展可以划分为七个阶段，段与段之间没有明确的时间界限，有的还会出现交错的现象。第一阶段，明王朝建立后，朱元璋实行了严厉的文学政策，对文学思想进行了严格的约束，因而这个时期的文学思想基本都是服从于政治的需要，这个时期的代表人物有宋濂和方孝孺。这种文学思想被称为台阁文学，对后代文学思想产生了很长一段时间的影响，成为文学的主流思想，在永乐时期达到发展的顶峰。朱棣非常重视程朱理学，命人编写《圣学心法》，来严明君臣、父子之道，还通过编写《性理大全》和《五经四书大全》来达到统一思想的目的。在统治者的这种思想主导下，文学思想呈现出传圣贤之道、讴歌国家圣明的趋势。第二阶段，正统十四年发生的"土木之变"，明朝皇帝被俘，讴歌国家圣明的文学趋势失去了思想基础。文学思想开始由写国家之盛，转而描写普通人的日常生活，在景泰至成化末年、弘治初年，台阁文学逐渐失去其统治地位，心学开始介入到这种文学中来。这种文学思潮不再写轰轰烈烈的大事，而是转向平淡自然的平民生活，比较有代表性的人物是陈献章。第三阶段，弘治后期，主流文学思潮逐渐成熟和完善起来，复古思潮逐渐兴盛。复古思潮主张文必秦汉、诗必盛唐，其中比较有代表性的人物有李梦阳、何景明等。第四阶段，正德后期到嘉靖末年，文学思想进入多元化的发展时期，文学界不仅有兼容并包的思想、追求浅显的倾向，还有江南人纯情的文学倾向。第五阶段，嘉靖三十年间出现了第二次文学复古的思潮，这次文学复古思潮与第一次文学复古思潮基本相似，只是这次的侧重点有些不同，代表人物是李攀龙、王世贞等人。第六阶段，万历年间就在第二次文学复古思潮大张旗鼓地进行之时，出现了一批反对复古的文人，他们张扬个性，表现欲望与性灵，给了正值鼎盛时期的复古思潮一个当头棒喝。这种文学思想的出现是伴随着城市题材的出现而产生的，由重情走向纵欲，以文为戏。代表人物是汤显祖、公安三袁等。其中的代表作是《金瓶梅》，这部作品无论是题材还是写作手法都一改前人的风格，开辟了新的文学作风，并一直延续到明末。第七阶段，明王朝后期一些张扬自我的文学家逐渐失去了骄傲的资本，并随着明王朝的弱化而逐渐退出文学主流思想，此时出现了一些忧国忧民的文人，他们主张正理学，主张文以理为主，这时的代表人物是顾宪成、陈子龙等。

（一）明代文学思想发展的脉络

1. 从明道到写心

明朝初年，程朱理学受到统治者的喜爱，因而这种儒家文化占据了文学的统治地位。因而文学界中就出现了将所有的政治制度、道德和政绩都写于文的现象，使这些历史的东西在华丽的辞藻下更加熠熠生辉。明朝初年严禁戏曲，但是却不反对神仙道扮和宣扬君臣、父子之类的戏，朱元璋还曾经把高明的戏曲《琵琶行》与《四书》放在同等重要的位置来谈论。明代的朱权还曾经把内容为提倡儒家文化的戏剧归入正统文学，而把杂剧归位"行家生活"。在理学发展的同时，新的文学思想也在酝酿。李梦阳反复强调："天下有殊理之事，无非情之音。乃其为音也，则发之情而生之心者也。"他认为之所以会抒发情感是因为心在感受在体会，因而曾经得出过真诗乃在民间的结论。明代文学家徐祯卿曾经说过一切情感的流露无非是眼看到了事物，然后心有所体会而表达出来的。当然这里他们所说的情感是符合道德的情感，是惆怅离思和追忆往昔的情感。理学派代表唐顺就说过；"天机尽是圆活，性地尽是洒落，顾人情乐率而恶拘束，然人知安恣睢者之为率易矣，而不知见天机者之尤为率易也……"在他看来只有感情从胸中流出来，才可以开口讲出来，这样的感情是感情的"本色",才是上乘的文字,人的心本没有善恶和优劣之分,感情都是对环境的一种客观反映。因而唐派的主张就是在写文章的时候直抒胸臆、纵心自然。徐渭主张诗文应该写其胸臆,因而他的诗文都是作者真实感情的抒发,他将一切人世间的感情不加修饰地表达出来,如将士出塞、寡妇之哭、得子之喜。

2. 从雅言到迩言

李贽对通俗文学有着极强的爱好,他认为善的东西就是真实的存在。因而,他在《童心说》中极力提倡恢复人最本质的东西,这样创作出来的文章才是最善的文章。他还反复强调真正的童心往往都是迩言,优雅的语言不是人最本质的想法无非是为了迎合某种需要而加以修饰的语言,真正的语言是民间的日常生活用语,如好货、好色、勤劳、进取、多积财宝、多买田宅为子孙计等,听起来浅显易懂却是百姓最真实的意思表达,最真实的才是善言、最好的表达方式,何必为了迎合某种韵律和政治而刻意扭曲心中的意思。他的提倡迎合了当时的市民文化,成为流行一时的潮流,在明朝的后期学习迩言的人不计其数,无论男女老少都在学习迩言。迩言逐渐在文学上发展为通俗文学,其中比较有影响的就是通俗演义,它将历史故事用一些通俗的语言表达出来使平常百姓可以读懂,因而备受欢迎。欣欣子认为通俗小说与文言小说相比在民间比较受欢迎,因为它描写的市井之谈和闺房密语等,即使孩童也可以听懂,因而许多市井人士非常认可这种文学方式。还有的文学家指出,通俗小说描写的许多历史人物和故事情节大都与文雅的历史不相符合,它虚化了一些人物形象,但是在虚化的同时往往蕴含了真理,给人们一种不一样的感受。汤显祖在谈论通俗小说时说宁今宁俗,都是因为今而俗这也是最真实的。

3. 从性情到性灵

明代文学讲究两个要素:真和情。将这两者结合起来就是性灵,公安派首先打出性灵的旗号。性灵派所指的性灵就是"发人所不能发、从真性流出,不涉安排",这种出发点最后无非就是走向本色自然。因为在明代初期所谈的情感基本都是符合教与德的需要,不能有伤大雅等,长期压抑着人们思想的流露。后期的文学家将正统文学同日常生活联系起来,将各种欲望都归为文学要表达的范围,从而就将情的意义扩大了。沿着这个思路发展,情欲观就出现了,所以就出现了柳梦梅、杜丽娘这样的人物。这充分反映了作者的思想与当时社会思想的对抗。明代东林党派正统文化,但是这种风气已经发展壮大,对世俗生活的情欲的描写已经成为一种不可阻挡的趋势。因而导致明朝后期的文学创作即使是满怀亡国之痛,在文学方面也会流露出一定的感情因素。

(二)明代后期文学思想的走向及特点分析

1. 诗歌的世俗化走向及分析

嘉靖初年,一大批的文学家都开始向民间的歌谣学习,在创作中也有意表象世俗化的一面。正德初年到嘉靖初年社会上流传《山坡羊》与《锁南枝》,李开河给这两篇著作以十分的肯定。他强调能够将市井之俗引用到诗歌中来实在是一种新意。因为这样可以把诗写得很淡、把文字写得很平，很容易让大部分百姓明白。还有一位提倡通俗文学的文学家就是徐渭，"真"是他一切创作的出发点，他主张做人贵在真，诗、书、画贵在真情的表露，虽然他的性格比较怪在当时遭到很多非议，但是他主张的真情是不可否认的。唐朝曾经流传下来一幅画，由于时间比较长，图基本上失传。但是徐渭说自己虽然能力有限，但是可以画出其中的奥妙，并且为每幅画题诗一首。这些诗句有"高高山上鹞儿飞，山下都是刺棠梨。只顾鹞飞不顾脚，踏着棠梨才得知。""偷放风鸢不在家，先生差伴没寻拿。有人指点春郊外，雪下红衫便是他。"从这些诗句中我们可以看出他深受当时民谣的影响，这些诗浅显易懂，通俗化在这里显示得淋漓尽致。诗歌创作向民间接近的提倡者是华善述，他出生在嘉靖年间，活动在万历年间，终生布衣，始终不仕。他生活的态度是：下明守雌，漆园贵达生。他认为儒家的礼有种约束人本性发挥的弊端，他虽然向往真，但是不像有些文学家那样主张纵欲，他追求的真是平淡自然的真，是那种"十年卧茅茨，转识乡土风"的真。他著述了很多题材的诗将其命名为《杂诗》，共有一千多首，主要包括咏诗、郊游、村居和妇女题材的诗。他的这些诗通俗易懂，但有些是想象出来的而不是真正感情的抒发。他未到过长安而写长安，未到过边塞而写边塞，表明写诗已经成为一种生活方式，虽然不太符合"真"这个标准，但是他语言中的浅俗却是无人能及的。例如，写恋情的有"朝出拨新蒲，暮作双履成。赠欢来时著，免使龙吠声"。写相思的有"蜻蛚蜡下鸣，寒近依自惊。欢若无衣著，冷尽旧时情"。

2. 小说的世俗化走向及分析

明代文学通俗化的另一个表现就是小说，其中比较有代表性的小说就是《金瓶梅》，这部小说是以市井为题材的，描写了一个破落户如何通过官商勾结来把自己的势力伸向各个层面。这部小说是当时市镇生活的反映，虽然一些市井之谈不堪入耳，但却是当时社会生活的反映。有专家指出《金瓶梅》的成功之处在于写官商勾结揭示社会阴暗的一面，失败之处在于过多地写肉欲。《金瓶梅》之所以能够被称为市井小说的代表还有一个重要原因就是其结局使那些纵欲、无恶不作的坏人得到了应有的惩罚。这种结局透露出当时的百姓对社会上这种纵欲风气的不满，也是作者对这种社会现象的有力抨击。《金瓶梅》中有"三言""二拍"，也反映着文学思想观念世俗化的倾向。明代文学的发展脉络是从明道到写心，语言上从雅言到迩言，情感的表达上注重性灵。在性情到性灵的过渡中，世俗文学得到了发展。世俗文学思想更接近社会大众、接近民歌，求真求本性。

三、清代民间文学概述

在中国过去的历史中，外族统治汉人，成功最大的是清朝的满洲人。他们不像蒙古人那样残暴，只靠着武力，苛刻地压迫汉人。他们所采用的，是武力与怀柔双管齐下的政策。他们了解汉人的心理，尽量保存汉人的社会习惯、宗教仪式以及传统的文化与道德。满人的皇族贵籍，自小就受汉人的教育，同样受孔孟伦理学的熏陶，同样能写苍老的古文和美丽的诗间。因此，在清代初年，在那些遗民的脑子里，固然蕴藏着无限的亡国的仇恨与悲痛。但到后来，时光渐渐过去，仇恨也渐淡薄，而终于遗忘，结果汉人全变成了满洲统治者的忠臣与义仆，在一般人的精神上，只有君臣的名分，几乎没有民族仇恨的影子。于是满洲人建立起来的清帝国，继续了二百几十年的寿命，比起蒙古人来，清朝不能不说是得到了大大的成功。

在中国学术史上，清朝是自有其独特的好地位的。所谓古典学派的朴学，可与先秦哲学、两汉经学、魏晋玄学、隋唐佛学、宋明理学，前后比美，各为一个时代思潮的代表。朴学家都是用严肃的态度，科学的精神，孜孜不息地努力，在学问上下功夫。无论经学、史学、诸子学、校勘学、小学、地理、金石、辨伪、辑佚各方面，取得了很大的成绩。他们从事学问的精神态度，是反对主观的冥想，倾向客观的考察，排斥空论，提倡实践。这种精神的来源，一面是由明末王学末流的空虚浮浅的反动，于是而有黄黎洲、顾亭林、王船山、朱舜水一般人出来，大声疾呼，攻击明心见性的空谈，提倡经世致用的实学。这些人学问渊博，加以人品道德，能表率群伦，一倡百和，学风为之一变。另一方面，是属于政治的环境，从顺治到乾隆，在这一世纪中，满洲帝王对于汉族的知识阶级，是一面用高压，同时又用怀柔来笼络人心。八股科举用来吸收青年，山林隐逸和博学鸿词的荐举，用来吸收宿儒和遗老。这虽说是一种诱奸愚民的工具，然在当日却也网罗了一大批人才。但怀柔政策，毕竟不能全部收效，于是高压的文字狱，在顺、康、雍、乾四朝中，接连着发生，造成了许多悲惨的案件，牺牲了不少的人命。《四库全书》的编纂，在文化上自有其意义与价值，然按其实际，实是变态的文化与思想上的统制。在那书编纂的十年间（乾隆三十八年至四十七年），继续烧书二十四回，烧去的书共一万三千多部。在这一种文网严密思想文化统治的时代，学者的才力，自然是避免与政治发生接触，于是学术的园地，趋向于古典学的研求。训诂、校勘、笺释、搜补、辨伪、辑佚，都是相宜的工作。这一种环境下，造成了代表清代学术界的古典学派的大运动。梁启超说："清代思潮果何物耶？简单言之，则对于宋明理学之一大反动，而以复古为其职志者也。"（《清代学术概论》）学术思潮是如此，文学思潮亦然。我们看清代二百多年的文学界，无论诗文词曲，都是走的复古之路。因为全是走的复古之路，各种作品，都逃不出模拟与因袭。外表纵是华美可观，内面总是没有新奇的生命与创造的精神。作文的拟韩柳，作诗的拟李杜，作词的拟姜张，作曲的拟张施，成绩最好的，也不过是这般人的影子。在这种地方，我们也不能归罪于清代人的才力，实际是清代在中国的旧文学史上，是最后的一期，各种文体，如诗文、间、曲、杂剧、传奇种种的特色，在各时代，都已发挥殆尽，到了清朝，全变成了旧体与残骸，任你是大才力的作家，既不能向新文体新形式方面谋发展，只想在那些旧体与残骸中，灌输新生命，恢复艺术的青春的力量，实在是不可能的。所以同样是复古的思潮，在经学、史学、小学及其他各种学问上都有极高的造就，在文学上没有表现出很大的成绩来，那便是文学的生命，赋有一种生命的机能，返老还童，实在不是一件容易的事。因此起于宋元成长于明代称为平民文学的白话小说,到了清代,尚富有青春的生命,其前途还大有可为。所以小说这一部门,在清代表现了优美的成绩,而占了文学史上重要的地位。我们可以说,代表清代文学的,是那些长篇的白话小说,而不是那些正统派的诗文词曲。

梁启超氏说:"前清一代学风,与欧洲文艺复兴时代相类甚多其最相异之点,则美术文学不发达也。清之美术,虽不能谓甚劣于前代,然绝未尝向新方面有所发展,今不深论。其文学,以言夫诗,真可谓衰落已极。吴伟业之靡曼,王士祯之脆薄,号为开国宗匠乾隆全盛时,所谓袁枚、蒋士铨、赵翼三大家者,臭腐殆不可向迩。诸经师及诸古文家,集中多亦有诗,则极拙劣之砌韵文耳。嘉道间龚自珍、王昙、舒位号称新体,则粗矿浅薄。咸同后竞宗宋诗,只益生硬,且无余味。其稍可观者,反在生长僻壤之黎简、郑珍辈,而中原更无闻焉。直至末叶,始有金和、黄遵宪、康有为,元气淋漓,卓然称大家。以言夫词,清代固有作者,驾元明而上,若纳兰性德、郭麐、张惠言、项鸿祚、谭献、郑文焯、王鹏运、朱祖谋皆名其家,然词固所共指为小道也。以言夫曲,孔尚任《桃花扇》、洪昇《长生殿》外,无足称者。李渔、蒋士铨之流,浅薄寡味矣。以言夫小说,《红楼梦》只立千古,余皆无足齿数。以言夫散文,经师家朴实说理,毫不带文学臭味;桐城派则以文为'司空城旦'矣。其初期魏禧、王源较可观,末期则有魏源、曾国藩、康有为。清人颇自夸其骈文,其实极工者仅一汪中,次则龚自珍、谭嗣同,其最著名之胡天游、邵齐焘、洪亮吉辈,已堆垛柔曼无生气,余子更不足道。要而言之,清代学术在中国学术史上价值极大,清代文艺美术,在中国文艺史、美术史上价值极微,此吾所敢昌言也。"(《清代学术概论》)梁氏对于各家的批评难免稍有武断之嫌,尤其对于小说方面,更觉苛刻,但其立论的中心,真是确切不移的。

虽如此说,清代文学,亦自有其特色。在中国整个文学发展的历史上,清代文学的职能,是三千年来各种旧文学旧文体的总结束,同时展开二十世纪中国新文学的新局面。二百多年间,由许多拟古派作家的努力挣扎,确实造成了一个旧文学结束的光荣场面。作诗文词曲,他们的态度,都非常严肃而认真。但是,不管他们如何努力,旧的总归是过去了,代之而起的是新文学。我们研究清代文学,就是要知道在这一总结束期间文坛活动的情形。其次,清朝从顺治到嘉庆这一百多年中,国势较为安定,民生较为富裕,反映于文学上的色彩,是典雅富丽,既是对于帝国威权的颂扬,同时又是对于古典文学表示极端的追恋与模拟。道咸以降,外国人的压迫,内乱的迭起,清帝国的弱点,全部暴露出来,从前不管事的民众,渐渐注视国家的危机。经过中日战争的失败到戊戌政变,当日的前进的知识阶级,都变成了热烈的改革分子。辛亥革命起来,清帝国的生命,终于结束。在这晚清的几十年中,无论学术界文学界,比起前一期来,都起了变化。由龚、魏到康、梁的经文学派,明显表现了学术界风气的转变。这一期的文学,也不比从前了,如郑珍、金和、黄遵宪、康有为诸人的诗,蒋春霖的词,吴沃尧、李伯元、刘鹗诸人的小说,或反映出时代乱离的影子,或表现着民众悲苦的感情,或暴露政府的懦弱与黑暗,或讽刺官吏的腐败与贪污。总而言之,在他们作品中表现出来的,都失去了从前那种雍容典雅的色彩与情调。无论内容形式以及所用的文字与表现的方法,都渐渐改变,一步一步趋于新方向的发展。这一期的文学,实在是中国新旧文学交界的关口。我们很明显看着旧的由挣扎而毁灭,新的由努力而诞生。这一种大的变动、大的斗争,在中国文学史上过去时期中都是没有过的。在这里正表现时代的伟大力量。

第二节 元代作家与民间文学

一、关汉卿

(一)关汉卿的生平

关汉卿是中国戏剧史上最伟大的作家,是元代杂剧的奠基人和前期剧坛的领袖。在元杂剧作家中,他创作年代最早、作品最多、影响最大。《录鬼簿》说他是大都人,号已斋叟,曾任太医院尹。关于他的籍贯,还有祁州(今河北安国)、解州(今山西运城)等几种不同的说法,但通常以《录鬼簿》为据;关于他的仕宦情况,元代太医院并无院尹官名,关汉卿叙及本人生活情况的散曲亦全无与此有关的痕迹。关汉卿生卒年及生平均不详,主要活动在大都一带。关汉卿不乐仕进,交游甚广,与书会才人、青楼艺妓均有交往,时相切磋。同时他又多才多艺,精通音律,能歌善舞,这对他的戏剧创作大有裨益。作为在金元易代之际沦入市井间的落魄文人,关汉卿长期混迹于行院勾栏,这既培植了他倜傥风流、桀骜不驯、狂放不羁的个性,又使他充分接触下层社会,对被压迫者的不幸遭遇感同身受。他还亲自参与演出,"躬践排场,面敷粉墨",获得了丰富的舞台体验,这使他的戏剧创作更具有当行本色。

(二)关汉卿的作品和创作风貌

关汉卿一生创作了60余种杂剧,保存至今的有18种。按题材内容大致可分为三类:社会剧、爱情婚姻剧、历史剧。第一类是揭露社会黑暗,歌颂人民反抗斗争精神的社会剧(或谓公案剧),以《窦娥冤》《鲁斋郎》《蝴蝶梦》为代表;第二类是反映妇女悲惨命运并大力颂扬女性在抗争中的智慧和胆略的爱情婚姻剧(或谓爱情风月剧),以《救风尘》《望江亭》《谢天香》为代表;第三类是采用历史题材,借以表达作者对现实社会认知的历史剧,以《单刀会》《西蜀梦》为代表。按矛盾冲突、人物命运、故事结局来分,可分为悲剧、喜剧、正剧等。

（三）《窦娥冤》和关汉卿的悲剧创作

1.《窦娥冤》的思想内容

《窦娥冤》的全名是《感天动地窦娥冤》，是关汉卿最为杰出的公案剧作品，也是元杂剧中最著名的悲剧。它的故事原型出自《汉书·于定国传》和《搜神记·东海孝妇》，作者直接把这个故事移植到吏治腐败的现实社会之中，但摆脱了一般公案剧或清官戏的窠臼，包容了更丰厚的思想内涵，具有了更强烈的批判功能。此剧主要写封建社会中一个安分守己、纯洁善良的普通妇女的悲剧命运。通过窦娥这位无辜女子被封建礼教、泼皮无赖、贪官污吏戕害致死的悲惨一生，深刻地揭露了封建统治的黑暗腐朽和官吏的凶狠残酷，热情地歌颂了被压迫者感天动地、勇敢不屈的抗争精神，广泛地反映了元代社会的复杂矛盾及真实面貌。《窦娥冤》其主旨是通过窦娥的受冤，揭露社会的不公正。

作品是通过两个方面来突出这一主题的：一方面强调窦娥的弱小、善良、无过失，另一方面突出各种社会因素对她造成的种种不幸，这两种相反的情况构成了作品的悲剧特征，也构成了窦娥的冤屈。《窦娥冤》实际上也表现了人类社会一种普遍的现象——善与恶的斗争。例如：

【正宫-端正好】没来由犯王法，不提防遭刑宪，叫声屈动地惊天。顷刻间游魂先赴森罗殿，怎不将天地也生埋怨。

【滚绣球】有日月朝暮悬，有鬼神掌着生死权。天地也，只合把清浊分辨，可怎生糊突了盗跖颜渊。为善的受贫穷更命短，造恶的享富贵又寿延。天地也，做得个怕硬欺软，却元来也这般顺水推船。地也，你不分好歹何为地？天也，你错勘贤愚枉做天！哎，只落得两泪涟涟。

这两支曲子充分表现了窦娥在蒙受巨大冤屈的情况下，对向来号称公平公正的天地的埋怨，这种埋怨实际上也表现了窦娥的绝望，这样就将善的毁灭张扬到了极致，从而引起了人们对恶的憎恶。

2.《窦娥冤》的艺术成就

（1）成功地塑造了窦娥这一典型的艺术形象。首先，写出了窦娥性格的丰富性。在她身上，既有善良温驯、孝顺忠贞的一面，又有刚强倔强、反抗邪恶的一面，她的形象是二者的对立统一。同时这些优秀品质还和一些封建伦理道德观念糅合在一起，使之成为下层女子的典型代表。其次，写出了窦娥性格的流动性。窦娥从恪守妇道的平凡女子转变为敢于叱责天地、痛斥官府的反抗者，其性格是随着现实矛盾斗争的发展而逐渐变化的，作者对这一转变过程进行了精心描述，既有连续性，又有阶段性，极富层次感。

（2）作者采用现实主义与浪漫主义相结合的创作手法，营造出浓郁的悲剧氛围，收到了良好的艺术效果。《窦娥冤》深刻地揭示了窦娥悲剧产生的社会根源与必然性，反映了封建社会具有本质意义的重大问题，主题鲜明，具有深刻的现实主义精神；而窦娥在刑场上的三桩誓愿竟然一一应验,以及结尾的鬼魂诉冤与清官断案,显然是超现实的幻想性描写,反映了下层民众的美好愿望,带有强烈的浪漫主义色彩,同时也深化了主题,使作品的悲剧气氛更加浓重。

(3)剧本矛盾高度集中,情节紧凑,冲突迭起,而又环环相扣。全剧以窦娥的悲剧命运为中心来组织戏剧矛盾,写了形形色色的矛盾冲突,但作者把构思布局的重点放在两条主线上:一条是窦娥与以张驴儿为代表的社会恶势力的冲突;另一条是窦娥与以桃杌为代表的封建官府的冲突,其中又以后者为主,其他的矛盾冲突都服从于主线的安排。这样就使得情节集中,结构谨严。在关目的安排上,作者也是匠心独具,剧情发展既层次分明,给人以移步换形的紧凑感,又高潮迭出,给人以变幻莫测的紧张感,这就使整个剧情显得跌宕起伏,摇曳多姿。

(4)语言通俗平易,明快洗练,形成了独特的雅俗共赏的语言风格,表现了关汉卿杂剧语言艺术的共同特色。

(四)关汉卿杂剧的艺术成就

(1)关汉卿是一位熟悉剧场、演员、观众的剧作家,剧作具有鲜明的剧场性,是"场上之曲"。在人物塑造方面,关汉卿的杂剧创造了一大批栩栩如生、性格鲜明的人物形象,大大丰富了中国古代戏剧文学形象的画廊。关剧中活跃着众多风神独具的戏剧人物,其中最为光彩夺目者是来自社会各个阶层的女性形象。他的杂剧不但能写出不同阶级或阶层的人物的不同特点,而且能写出同一阶层人物的不同风貌,有时甚至写出了人物性格的丰富性和立体感。题材广泛,人物形象丰富多样,善于在人物对比中去塑造人物形象,在强烈的戏剧冲突中去揭示人物的性格特征。

(2)入戏快,迅速"聚焦"主要矛盾,引起观众兴趣,关目处理灵活。能根据生活发展的逻辑和主题的需要来安排故事情节,收到了突出主干、深化主题的效果。如《窦娥冤》。

(3)注重戏剧冲突,注意处理戏剧冲突的节奏,重视舞台效果,注意场面的冷热调剂。如《蝴蝶梦》《救风尘》。

(4)善于设置悬念,解决悬念的方式奇特:既在情理之中,又出人意料。如《蝴蝶梦》《救风尘》。在剧作结构方面,关汉卿的杂剧大多缜密而精巧,紧凑而多变,富于戏剧性效果,具有引人入胜的魅力。其作品大抵都能做到结构完整,开阖自如,首尾照应,开头不拖沓,结尾不松懈;戏剧冲突一环紧扣一环,悬念迭出,剧情的发展往往既出人意料之外,又在情理之中。这些都保证了他的优秀作品具有长久的舞台生命力。

(5)角色设置妥当,情节集中紧凑;注意角色配置,注意角色之间、人物性格之间的冲突,注意人物性格、形象的对比。

(6)剧作"务为滑稽",重视喜剧性,科诨逗笑。

(7)本色、当行的戏剧语言。语言自然、真切、质朴,曲词宾白等符合演出要求,人物(角色）语言个性化。在戏剧语言方面，关汉卿一向以本色当行著称，他是元代杂剧作家中本色派的代表人物。所谓本色，是指语言质朴自然、生动活泼，既具有浓厚的生活气息，又富有典雅的艺术韵味，"文而不文，俗而不俗"，毫无雕琢的痕迹。所谓当行，是指善于运用语言来刻画人物，无论是曲词还是道白，皆符合人物的身份、地位，充分体现了人物语言的个性化。正如王国维在《宋元戏曲考》中所说："关汉卿一空倚傍，自铸伟词，而其言曲尽人情，字字本色，故当为元人第一。"

二、王实甫与《西厢记》

《西厢记》被元末明初的贾仲明誉为"天下夺魁"之作，代表了元代爱情剧的最高水准，在中国戏剧史上占有重要地位。关于《西厢记》的作者，向来众说纷纭，一般认为是王实甫。王实甫，名德信，大都人，生平事迹不详，一生共创作了14种杂剧，现在全本流传下来的有《西厢记》《丽春堂》《破窑记》3种。王实甫的剧作多以儿女风情故事为主，有浓郁的抒情气氛，语言清丽华美，是文采派的典范。

（一）西厢故事的演变

1.元稹的《莺莺传》：封建社会多情少女的悲歌

《西厢记》最早源于唐代元稹的传奇小说《莺莺传》（又名《会真记》），主要写的是张生对莺莺"始乱之，终弃之"的悲剧故事，宣扬了女人是祸水的传统论调。

2.唐宋其他文人笔下的崔张故事

到了宋代，崔张故事已被改编为多种文艺样式而在社会上广泛流传。秦观、毛滂都有以此为内容的歌舞曲《调笑转踏》，赵令畤（德麟）据此改写为鼓子词《商调蝶恋花》，皆为西厢故事输入了新鲜的血液。赵的《商调蝶恋花》将西厢故事改变成说唱，但在情节上并无改动。只是将《莺莺传》结尾肯定张生抛弃莺莺的行为作为悲剧处理，这比起《莺莺传》来是一种进步。至于在具体描写上，虽也略有发展，但未能脱离原来的框架。此外，民间艺人还创作有南宋话本小说《莺莺传》、宋官本杂剧《莺莺六幺》、金院本《红娘子》等，可惜都已失传。自宋至金，崔张故事代代相传，从未间断。

3.《董西厢》：才子佳人自主婚姻的颂歌

对西厢故事的思想主题、情节内容和人物形象都做了创造性改造的是金代董解元的说唱文学《西厢记诸宫调》（又称《董西厢》）。《西厢记诸宫调》作者董解元，其名不详。"解元"是当时对士人的泛称。他主要活动于金章宗（1190—1208）时期（见《录鬼簿》和《辍耕录》）。诸宫调是一种兼具说、唱而以唱为主的曲艺。因其用多种宫调的曲子联套演唱而得名。据《碧鸡漫志》等书记载，北宋已有诸宫调，但现存最早最完整的诸宫调作品是《西厢记诸宫调》。《西厢记诸宫调》在西厢故事流变中的贡献如下：

第一，它改变了《莺莺传》的悲剧格局，代之以二人私奔而最终获得团圆的喜剧性结尾，从而使其主题上升到追求婚姻自由、反对封建礼教的时代高度。作品对爱情和礼教的矛盾冲突做了着力铺叙。

第二，《西厢记诸宫调》中的人物形象较原著也有诸多突破，而具有了崭新的个性特征。张生由背信弃义的负心郎变成了对爱情忠贞不渝的正面人物，不但变张生的抛弃莺莺为二人终于结合，而且将张生改成了一个忠于爱情、得不到莺莺宁可自杀的青年；莺莺由哀婉凄切、逆来顺受的柔弱女子变成了敢于冲破封建束缚的典型形象，莺莺由原作中纯粹被动的角色转变为主动接近心上人，不惜以自己的生命殉于爱情的人物形象。红娘在原作中是个次要的角色，在《西厢记诸宫调》里却成为很活跃的人物。莺莺的母亲在原作中只起了介绍莺莺与张生相见的作用，对他们的爱情从未加以干涉，在《西厢记诸宫调》中却成为阻碍崔张结合的礼教的象征，从而使整个作品贯穿了礼教与私情的冲突，在很大程度上改变了原作的面貌。

第三，从艺术形式和技巧来看，《莺莺传》原作只有 3000 余字，《西厢记诸宫调》却成了 50000 余字，大大地丰富了原作的情节。其中的张生闹道场，崔张月下联吟，莺莺探病，长亭送别，梦中相会等场面都是新加的；并随着这些情节的增加，人物的感情更为复杂、细腻，性格也更为丰满。在文字的运用上，作者既善于写景，也善于写情，并善于以口语入曲，使作品更为生动并富于生活气息。其后元杂剧注重人物思想感情的刻画，走的就是这种路子。

第四，《西厢记诸宫调》中的矛盾冲突也有了发展变化，由崔张二人之间的恩恩怨怨转移到他们为追求爱情幸福而与讲究世家大族体面的崔老夫人的矛盾斗争上。这些新的变化，极大地丰富了作品的思想内容，为元杂剧《西厢记》的创作提供了蓝本。

王实甫《西厢记》直接取材于金代董解元的《西厢记诸宫调》，把作品主旨升华为"愿普天下有情的都成了眷属"。同时又对《西厢记诸宫调》做了新的改变：第一，删减了许多不必要的情节，使结构更完整，情节更集中。例如，在《西厢记诸宫调》中，孙飞虎兵围普救寺一事占了相当长的篇幅，它实际上是游离于主线之外的，王实甫毅然将它压缩得很短，这样就使主线更为分明突出。第二，使主要人物的立场更鲜明，从而加强了戏剧冲突。在《西厢记》中，实际上存在着两个阵营，一以张生、崔莺莺、红娘为代表，一以老夫人为代表。王实甫将这两个阵营的人写得泾渭分明，态度毫不含糊，并以此来展开矛盾冲突。第三，在情节安排、艺术手法的运用上，更为精致完美，并增加了一些喜剧色彩。例如，利用景物来表现情感是《西厢记诸宫调》的一大特点，王实甫在《西厢记》中也大量运用了这一手法，但比较一下两部作品的"长亭送别"就可以看出，王实甫写得更细腻、更优美。

王实甫在前人的基础上，对崔张故事进行了带有总结意味的再创造，以代言体的戏剧形式予以完美表现，写成了《西厢记》杂剧（又称《王西厢》）。从此以后，流传已久的西厢故事就基本定型了。

（二）《西厢记》的戏剧冲突与艺术成就

（1）《西厢记》的结构宏伟而紧凑，严整而巧妙，两种冲突、两组矛盾、两条线索相互交织、相互制约。一是以莺莺、张生、红娘为一方同以老夫人为另一方的冲突，这是贯穿全剧的主线；二是莺莺、张生、红娘之间的性格冲突，这构成了作品的辅线。两条线索有主有次，并行交织，使得相互之间的矛盾得以充分展开，有力地推动了情节的发展，也使得人物性格更为丰满生动。作者还善于利用悬念编织情节，巧妙地设置了"赖婚""酬简""哭宴"等一系列悬念，真可谓一波未平一波又起，曲折跌宕，扣人心弦，增强了作品的戏剧效果。

（2）《西厢记》的人物个性鲜明，血肉丰满，成功地塑造了莺莺、张生、红娘、老夫人等戏剧典型。首先，作者善于通过错综复杂的戏剧冲突来完成人物形象的塑造，达到了人物性格与戏剧冲突的完美统一。其次，作者善于通过心理活动的描写来揭示人物的性格，惟妙惟肖，纤毫毕现，这样就大大开掘了人物隐秘奥妙的内心世界。最后，作者还善于通过动作描写来刻画人物，《西厢记》的人物动作大都不甚复杂，却能很好地揭示出人物的精神状况和心理态势，蕴含丰富的潜台词。

（3）《西厢记》的语言自然而华美，典雅而富丽，具有诗意浓郁、情趣盎然的独特风格。作者善于把质朴活泼的民间口语和精练隽永的诗词语言熔铸在一起，雅俗并行，本色而又有文采，生动活泼而又雅致清新；《西厢记》中的不少曲词善于渲染气氛，创造出诗一般的意境，具有浓郁的抒情意味；《西厢记》的人物语言也都是高度个性化和充分戏剧化的，完全切合戏剧角色的身份、地位、教养和性格，如莺莺的语言妩媚蕴藉，张生的语言文雅热烈，红娘的语言鲜活泼辣，惠明的语言粗犷豪爽，都表现得恰如其分。王世贞称《西厢记》是北曲的"压卷"之作，王实甫也确实堪称文采派的典型范式。

（4）《西厢记》对杂剧的体制也有所创新。它打破了元杂剧一本四折、外加一楔子的通例，是由五本二十折组成的大型连台杂剧。它也打破了每折只能由一人主唱到底的成规，在必要时一折戏可由不同人物轮番主唱。体制的革新，大大丰富了戏剧的艺术表现力。

第三节　明代作家与民间文学

一、冯梦龙及其"三言"

冯梦龙（公元 1574—1646 年），字犹龙，一字子犹，别署龙子犹，号墨憨斋主人，江苏吴县人，他一生潦倒不得志。崇祯三年（公元 1630 年），他已五十七岁，才补上贡生，充当了学官。六十一岁，在做福建寿宁县知县时明亡。他曾编有《甲申纪事》等书，并奔走各地，进行抗清宣传，终于无成，忧愤而死，他原是一个风流放荡、不拘局于封建礼法及传统思想的人，又生长在当时号称全国工商业最发达的大都市之一的苏州，接触市民阶层较多，了解他们的生活和思想，所以也最容易接受这种进步的文化思想，反映在他的文学观点上，就表现为极其重视通俗文学。他认为通俗文学"谐乎里耳"，无艰深的说理，无藻绘的修辞，而刻画细致，形象鲜明，故感人既"捷且深"；他认为文人诗文既"假且滥"，而民间作品则是真情的凝结，如民间歌曲，便是"性情之响"；他也认为文学的发展变化的源泉是民间文学，一切文学的进步都是从民间作品首创的，所以也主张向民间文学吸取新的滋养。在这种种认识和主张之下，他便大力地从事民间文学和通俗文学的搜集、整理、研究、改写和编印等工作，竭毕生之力以赴之。他的知识广博，兴趣也是多方面的，所以他的创作范围就很宽，而贡献也是很大的。在民间文学方面，他编刻过《挂枝儿》和《山歌》两个民间歌曲总集；增删过《平妖传》和《新列国志》，更重要的是他纂辑并保存、流传了话本小说总集《三言》，给我们留下了一百二十篇宋、元、明最好的或较好的短篇白话小说。

《三言》是指《喻世明言》、《警世通言》和《醒世恒言分。《喻世明·言》原名《古今小说》，大约刊行于公元1620年（泰昌庚申年）；《警世通言》刊行于公元1624年（天启四年，甲子）；《醒世恒言》刊行于公元1627年（天启七年，厂卯）。每种各四十篇。《古今小说》中包括较多的宋、元话本，但也有《蒋兴哥重会珍珠衫》等十余篇明显是明代作品。《警世通言》里则可肯定为明代作品的也有十余篇。至于最后刊行的《醒世恒言》，除少数几篇或为宋、元话本外，绝大部分都是明代的，甚而就是冯梦龙自己的拟话本作品；就是其中属于宋、元话本的各篇，也必然在流传过程中经过许多修改、润色，使它丰富、完整，实际已不是原来的面貌；而在冯梦龙纂辑过程中，自更经过他的选择、整理、增删、修改、加工。因此，这些作品虽产生于宋、元，却也不能不在一定程度上染着明代的时代色彩，体现明代的社会现实生活、

《三言》的内容极为丰富，尽管各篇所反映的深广程度不同，方面也不能统一，但它们都是从各个不同的角度，真实地反映了现实的。阅此，也就可以借着这些作品来勾勒出一幅活生生的明代社会的真实图景，从而认识它的全貌和本质。

《三言》所写的主题大致包括下述几个方面：

第一，爱情故事的主题，在任何体裁的小说中都是占很大比重的，明代话本小说自不例外。《三言》中写爱情的作品不同于以前的是，它们主要反映了市民阶层或代表市民阶层思想的反封建桎梏与压迫。其中心人物的地位是多种多样的，但都在生活中沾染了不同程度的市民阶层的思想意识的特色，有的写妓女，如《杜十娘怒沉百宝箱》《卖油郎独占花魁》；有的写城市妇女，如《宋小官团圆破毡笠》；有的写贵族大家的小姐，如《王娇鸾百年长恨》。这些故事虽都写青年男女爱情和婚姻的问题，而写法不同，结局不同；或者写出斗争胜利的幸福与欢乐，或者写出终于被封建制度野蛮地扼杀而牺牲；所采取的态度，则或给予同情赞助，或对恶势力进行控诉与谴责，或对丑恶现象给以辛辣的嘲讽，总

之，作品都是站在被压迫者方面，同情弱者，帮助新生力量，鼓舞他们的斗志，扶持他们的成长，促起他们的觉醒与反抗。不论表现的是喜剧或悲剧的结局，同样都是对反动的封建制度的严重打击。

第二，暴露封建社会的黑暗腐朽，揭露统治阶级内部的矛盾，写小统治集团间互相倾轧、不择手段的丑恶本质，而在这些矛盾斗争当中，人民也受到更多的掠夺与灾难，因而引起了莫大的愤怒，燃起了复仇的烈火，如《沈小霞相会出师表》《木绵庵郑虎臣报冤》《卢太学诗酒傲公侯》等都是。前两篇写了忠臣与奸臣间的斗争，表现了人民对辱国害民的奸贪者的痛恨与鞭挞；另一方面也表现了人民对爱国利民的忠耿正直的人的赞扬，虽然他们也还属于统治阶级。后一篇写得罪了县令的卢们被诬几死的故事，也是很有意义的。

第三，反映封建道德和封建礼教的虚伪和自相矛盾，反映封建制度的腐朽与罪恶。如《滕大尹鬼断家私》、《陈御史巧勘会钗铜》，便是揭露封建道德的虚伪的。而《三言》中揭露封建科举制度的毒害尤为深刻，如《老门生三世报恩》便是。

第四，反映被压迫者的痛苦遭遇及其反抗精神：这类思想内容的作品当然最多，因为一切题材都可以而且往往是反映这种思想的。不过，像《灌园叟晚逢仙女》和《沈小霞相会出师表》，却更明显地以此为主题思想。

第五，反映商品经济繁荣、资本主义因素萌芽后，城市手工业者和商人的生活及其精神面貌。这类作品有《施润泽滩阙遇友》《徐老仆义愤成家》《蒋兴哥重会珍珠衫》等。

第六，也有些作品歌颂了忠诚信义誓死不渝的友情和肯于在危难中互相救助、富有侠义精神的人物，如《羊角哀舍命全交》《俞伯牙摔琴谢知青》《李汧公穷邸遇侠客》，以及在民间流传很广的《赵太祖千里送京娘》之类。

《三言》的题材广泛，不是简单几项可以完全包括尽了的。它所写的主题思想也是很复杂的，涉及面很广，而且各篇所表现的往往不是单一的主题，而是围绕一个中心又反映了其他次要的主题，形成相互交错、带有全面性的整个时代的社会意识。总的看来，这些小说的作者是站在市民阶层的立场去透视生活，分析社会，并处理一切重大问题的。因此，封建意识稀薄了，市民意识浓厚了，反抗精神强烈了，民主、平等、自由、解放的要求与愿望成为作品鼓吹歌颂的对象，市民阶层的人道主义精神和乐观主义情绪也体现在作品里了。作为市民文学，《三言》也有它的缺点，如反映市民阶层思想和生活中庸俗和落后的一面，即爱情故事中露骨的色情描写，小市民的低级趣味，涉及单纯的淫秽；在写反抗礼教的故事中，竟站在维护旧的反动观点的立场上，极力宣扬封建道德和礼教；也有的篇章充满了因果报应、生死轮回等宗教迷信；有的还描写了求仙访道等荒诞不经的故事。诸如此类的落后意识，还时时在较进步的思想中夹杂着，都会产生不良影响，妨碍对封建社会本质的更深刻的暴露，损伤作品的进步性。当然，在《三言》中，进步思想是主要的，落后思想并不占主要地位，而且透过这些消极成分，我们仍然可以看出它的积极、进步的因素。但是，作为文学遗产来接受，就必须分清精华与糟粕，不能毫无批判地概予继承。

《三言》的成就是很值得重视的，它是资本主义迅速萌长、市民意识逐渐觉醒时期所产生的市民文学,反映了封建社会没落时期的社会面貌,反映了广大人民,特别是市民阶层的积极乐观精神和要求自由、平等、解放的反封建的民主主义精神。不止于此,它在艺术上也取得了很大的成就。它具有话本的一般艺术特点:故事完整,首尾俱全;情节曲折,线索清楚;结构谨严,穿插细密;语言通俗,朴素生动;人物性格主要是通过人物自身的行动和对话来发展完成的。它也有超过话本的进一步的艺术成就。细致地刻画了人物的内心活动,运用环境气氛烘托人物情绪,借以揭示其性格;完全取材于现实生活,使人物的语言行动和故事的情节发展都更真实、更合身份,也更具个性;采取传统的善恶、美丑、正反对比的手法,使人物形象更鲜明、更典型化,从而也显示了作者的爱憎,并给予读者以明白而深刻的感染。这些成就是主要的,是使它能够高踞中国古代白话小说的高峰的基本因素。至于其中某些篇的某些艺术技巧上的缺陷,如形象的概念化,情节的陈旧老套,故事情节的偶然性,不必要的诗句填塞,语言和叙写的杂乱与粗陋,则只是个别现象或并不突出,因而也不足以妨碍它之成为优秀的古代短篇小说集。

二、汤显祖及其《牡丹亭》

(一)汤显祖的生平及创作思想

1. 汤显祖的生平

汤显祖(1550—1616),字义仍,号海若、若士,别署清远道人、茧翁,江西临川人。汤显祖出身书香门第,祖上4代均有文名:高祖、曾祖喜藏书,雅好文;祖父汤懋昭,字日新,精黄老之学,善诗文,被学者推为"词坛名将";父亲汤尚贤知识渊博,为明嘉靖年间著名的老庄学者、养生学家、藏书家。汤尚贤重视培养家族人才,为弘扬儒学,在临川城唐公庙创建"汤氏家塾",并聘请江西理学大师罗汝芳为塾师,为宗族子弟授课;汤显祖的母亲自幼熟读诗书,对孩子的成长也有一定的影响;伯父汤尚质酷爱戏曲,还从事过戏曲活动。汤显祖天资聪慧,从小受家庭熏陶,勤奋好学。少有才名,不仅古文诗词颇精,且通天文地理、医药卜筮诸书。汤显祖5岁进家塾读书,12岁能诗,13岁从徐良傅学古文词,14岁便补了县诸生,21岁中了举人。

按汤显祖的才学,在仕途上本可大展宏图。但明代社会的科举制度已经腐败,考试成了上层统治集团营私舞弊的幕后交易,成为确定贵族子弟世袭地位的骗局,而不以才学论人。万历五年(1577)、万历八年(1580)两次会试,当朝首辅张居正要安排他的几个儿子考中进士,为遮掩世人耳目,想找汤显祖等有真才实学的人作陪衬,并许以厚报。汤显祖不愿受人驱使,因之名落孙山。张居正死后,张四维、申时行相继为相,他们想拉拢汤显祖,也被他断然拒绝。直到34岁时,汤显祖才以极低的名次中了进士。汤显祖在南京先后任太常寺博士、詹事府主簿等职。在闲暇之余,汤显祖勤奋苦读,不断充实和丰富自己。此外,南京是人才荟萃之地,汤显祖有缘结交如徐霖、姚大声、何良俊、臧懋循等戏曲名家及文人雅士，与他们一起唱和，切磋学问。

明万历十九年（1591），汤显祖看到当时官场之腐败现象，极为痛惜，以为仗义执言便可解除权臣之害，便写下《论辅臣科臣疏》，上奏朝廷，不料却引起轩然大波，他自己反而被贬为徐闻典史，后调任浙江遂昌县知县。在知县任上，汤显祖心系百姓，为政清廉，颇有政绩。对百姓有利，则豪强权贵的利益就会受损。万历二十六年（1598），汤显祖因不堪忍受上司的非议和地方势力的反对愤而弃官归里。此后，汤显祖便逐渐打消仕进之念，潜心于戏剧及诗词创作。

2. 汤显祖的创作思想

汤显祖是一位有多方面建树的人物，其诗作有《玉茗堂全集》4卷、《红泉逸草》1卷、《问棘邮草》2卷，戏剧有传奇"临川四梦"，小说有《续虞初新志》等。汤显祖的《宜黄县戏神清源师庙记》也是中国戏曲史上论述戏剧表演的一篇重要文献。这些作品都体现出他独特的思想，闪耀着智慧的光芒。

汤显祖青年时代受教于泰州学派著名思想家罗汝芳，又十分崇拜当时最为著名的"异端之尤"——李贽。他的哲学思想深受阳明心学，特别是泰州学派人文主义思想的影响，是程朱理学大胆的叛逆者。他所处的时代，文坛为拟古思潮所左右，前后七子的影响力极强，但汤显祖却不人云亦云，拾人牙慧，而是指出文章之妙在于"自然灵气"，而不必东施效颦，一味模拟前人，并大胆地批评李梦阳、李攀龙、王世贞诸人。汤显祖早期的诗作受六朝绮丽诗风的影响，后来写诗又刻意追求宋诗的艰涩之风，以与拟古思潮抗衡。汤显祖的古文以议论见长，书信文笔流畅，感情丰沛，为后人所推崇。

汤显祖个性孤傲，磊落好侠，常有出世之想。年轻时期为了自己的理想抱负在科举仕途上苦苦经营，却因从不肯屈就于人，为官"性简易，不能睨长吏颜色"（查继佐《汤显祖传》），仕途蹭蹬，但其清傲仙侠之气不泯，故发而为歌吟，则时而仙佛，时而侠情，虽驳杂不一，却光芒耀眼，为礼教所难缚。《邯郸记》中仙气缭绕，《南柯记》梦醒后立悟成佛，《紫钗记》侠气充盈满篇，《牡丹亭》生死相许为情深。汤显祖的作品就是他思想的映现，独具特色的每一个连缀成一片绮丽的彩霞，散发出绚丽夺目的七彩之光，夺人眼球，给人以力量，给人以智慧。

（二）《牡丹亭》

《牡丹亭》创作于1598年，是汤显祖的代表作，也是他最为得意的作品。剧作取材于话本《杜丽娘慕色还魂记》，一说是传杜太守事。话本《杜丽娘慕色还魂记》全文见于何大抡的《重刻增补燕居笔记》，晁瑮（明嘉靖进士）在《宝文堂书目》中著录为《杜丽娘记》，余公仁《燕居笔记》卷八题为《杜丽娘牡丹亭还魂记》。汤显祖对话本的人物、情节进行了大量的创新，塑造了特色鲜明的人物形象，彰显了个性自由，肯定了人的基本诉求。

1. 艺术特色

《牡丹亭》结构紧凑，不拖泥带水。剧作采用双线并行结构，一条是杜丽娘和柳梦梅的感情线，一条则是宏阔的历史线（杜宝的发展）。两条线交叠前行，第二条线不断地推动第一条线的发展，最终汇聚到一处，形成戏剧的高潮。皇帝也被杜丽娘、柳梦梅的真情、深情、专情而感动，令他们奉旨成婚，杜宝畏惧于皇权，向追求自由幸福的女儿让步，两个苦苦相守的人获得了家人的认可。

该剧语言特色鲜明，符合人物身份，有较强的艺术性。剧中的每个人都说的是自己的语言：杜宝说的是官话，甄氏说的是慈母的话，陈最良说的是腐儒的话，春香说的是丫鬟的俏皮话，柳梦梅说的是情话，而杜丽娘的语言是最为丰富的。在父母面前，杜丽娘讲的是一个大家闺秀的语言；在春香那里，她说的是一个闺蜜的私密话；在柳梦梅那里，她则说的是深情的话语；在判官那儿，她喊的是冤，叫的是屈；在身为鬼魂的时候，她热烈奔放，无拘无束，为了自己的爱情勇于行动，主动积极去接近柳梦梅，这个时候的杜丽娘是自由的化身，是勇于向传统挑战的女战士；而当重生之后，她又恢复了对礼教的遵守，对世俗社会的妥协。拿她的话来说就是"前夕鬼也，今日人也。鬼可虚情，人须实礼"。杜丽娘是这样一个富有多样性、丰富性、传奇性的女子，难怪柳梦梅能为她痴狂，难怪石道姑肯冒着风险为她做媒，难怪维护礼教的皇帝也为其破例，玉成他们。首先是杜丽娘自身的魅力为她赢得了这么多人的信任和好感，她的性格，她身上的光芒，照亮了她自己的天空，也给无数后来人以希望。

2. 影响及意义

《牡丹亭》是对封建思想的冲击和削弱。三纲五常在追求自由的冲击之下，也慢慢地减弱它的力量，让爱之花尽情绽放，让一对佳人冲破重重阻隔琴瑟相和。花正好月正圆，年轻人的春天正在到来。

《牡丹亭》很好地诠释了人的基本诉求与现实社会的矛盾。在虚幻的世界中（鬼域），杜丽娘一改大家闺秀的矜持，热烈主动，为了找到自己的真爱和幸福，她委身于梦中的情人——书生柳梦梅。汤显祖在这里将人的两面性展现了出来，一种是在尘世中的自守自律，另一种则是对自己理想生活的追求，对自我个性的张扬。隐喻了"本我"和"自我"，体现了两者之间的冲突。杜丽娘这一形象已经成为人们心中青春与美艳的化身，至情与纯情的象征。

《牡丹亭》被视为中国古代爱情戏中继《西厢记》之后影响最大、艺术成就最高的一部杰作，《牡丹亭》中个性解放思想也影响了《红楼梦》等的创作。杜丽娘的真情热烈，柳梦梅的执着坚守，让一对经过磨难的年轻人终成佳偶，而且他们的故事和形象影响了一代又一代人。

三、明代小说和作家

（一）《三国演义》

1.《三国演义》的成书、作者、版本

《三国演义》是一部在群众传说与民间艺人创作的基础上，由作家加工、整理写完的小说。三国故事，晋以后即已开始流行。东晋裴启《语林》、宋刘义庆《世说新语》、梁殷芸《小说》等书，都记载了一些三国小故事。隋代，文艺表演中已有三国的节目。唐代，从李商隐《骄儿》诗中可见儿童也熟悉三国故事。宋代，说话中已有"说三分"的专门科目和专门艺人。金元时期，三国故事被大量地改编为戏剧，金院本、宋元戏文、元杂剧等中有众多的三国戏。元代刊本《新全相三国志平话》《三分事略》，是艺人的底本，保存了宋元以来流传的三国故事的大致面貌。明代，罗贯中"据正史，采小说，证文辞，通好尚"（高儒《百川书志》），创作了《三国演义》这部历史演义的典范作品。

《三国演义》刻本较多，以毛声山、毛宗岗父子的整理评点本《三国志演义》最为流行。

2.《三国演义》的思想倾向

关于《三国演义》的主题有三四十种说法。如拥刘反曹说、天下归一说、忠义说、人民愿望说、封建阶级内部斗争说、悲剧说、人才说等。

统观《三国演义》全书，作者显然是以儒家的政治道德观念为核心，同时也糅合着千百年来广大民众的心理，表现了对于致天下大乱的昏君贼臣的痛恨，对于创造清平世界的明君良臣的渴慕。小说将刘备塑造成一个仁君的典范，本着"上报国家，下安黎庶"的理想，一生"仁德及人"，爱民，爱才。在他的身上寄托着作者仁政爱民的理想。与刘备形成对照的是，作者又塑造了一个残暴的奸雄曹操，以及董卓、袁绍、袁术、曹睿、孙皓、刘禅等轻民、贱民的暴君乱臣。

《三国演义》在人格构建上的价值趋向，是恪守以"忠义"为核心的伦理道德规范。全书写人论事，都以此来区分善恶，评定高下，而不问其身处什么集团，也不论其出身贵贱和性别，只要"义不负心，忠不顾死"，都一律加以赞美。特别是对诸葛亮的忠、关羽的义，作者更是倾注了全部的感情，把他们塑造成理想人格的化身。《三国演义》的"忠义"思想，当然主要是正统的封建道德标准，但是又渗透着民间的理想标准。

《三国演义》对于智与勇，都是予以歌颂的。小说在描写三国间政治、军事、外交的错综复杂的矛盾斗争中，更突出了智慧的重要性。小说中的诸葛亮，不但是忠贞的典范，而且也是智慧的化身，作者把他的谋略胜算写得出神入化，无疑寄托着人民的理想。他的惊人智慧和绝世才能，实际上也是我国古代历史上各种斗争经验和智慧的总结。另外，曹操、周瑜和司马懿等人都是以谋略机变见长的人物。运用智慧的故事，在阅读上有其特殊的紧张感和愉快感，同时也具有实用价值。

3.《三国演义》的艺术成就

《三国演义》的主要描写对象、主要内容、主要场景以及主要篇幅都是战争。全书写到的大小战役和战斗有上百次，是一部战争的史诗。作者显然对中国古代军事学作过深入研究，其对战争的描写符合战争的一般规律，所以有人称之为古代战争小说。

《三国演义》的故事框架取自陈寿《三国志》，在史料的基础上，作者作了许多铺张渲染，更增添了不少纯乎虚构的情节，这些往往成为全书最精彩的部分。作者对战争的描写重战前准备，轻军事行动实施过程，多写人物而少写场面，详主动者、胜利者，略被动者、失败者，节奏张弛相间，曲折尽致。

《三国演义》塑造人物，一般采用类型化手法。即在历史人物的各种性格中，突出甚至夸大主要性格特点，舍弃性格中的次要方面，创造了一批具有特征化的艺术典型，他们既具有鲜明的个性，又具有一定的"类"的意义。他们的性格特征，一般都显得单一和稳定，容易给读者以强烈、鲜明的印象。而在单一的性格方面，作者通过生动的情节和夸张的笔法，还能够把人物写得较为有声有色。在同一类型人物或具备某一共同特点的人物之中，尽可能地写出了他们各自的特征。

《三国演义》用的是文白夹杂的语言，既有利于接近历史，营造历史气氛，又照顾了阅读效果，雅俗共赏，具有简洁、明快、生动等特色。人物语言已开始注意个性化。

（二）《水浒传》

1.《水浒传》的成书、作者和版本

《水浒传》所记载的宋江起义的故事源于历史真实。《宋史》中的《徽宗本纪》《侯蒙传》《张叔夜传》及其他一些历史史料都曾提及。还有的史书记载宋江投降后征讨方腊。

从南宋起，宋江故事就在民间流传，宋末元初人龚开作《宋江三十六人赞》，完整地记载了三十六人的姓名和绰号。《大宋宣和遗事》写了杨志卖刀、智取生辰纲、宋江杀惜、张叔夜招安等内容，笔墨虽然简略，但已将水浒故事连缀起来。展现了《水浒传》的原始面貌。元杂剧中也有相当数量的水浒戏，故事有所发展，其中李逵、宋江、燕青的形象已相当生动了。《水浒传》的作者，在此基础上，创作出了一部杰出的长篇小说。

关于《水浒传》的作者，有不同的说法。现在一般认为：此书先由罗贯中将说话、戏曲中的水浒故事综合、加工而成；后由施耐庵对这个本子加以发展、提高。

《水浒传》的版本很复杂，大体可分为繁本（文繁事简本）和简本（文简事繁本）两大系统。施耐庵编定的《水浒传》之祖本，今已不存。今日能见到的最完整的繁本是明末的《李卓吾评忠义水浒全传》，共一百二十回；明代末年，金圣叹把百二十回本后半部砍去，只保留排座次以前之七十回，文字上也略加润饰，还加上了不少评点。入清以后三百年间，金本几乎成了唯一流传的刊本。

2.《水浒传》的思想倾向

《水浒传》艺术而又真实地描写了封建社会农民起义发生、发展和失败的全过程。《水浒传》的结局是个大悲剧，魂聚蓼儿洼的描写令人不忍卒读。这种写法在中国古代文学作品中非常少见。作者对招安持肯定的立场，这是他的传统的忠义思想使然。但是他又是一个现实主义作家，所以他没有将义军的结局写成高官厚爵，封妻荫子，皆大欢喜的结局。因此他陷入了矛盾的境地，这就是既要肯定招安，而又要真实地写出招安后的悲剧结局。由于作品存在这种矛盾，所以令研究者众说纷纭，关于《水浒传》的主题有农民起义说、投降说、忠奸说、市民精神说等。

长期以来，《水浒传》是被当作第一部正面反映农民起义的长篇小说来看待和歌颂的。但有趣的是，梁山英雄的成分，有帝子神孙、富豪将吏并三教九流，乃至猎户渔人、屠儿刽子，却几乎没有真正的农民。事实上，《水浒传》故事除了"宋江"这个人名和反政府武装活动的大框架外，它的故事、人物基本上都是出于艺术虚构，和历史上宋江起义的事件并没有多大的关系。这部小说的基础，主要是市井文艺"说话"，它在流行的过程中，首先受到市民趣味的影响和制约。梁山英雄的个性，更多地反映着市民阶层的人生向往。

《水浒传》最早的名字叫《忠义水浒传》，"忠义"是梁山好汉行事的基本道德准则，也是这一部歌颂在统治者看来是"盗贼流寇"之流的作品为社会接受乃至喜爱的前提。在这种总的前提下，来描绘他们的反抗斗争。"忠"首先和主要的是必须对皇帝和朝廷忠诚，甚至梁山义军的武装反抗，攻城略地，也被解释为"忠"的表现——"酷吏赃官都杀尽，忠心报答赵官家"，即只反贪官，不反皇帝"忠"的道德信条既是作者无法跨越的界限，却也是这部小说能够成立和流传的保障。至于像叫嚷"招安，招甚鸟安"的李逵等，始终处在以宋江为代表的主"忠"力量的抑制下，只不过是作为"忠义"的映衬而存在罢了。然而，这些"大力大贤有忠有义之人"的英雄们，仍被误国之臣、无道之君一个个逼向了绝路。作者为这样的现实深感不平，发愤而谱写了这一部忠义的悲歌。

在歌颂宋江等梁山英雄"全仗忠义"的同时，小说深刻地揭露了上自朝廷、下至地方的一批批贪官污吏、恶霸豪绅的"不忠不义"。在全书的开端，就写了无恶不作的高俅的发迹和胡作非为，寓有"乱自上作"的含义，并揭示了"奸逼民反"的道理。如此广泛地对社会黑暗面的揭露，是随着长小说的诞生而第一次出现的。在"替天行道"的堂皇大旗下，作者热烈地肯定和赞美了被压迫者的反抗和复仇行为。作者把这些好汉塑造成顶天立地的英雄，一批勇武或智慧的超人。他们空手打虎，倒拔杨柳，杀贪官污吏，拒千军万马，一往无前。他们智取生辰纲，三打祝家庄，神机妙算；出奇制胜。特别是当这种勇力和智谋表现为百姓打抱不平、伸张正义时，更能激起广大民众的共鸣，英雄们的敢作敢为、豁达磊落，不仅给人以生命力舒张的快感，而且在污秽而艰难的现实世界中，这些传奇式的英雄，给读者以很大的心理满足。

值得注意的是，《水浒传》在标榜"忠义"的同时，肯定了金钱的力量，赞美一种以充分的物质享受为基础的自由自在的生活理想。小说反对钱财的积聚与贪求,强调"疏财"以成"义士",追求"大块吃肉,大碗喝酒,大盘分金银","图个一世快活",向往兄弟间"交情浑似股肱,义气真同骨肉",宋江、卢俊义、晁盖、柴进这一类具有凝聚力、号召力的人物,其主要的凭借就是有钱而又能"仗义疏财",在好汉们那里,"义"却是要通过"财"来实现,倘若无财可疏,宋江等人在集团中的聚合力也就无法存在,同样,许多好汉上梁山的动机,也与物质享受有关。小说中所有这些描写,都明显地带有一些市民的思想和感情,使小说蒙上了一层特殊的江湖豪侠的气息。

《水浒传》作者的妇女观是非常保守的。四大淫妇潘金莲、潘巧云、阎婆惜和贾氏实际上都遭到了丈夫冷落或是婚姻的不幸,其婚外恋都有争取个性解放的意思。但是作者都认为这是十恶不赦的大罪,充满快意地为她们安排了被千刀万剐的下场。

3.《水浒传》的艺术成就

《水浒传》娴熟地运用白话来写景、叙事、传神,特别是在人物语言个性化方面,更是取得了很高的成就。

《水浒传》人物塑造取得了多方面的成熟,主要表现在五个方面:紧扣人物的身份、经历和遭遇,挖掘其性格形成的社会原因;把人物置于尖锐的矛盾冲突中,甚至是生死存亡的紧要关头,表现其性格;在对比中凸现人物的个性差异和性格发展;用丰富的细节描写和富于动作性的心理描写刻画人物的复杂性格和内心世界;精心设计人物的出场和绰号。

《水浒传》的情节结构是以单线纵向进行的。上半部是以人为单元,下半部则以事为顺序。上半部故事的发展主要依靠人物的相互衔接,主要人物的故事一环套一环。分开来看,可以把一些主要人物的故事分成若干短篇而无割裂之感;合起来看,其结构又严整划一,气氛协调,并无琐碎繁复之弊。可以说是一种"板块"串联的结构。下半部以时间为顺序,以报效朝廷为主干,将许多征战故事贯联起来。从长篇小说的结构艺术来看,这固然有不成熟的地方,但从塑造人物来看,却也有其便利之处,一些最重要的人物各自占用连续几回篇幅,给人以非常深刻的印象。

(三)《西游记》

1.《西游记》的成书、作者和版本

《西游记》是经历了一个长期的积累和演变才形成的。这个故事源于唐僧玄奘赴印度取经的史实。玄奘归国后奉诏口述所见,由门徒辩机等辑录成《大唐西域记》,后来他的门徒慧立、彦悰又撰《大唐大慈恩寺三藏法师传》。这些书的撰述者以宗教徒虔诚的心理采录佛家种种灵异之事,同时对途中艰苦及沙漠幻影鬼火一类情景,又多用宗教的心理去解释,因而使许多事实在叙述中成为灵异和神迹,无意中搭起了通往文学创作的桥梁。此后,虚构成分日渐增多,并成为民间文艺的重要题材。在戏剧方面,金院本有《唐三藏》、宋之南戏有《陈光蕊江流和尚》、元有吴昌龄杂剧《西游记》等。这些剧作与小说《西游记》的关系难以确定，但足以证明取经故事在社会上的广泛流传情况。话本中，成书于北宋年间的《大唐三藏取经诗话》的出现，使这一真人真事至此也全变为神话，它已具备了《西游记》故事的轮廓。比较完整的小说《西游记》，至迟在元末明初已经出现。

最后写定《西游记》的作家是谁，学术界一直有不同的观点。直到二十世纪二十年代，胡适在《西游记考证》、鲁迅在《中国小说史略》才集中论定作者为吴承恩，并得到普遍赞成。

《西游记》的版本较多。现存最早的是刊于万历二十年（1592）《新刻出像官版大字西游记》一百回本，无专叙玄奘出身故事。清初汪象旭、黄周星评刻的《西游证道书》才补入玄奘出身这一节，后遂成为定本。

2.《西游记》的思想内容

《西游记》是一部充满幻想、情节离奇的小说，讲述了孙悟空皈依佛门，护送唐三藏去西天取经的故事。前七回是写孙悟空造反的事迹，后面是护送唐僧取经的故事。它的思想内容比较复杂。其主题有农民起义说、修身养性说、三教混一说、道教说、张扬人性说等。

《西游记》本身确实或多或少地存在着支撑某一说法的依据。但就其最主要和最有特征性的精神来看，应该说还是在于"游戏中暗藏密谛"（李卓吾评本《西游记总批》），在神幻、诙谐之中蕴含着哲理。这个哲理，就是被明代个性思潮冲击、改造过了的心学。因而作家主观上塑造孙悟空的艺术形象来宣扬"明心见性"的心学，维护封建社会的正常秩序，但在客观上倒是张扬了人的自我价值和对于人性美的追求。具体而言，假如说前七回主观上想谴责"放心"之害，而在客观上倒是赞扬了自由和个性的话，那么，以第七回"定心"为转机，以后取经"修心"的过程，就是反复说明了师徒四人在不断扫除外部邪恶的同时完成了人性的升华，孙悟空最终成了一个有个性、有理想、有能力的人性美的象征。

3.《西游记》的艺术成就

《西游记》在艺术表现上的最大特色，就是以诡异的想象，极度的夸张，突破时空、生死，突破神、人、物的界限，创造了一个光怪陆离、神异奇幻的境界。而这个幻想境界并不是凭空假设，向壁虚构，而是大多写得入情入理，令人信服。许多情节或如现实的影子，或含生活的真理。这部小说就在极幻之文中，含有极真之情；在极奇之事中，寓有极真之理。

《西游记》塑造人物形象也自有其特色，即能做到物性、神性和人性的统一。作者注意把人物置于日常的平民社会中，多色调地去刻画其性格的复杂性。如猪八戒的刻画，勇敢中带着怯懦，憨厚中带着奸诈，他的形象，体现了人类普遍存在的欲望和弱点，比孙悟空更具有日常生活中人物的真实性，读起来让人感到亲切。这种人物形象，是过去的文学中所未有的，他的出现，显示出作者对于人性固有弱点的宽容态度，也显示出中国文学中的人物类型进一步向真实、日常和复杂多样的方向发展。

《西游记》作为一部娱乐性很强的神魔小说，中间穿插了大量的游戏笔墨，使全书充满着喜剧色彩和诙谐的气氛。这种游戏笔墨，突破了天堂与尘凡之间的界限，填平了神魔与凡人之间的鸿沟，它使"神魔皆有人情，精魅亦通世故"，淡化了宗教观念，赋予的神秘性，增强了他们身上的世俗性。作品中有些游戏笔墨是信手拈来的，或用以调节气氛，增加小说的趣味性，或为讽刺世态人情的利器，显示了相当高的水平。

（四）《金瓶梅》

1.《金瓶梅》概况

《金瓶梅》是我国第一部以家庭日常生活为素材的长篇小说。据现存资料《金瓶梅》最迟在万历四十一年（1613）之后，苏州就有了刻本，但此本至今未见。现存最早刻本是万历四十五年（1617）《金瓶梅词话》本，共一百回。卷首有东吴弄珠客序及欣欣子序，首次提出本书的作者是兰陵笑笑生，这就是所谓的词话本系统，有的研究者认为这可能就是初刻本。其后崇祯年间刊行的《新刻绣像批评金瓶梅》，一般认为是前者的评改本，它对原本的改动主要是更改回目、变更某些情节、修饰文字，并削减了原本中的词话。清康熙年间，张竹坡评点的《金瓶梅》刊行，它以崇祯本为底本，文字上略有修改，加上张竹坡的评点，这个本子在清代流传最广。

《金瓶梅》的作者，据《金瓶梅词话》卷首欣欣子序说是兰陵笑笑生，但这个"兰陵笑笑生"究竟是谁，至今众说纷纭，后人对此猜测颇多，先后有王世贞、李开先、屠隆、徐渭、汤显祖、李渔等提出十几种不同的意见，但尚没有一种意见能成定论。

关于小说的创作年代，有嘉靖与万历两说，研究者一般认为后者为是。

2.《金瓶梅》的写实内容与时代特征

《金瓶梅》的书名，是由小说中的潘金莲、李瓶儿、庞春梅三人的名字合成的。故事开头借《水浒传》中"武松杀嫂"节演化开来，它以北宋末年为背景，但它所描绘的社会面貌，所表现的思想倾向，却有着鲜明的晚明时代特征。《金瓶梅》主要通过写西门庆亦官亦商的活动，从京城、相府、封疆大吏直写到市井平民、三姑六婆，展示了晚明社会的众生相，描绘了市井社会五光十色的风俗画，彻底暴露了晚明社会政治的腐朽与黑暗。《金瓶梅》揭示了官商关系和金钱对封建政治的侵蚀，封建国家在商人金钱的锈蚀下，已经失去了原有的运转能力，而西门庆正是凭借其金钱买通权贵，在相当大的范围里为所欲为，无恶不作。小说反映了当时的时代特征，因而具有相当大的深度。鲁迅先生评价说："著此一家，即骂尽诸色。"（《中国小说史略》）

如果说小说对腐朽的封建统治集团进行了不遗余力的抨击的话，那么对于新兴的商人势力则抱着一种颇为复杂的态度。作者在写西门庆这个丑恶的强者时，半是诅咒，半是欣羡，以至写他的结局时，一会儿让他转世成孝哥，以示"西门豪横难存嗣"；一会儿又让他去东京"托生富户"，不离富贵。这种情节上的明显错乱，生动地反映了生活在人生价值取向正在转变过程中的作者，最终还是在感情上游移不定，难以用一定的标准评判新兴的商人。

《金瓶梅》不仅反映了社会政治的黑暗，而且还大量描写了那个时代中人性的普遍弱点和丑恶，尤其是金钱对人性的扭曲。小说中没有一个正面人物，人人都在那里钩心斗角，相互压迫。《金瓶梅》受到后人批评最多的，是小说中存在大量的性行为的描写。这种描写又很粗鄙，几乎完全未曾从美感上考虑，所以显得格外不堪，使小说的艺术价值受到一定的削弱。一般认为，当时社会中从最高统治阶层到士大夫和普通市民都不以谈房帏之事为耻，小说中的这种描写，是当时社会风气的产物。不过，同时还应该注意到，这和晚明社会肯定"好色"的思潮有很大的关联，它是这一思潮的一种粗鄙而又庸俗的表现形态。

3.《金瓶梅》的艺术成就与地位

在中国小说史上，《金瓶梅》的出现有着划时代的意义，标志着中国古典小说发展的一个新阶段的开始。

《金瓶梅》在创作上最显著的特点，是"寄意于时俗"。所谓"时俗"，就是当时的世俗社会。长篇小说的题材从反映古老的历史题材，转变为直接反映当时的现实生活。强烈的现实性、明确的时代性，是《金瓶梅》独具的特色。《金瓶梅》所描写的现实，主要又不是朝代兴替、英雄争霸等大事，而是家庭生活中的日常琐事，以这个家庭同社会的联系来反映社会的各个方面；人物也不是帝王将相、英雄豪杰、神仙鬼怪，而是生活中的平凡人物。小说将视角转向普通的社会、琐碎的家事、平凡的人物，就在心理上和广大读者拉近了距离，给人一种身临其境、耳闻目睹之感。这标志着我国的小说艺术进入了一个更加贴近现实、面向人生的新阶段。

《金瓶梅》的立意也发生了变化。以前的《三国演义》《水浒传》《西游记》等作品虽也写到一些反面的角色，但主要是作为正面人物的陪衬而存在的，总的立意是在歌颂，歌颂明君贤臣、英雄豪杰，直接宣扬了某种理想和精神。《金瓶梅》则着意在暴露，它用冷静、客观的笔触，描绘了人间的假、丑、恶。这种如实、彻底地暴露社会黑暗的做法，在中国小说史上是空前的。与之相适应的是，广泛而成熟地运用了讽刺手法，在作者不加断语的情况下，是非自见。这种写法，对后世的《儒林外史》《官场现形记》等小说都有很大的影响。

在塑造人物形象上，《金瓶梅》也有新的发展。小说描写的重心开始从讲故事向写人转移。即使是在以前小说史上最以写人物擅长的《水浒传》中，它首先也是以故事情节吸引人，很少能看到仅仅为了显示人物性格而对情节发展并无多大意义的事件。而在《金瓶梅》中，则明显地出现了故事情节的淡化，它所描绘的大量的生活琐事，对于情节的发展并无意义，却能充分地展示人物的性格。同时，《金瓶梅》写人物，不是把它当作一种单纯的个人天性来看待，而是同人物的生存环境、生活际遇联系起来。如潘金莲就是如此，她的心理是受环境压抑而变态的，她用邪恶的手段来夺取幸福和享受，又在这邪恶中毁灭了自己。《金瓶梅》在塑造人物时还有一个大的进步，就是注意多色调、立体化地刻画人物的性格。《金瓶梅》中，更多的形象就像生活中的人物一样有善有恶，色彩斑斓。

《金瓶梅》从说话体小说向阅读型小说的过渡，也反映在从线性结构向网状结构的转变上。以前的长篇小说,均从"说话"中的"讲史"演变而来,受艺人讲唱艺术的影响,结构都采取单线发展的方式。而从《金瓶梅》起,才开始实现向网状结构的转化。全书围绕着西门庆一家的盛衰史而开展,前八十回以西门庆为中心反映官场社会的黑暗,以潘金莲为中心反映家庭内部的纠葛,两条线索交叉发展。后二十回,则以吴月娘、庞春梅、陈经济为中心,写西门庆家庭的衰败。全书初步形成一个网状结构,像生活本身那样丰富多彩,十分自然,既千头万绪,又浑然一体。

《金瓶梅》的语言一向为人们所称道。它在口语化、俚俗化方面作业了可贵的尝试。中国古代的小说,从文言到白话是一大转折。在长篇小说的发展中,《三国演义》是半文半白,《水浒传》《西游记》在语言的通俗化、个性化方面前进了一大步,但基本上是经过加工的说书体语言。《金瓶梅》是文人创作的写俗人俗事的小说,与之相适应的是在语言俚俗上下功夫,小说又大量吸取了市民中流行的方言、行话、谚语、歇后语、俏皮话等。作者十分善于摹写人物的鲜活的口吻、语气,以及人物的神态、动作,从中表现出人物的心理和个性,以具有强烈的直观性的场景呈现在读者面前。

《金瓶梅》以其对社会现实的冷静而深刻的揭露,对人性尤其是人性弱点清醒而深入的描绘,以其在凡庸的日常生活中表现人性困境的视角,以其塑造生动而复杂的人物形象的艺术力量,把专注于传奇性的中国古典小说引入注重写实性的新境界,为之开辟了一个新的发展方向。

明代长篇小说较著名的还有《封神演义》《东周列国志》《北宋志传》和《杨家府演义》《英烈传》等。

第四节 清代作家与民间文学

一、蒲松龄与《聊斋志异》

蒲松龄(1640—1715),字留仙,又字剑臣,别号柳泉居士,世称聊斋先生,山东淄川(今山东淄博)人,出身于一个败落的地主家庭。十九岁应童子试,以县、府、道三考皆第一而闻名籍里,补博士弟子员。但后来却屡应省试不第,直至七十一岁时才成岁贡生。他一生除做幕宾数年之外,主要是做塾师,舌耕笔耘近四十年。郭沫若对他的评价是"写人写鬼高人一筹,刺贪刺虐入木三分"。

蒲松龄一方面经受过生活的困苦和科举失意的折磨,另一方面,他长期与科举中人交往,以能文赢得青睐。这种身世、地位决定了蒲松龄的文学创作摇摆于文士的雅文学与民众的俗文学之间。从青年时起他就热衷于记述奇闻逸事、狐鬼故事,开始了《聊斋志异》

的写作。

　　《聊斋志异》中故事的来源，一部分是前代小说或笔记的改编，一部分采自当时的社会传闻或友人笔记，一部分是作者自己虚构的狐鬼花妖故事。

　　《聊斋志异》中四百九十一篇作品大致可分为三类。一为短篇小说体，主要采用史传文学及唐人传奇的体制，以人物生平遭遇为中心，篇幅较长，有人物性格的刻画和复杂曲折的故事情节；一为散记特写体，以记事为主，多描绘一个场面或记述某些事件，情节简单，篇幅适中；一为随笔寓言体，多为偶记琐闻，粗成梗概，篇幅短小。在这三类体裁中，作品数量最多，成就最高的是短篇小说体。

　　《聊斋志异》主要写鬼狐怪异的故事，也有一些通篇未出现鬼狐怪异者，但仍有奇特之事。因此，从性质上看，应属于志怪体，是六朝志怪的继承与发展。大体说来，《聊斋志异》的内容有以下几类。

　　其一，描写书生科举失意，嘲讽科场考官，揭露科举弊端。蒲松龄一生受尽科举之苦楚，每言及此，百感交集，辛酸无比。因此《聊斋志异》对科场考官冷嘲热讽，竭尽余力，嬉笑怒骂，皆成文章。这一类故事，作者主观情绪的宣泄最为强烈。书中攻击科举制度最深刻之处，在于作者以过来人的身份，揭示了八股取士、功名利禄对士子灵魂的腐蚀，反映考生在精神上遭受巨大折磨和灵魂的被扭曲，入木三分，包含了作者对科举取士制度的反省，也表达了像作者一样的文士的愤懑心理。

　　其二，描写狐鬼与人恋爱的美丽故事。《聊斋志异》中这类作品占篇幅最多，成就最高，也最受人们喜爱。像《小翠》《娇娜》《青凤》《婴宁》《阿宝》《莲香》《巧娘》《翩翩》《鸦头》《聂小倩》《葛巾》等等，这些小说中的主要形象都是女性，她们在爱情生活中大多采取主动的姿态，或憨直任性，或狡黠多智，或娇弱温柔，但大抵都富有生气，敢于追求生活和感情的满足，少受人间礼教的束缚。作者艺术创造力的高超，就在于他能够把真实的人情和幻想的场景、奇异的情节巧妙地结合起来，从中折射出人间的理想光彩。

　　其三，揭露统治黑暗，歌颂反抗暴政。一方面，蒲松龄社会地位不高，深知民间疾苦，另一方面，他又与官场人物多有接触，深知其中的弊害，因此写出了一些抒发公愤、刺贪刺虐的作品，同时歌颂了人民反抗暴政的斗争。

　　其四，讥刺丑陋现象，颂扬美好德行。蒲松龄大半辈子做塾师，很注家庭伦理、社会风气，时而就其闻见写出一些故事。这类小说多数直写现实人生，少用幻化之笔，立意在于劝惩。

　　《聊斋志异》有时也表现出对某些野蛮、阴暗现象的兴趣，如宣扬阴阳轮回、神道迷信、福善祸淫、猥亵的色情描写等；对妇女不能守节的鞭挞，对妒妇刻骨的敌视，等等。

　　《聊斋志异》在艺术上代表着中国文言短篇小说的最高成就，它博采中国历代文言短篇小说以及史传文学的艺术精华，用浪漫主义的创作方法，造奇设幻，描绘鬼狐世界，从而形成了独特的艺术特色。

二、吴敬梓与《儒林外史》

吴敬梓（1701—1754），字敏轩，号粒民，安徽全椒人。幼即颖异，善记诵。二十二岁时，父亲去世，家族内部因为财产而展开了激烈的争斗。他性豪迈，不善治生，不几年，旧产挥霍俱尽，时或至于绝粮。二十九岁时去滁州参加科考，结果以"文章大好人·大怪"而落第。沉重的打击加深了他对科举制度的怀疑，几次乡试都没有考中也使他遭到族人和亲友的歧视，三十三岁时离家到南京，开始了卖文生涯。三十六岁时安徽巡抚推荐他应博学宏词考试，他竟装病不去。他不善持家，遇贫即施，家产卖尽，直至五十三岁去世，一直过着清贫的生活。

吴敬梓一生创作了大量的诗歌、散文和史学研究著作，有《文木山房诗文集》十二卷，今存四卷。不过，确立他在中国文学史上的杰出地位的，是他创作的长篇讽刺小说《儒林外史》。这部小说用了他近二十年的时间，直到四十九岁时才完成。

《儒林外史》描写的是儒林文士，以对待功名富贵和文行出处的态度为中心，建构起一个中心对称的基本结构框架，正反两类人物分居对称的两侧，形成了鲜明的对比。

《儒林外史》中的反面人物有三类：一是迷信八股、笃信礼教的无知迂儒，如周进、范进、马二先生、王玉辉等；二是装腔作势、厚颜无耻的无聊名士，如湖州莺脰湖高士、杭州西湖斗方诗人、南京莫愁湖"定梨园榜的名士"等；三是以权谋私、虚伪狡诈的无耻官绅，如南昌太守王惠，高要县知县汤奉，乡绅张静斋、严贡生等。对于这些人，作者不掩饰自己的憎恶，对他们身上所体现出来的精神道德，毫不留情地予以揭露与讽刺。

与上述三类人相对照的正面人物也有三类：一是贤人，如虞博士、庄绍光、迟衡山等。他们不汲汲于功名富贵，十分看重文行出处，保持了相对的人格独立，追求道德的自我完善。二是奇人，如杜少卿的形象带有离经叛道的色彩，他的举动表现了与封建社会不协调的异端倾向，在他的身上熔铸着作者的生活经历和思想性情。还有奇女子沈琼枝、"市井四奇人"等。这些奇人是吴敬梓自己叛逆精神和民主思想的具象化，这种叛逆精神，代表了吴敬梓所达到的思想高度。三是下层人，如秦老对王冕母子，开小香蜡店的牛老儿与开小米店的卜老爹，戏子鲍文卿和倪霜峰，乡邻、朋友之间危难相助，淳朴厚道，温情可掬……凡此种种，都表现出温润的人情美，包含着对淳朴淡远的生活意趣和朴实敦厚的道德品性的向往和追求。

《儒林外史》俯仰百年，写了几代儒林士人在科举制度下的命运，他们为追逐功名富贵而不顾"文行出处"，把生命耗费在毫无价值的八股制艺、无病呻吟的诗歌创作和故弄玄虚的清谈之中，造成了道德堕落，精神荒谬，行为诡谲，才华枯萎，丧失了独立的人格和独立思考的能力，丧失了人生的价值。吴敬梓塑造的一批真儒名贤，体现了作者改造社会的理想。他的理想的人物，既有传统原始儒家的美德，又有六朝名士的风度，追求道德和才华互补兼济的人生境界。

《儒林外史》是有着思想家气质的文化小说,有着高雅品位的艺术品。它与传统的通俗小说有着不同的表现特征,它的出现,标志了中国小说艺术的重大发展。

三、曹雪芹与《红楼梦》

(一)曹雪芹

曹雪芹,名霑,字梦阮,号雪芹,又号芹溪、芹圃。祖籍辽宁辽阳(一说河北丰润),祖先原为汉人,后为满洲正白旗"包衣人"(家奴)。

曹雪芹上祖曹振彦,在明金战争以及入关后平叛中立过功,历任山西吉州知州、浙江盐法道等官职。曹家的发迹,实是从曹振彦开始的。

曹振彦之媳,曹雪芹的曾祖父曹玺之妻孙氏,当了康熙皇帝的保姆。康熙二年,曹玺担任江宁织造之职,前后共二十一年,最后病逝于江宁织造任上。曹玺死后,康熙命其子曹寅任苏州织造,后又继任江宁织造、两淮巡盐御史等职。曹寅和康熙自幼便有深厚的友谊,康熙五岁受书时,曹寅就是伴读,后曹寅侍卫康熙左右,两人关系密切。

曹寅一代是曹家的鼎盛时期,曹寅的两个女儿,都被选作王妃。康熙六次南巡,有五次都以曹家的江宁织造署为行宫,后四次是在曹寅任职期间,可见当时曹家的显赫以及和康熙帝关系之亲密。曹寅是当时的名士,能诗善文,兼擅词曲,又是个有名的藏书家,曾主持《全唐诗》和《佩文韵府》的刊刻。这样的家庭传统对培养曹雪芹的文艺才能起了良好作用。曹寅死后,康熙命他儿子曹顒继任江宁织造。曹顒上任三年后病故。康熙又特命曹寅胞弟曹荃之子曹頫过继曹寅并继任织造之职,曹家祖孙三代四人担任江宁织造之职共六十余年。

雍正上台后,先从曹頫舅舅李煦开刀,抄了他的家,李煦被发落到黑龙江最荒寒之地,冻饿折磨致死。雍正五年,曹頫因"链扰驿站"被捕,复以"行为不端,织造款项亏空甚多",以及"将家中财物暗移他处,企图隐蔽"被革职抄家。曹頫入狱,并被"枷号",曹家遂移居北京。史料记载,曹家在京曾居住在"蒜市口十七间半"房屋里。

曹雪芹一说是曹顒的遗腹子,另有一说是曹頫的儿子。他生于南京,迁回北京时年纪尚幼,大约十三岁。到了乾隆初年,曹家似乎又遭另一次更大变故,从此就一败涂地了。

曹雪芹一生正好经历了曹家盛极而衰的过程。十三岁前曾经在南京过了一段"锦衣纨绔""饫甘餍肥"的生活,十三岁迁居北京以后,据红学家考证,初在宗学工作了一个时期,这时他结识了敦敏、敦诚兄弟。乾隆十五年左右迁居北京西郊黄叶村(现为曹雪芹纪念馆),"蓬牖茅椽、绳床瓦灶","举家食粥酒常赊",贫病无医,又加上幼子夭折,生活更加悲凉。他嗜酒狂狷,对现实表现出傲岸不屈的态度,死时不到五十岁,留下了一位续娶的新妇和一部未完成的《红楼梦》。

曹雪芹在三十岁左右开始写作《红楼梦》。乾隆甲戌(1754)本《脂砚斋重评石头记》中有"十年辛苦不寻常"和"披阅十载,增删五次"的话。到他病死时为止,只整理出八十回。

八十回以后，大约也写过一些片段手稿和回目，但都已散失。就是八十回以前也有一些缺漏和不完整、不衔接之处，但经过他人修补，故事基本完整。

（二）《红楼梦》的内容

《红楼梦》描写的是发生在世代富贵之家贾府的一场巨大悲剧。荣国府嫡系子孙贾宝玉出生不凡，聪明俊秀，是众望所归的贾氏家族继承人。但他却对置身其中的"昌明隆盛之邦，诗礼簪缨之族，花柳繁华地，温柔富贵乡"厌倦至极，对社会、家庭和人生的流行价值观念充满怀疑和蔑视，"背父兄教育之恩，负师友规谈之德"，成了冥顽不化的家族"逆子"。他憎恶封建士子功名利禄、封妻荫子的人生理想，拒绝走仕途经济的生活道路。他逃避"四书五经"僵死陈腐的正统教育，却热衷于偷读《西厢记》之类的禁书。男权统治的冷酷社会激起他强烈的反叛心理，他鄙夷那些满口仁义道德、一肚子男盗女娼的卑劣无耻的男人，把全部的热情和关怀投向女性这一弱势群体，对她们充满富有诗意的纯情幻想。他说："女儿是水做的骨肉，男人是泥做的骨肉。我见了女儿，我便清爽；见了男子，便觉浊臭逼人。"大观园内的少女，无论地位高低、身份贵贱，都令他亲爱和感动。这些美丽动人、青春健康的女孩子，成为他活在这个虚伪、腐败、污浊世界的全部理由和唯一的精神情感寄托。他说："我此时若果有造化，该死于此时的，趁着你们在，我就死了，再能够你们哭我的眼泪流成大河，把我的尸首飘起来，送到那鸦雀不到的幽僻之处，随风化了，自此再不要托生为人，就是我死的得了。"这段伤感至极、催人泪下的肺腑之言，显示出他对现存社会一切人生价值的彻底绝望。正是在这一基点上，他与同样具有叛逆性格的林黛玉一拍即合，成为心灵契合的盟友和爱人。然而，性格清高、才华出众、气质脱俗、内心敏感的林黛玉并不符合正统礼教的人格范式，无法融进荣国府的人际环境之中，所以宝黛二人的"木石前盟"不被贾家认同和接受。他们更加欣赏温良贤惠、精明圆滑的薛宝钗，极力想促成这桩"金玉良缘"。薛宝钗出身于皇商家庭，母亲是金陵名门王氏家族的千金，外祖父曾主管皇家外贸，舅舅则是担任九省都检点的朝廷军方权要。"金玉良缘"的本质其实就是两大封建望族的政治联姻。宝钗与黛玉一样，自幼饱读诗书，才情并茂，但她看重的是现实功利，憧憬的是富贵荣华，与追求自由美好的精神生活的林黛玉有着完全不同的内心世界，宝玉与黛玉声气相求，心有灵犀，始终以对方为精神依托，而与宝钗却若即若离，时亲时疏，一直存在无法弥合的思想和感情缝隙。置身于这两个少女之间，宝玉经历了人生的大悲大喜和大彻大悟。在封建礼教和家族势力的冷酷封杀下，黛玉魂归离恨天，"木石前盟"演绎为泣血泣泪的爱情悲剧；而掉进婚姻骗局里的宝玉最终离家出走，遁入空门，至此，体现封建社会人生价值和理想的"金玉良缘"彻底幻灭。

"木石前盟"和"金玉良缘"从梦想到幻灭的过程中，贾氏家族也经历了由繁盛到衰败的巨变。这实际上暗喻了封建社会"盛世"的没落。正是在这个意义上，《红楼梦》体现出其主题的深刻性和批判性。以贾宝玉为典型的进步力量与以贾政为代表的腐朽力量、新的人生追求与旧的价值观念、奴才的抗争与主子的压迫、女性世界的清新美丽与男权社会的污浊丑恶，在荣国府中、大观园内展开了尖锐冲突。围绕这一冲突，小说还描写了一系列贵族、平民、奴才的命运悲剧，特别是女性的命运悲剧，并由此展示了广阔的社会生活画面。

第20回之前，小说通过刘姥姥初进大观园的见闻、秦可卿葬礼的声势、元春选妃省亲的排场，极写了荣宁二府特殊的社会地位和烈火烹油似的繁华富贵。不过，从第53回贾珍与黑山村庄头乌进孝的交谈中可以看出，奢侈挥霍加天灾人祸使得豪门巨宅已经坐吃山空、入不敷出。表面的浮华难以掩盖捉襟见肘、内囊渐尽的窘困。诗礼之家内部，围绕权力和财富，家族成员明争暗斗、尔虞我诈，几近你死我活的程度，"乱哄哄你方唱罢我登场"，上演了一出出末世闹剧。尽管王熙凤、贾探春都试图通过改革来撑住局面，但终究未能挽回家族的颓势。到荣宁二府先后被查抄，曾一度如日中天的繁华世家终于轰然坍塌。"好一似食尽鸟投林，落了片白茫茫大地真干净！"在中国古代文学史上，从来没有一部小说像《红楼梦》这样，对一个封建大家族的兴衰历程作如此全面、深入、细致、真实的描绘。

值得注意的是，小说中穿插了一些似梦非梦、似真非真的虚幻情节。这些情节引领读者窥视到另一个若有若无的时空。"太虚幻境"的对联、诗词、画册给读者以神秘的暗示，即荣宁二府将要发生的一切，原来早已注定，无法逃脱。这种看似荒诞的描写其实颇含深意，与其说是对人物、家族、社会悲剧命运的宿命解释，倒不如说是对其悲剧命运必然性的隐喻。

总之，《红楼梦》通过爱情的悲剧，揭示了人生的悲剧；通过个人的，家族的悲剧，昭示出时代和社会的悲剧。它也是曹雪芹在亲身经历了从梦想到幻灭的人生变迁之后，于无限沉痛与惋惜之中为自己所处的时代和社会唱出的挽歌。

（三）《红楼梦》的艺术成就

《红楼梦》在艺术上取得了辉煌成就：正如鲁迅所说："自有《红楼梦》出来以后，传统的思想和写法都打破了。"

第一，创建了恢宏精美、体大义丰的叙事结构。作者围绕宝黛爱情主线，编织了纷繁复杂的大小事件，精心建构和经营了宏大的叙事空间。这个叙事空间包含着几个层次：一是时隐时现的虚幻空间，这个空间一方面暗示着人物和家族命运的结局，另一方面通过神秘的一僧一道将虚幻与现实联系起来，由此赋予故事宿命和梦幻的色彩。二是以贾府为环境、以大观园为场所的现实空间，它成为强光聚射的舞台，成为一系列人物关系、矛盾、冲突和悲剧的发生地，是小说的叙事线索和故事情节展开的区域。三是由人物关系引出的与贾府有着千丝万缕联系的背景空间，这个空间上至皇室，下至乡野，是特定时代和特定社会的象征，也是故事发展的生活依据。虚实、远近、隐现相结合的多层次叙事空间，为读者提供了极有广度和深度的视野，也使得作者在讲述故事、安排线索、编织情节时能够从容不迫、游刃有余。

第二，塑造了个性鲜明、栩栩如生的人物形象。在《红楼梦》中，作者描写了数以百计的人物，设计了错综复杂的人物关系，构成了巨大的人物体系。其中不少人物绘形绘影，有声有色，血肉丰满，个性鲜明。贾宝玉忤逆乖张，我行我素，置一切主流价值观和道德观于不顾；林黛玉多愁善感，气质高傲，与陈腐肮脏的环境格格不入；薛宝钗温文尔雅，委婉内敛，善解人意，待人接物左右逢源；王熙凤泼辣狠毒，工于心计，巧算机关，处事果断；晴雯的刚烈，袭人的平庸，刘姥姥的世故，赵姨娘的自卑，贾政的阴冷，贾环的委琐……无不跃然纸上，呼之欲出。曹雪芹在塑造人物形象时，努力避免脸谱化、戏剧化，主要采用写实的手法，在特定的场景、事件、人物关系、矛盾冲突中描写人物，并出色地赋予人物语言以鲜明的个性特点，达到了令读者闻其声而识其人的出神入化的艺术境界。这样，人物的性格发展、思想变化、情感起伏、命运转折，在生活真实和艺术真实两个层面实现了近乎完美的统一。

第三，展示了典型逼真、丰富多彩的社会生活。《红楼梦》被称为百科全书式的作品，在反映社会生活的广度和深度上，在蕴含历史文化内容的丰富性、复杂性、集中性方面，中国古代文学史上没有哪部作品能够相媲美。《红楼梦》主要是通过日常生活来表现社会矛盾和世风习俗的。它出色地运用了典型环境描写、典型人物塑造和真实细节刻画等现实主义创作方法，逼真地再现了乾隆时期"太平盛世"的时代特征、社会风貌和人文景观。从仕途经济到饮食男女，从时世变迁到居家琐事，无不纳入小说的叙事框架。婚丧嫁娶，礼教节庆，华堂盛宴，闺阁秘事；诗词歌赋，琴棋书画；祠堂庙观，勾栏瓦肆；三教九流，贵族平民……组成了令人眼花缭乱的世态风情画卷，又尤不浸染着浓郁的时代和文化气息。正是在这个意义上，可以说《红楼梦》不啻一部形象化的清代社会史。

第四，形成了简洁纯净、雅俗相生的语言风格。作为叙事文学的皇皇巨著，《红楼梦》在语言方面达到的艺术成就是前所未有的。它的叙述语言简练洁净，写景状物准确传神，平易浅近的言辞与典雅清丽的气质融为一体。如第27回写宝钗扑蝶："刚要寻别的姊妹去，忽见前面一双玉色蝴蝶，大如团扇，一上一下迎风翩跹，十分有趣。宝钗意欲扑了来玩耍，遂向袖中取出扇子来，向草地下扑。只见一双蝴蝶忽起忽落，来来往往，穿花度柳，将欲过河去了，倒引的宝钗蹑手蹑脚地，一直跟到池中滴翠亭上，香汗淋漓，娇喘细细。"这段描写看似信手拈来，朴素自然，却又清丽雅致，生动传神，把宝钗性格中鲜见的一面——少女的天真顽皮，栩栩如生地勾勒了出来。同明清两代的其他小说一样，《红楼梦》也在散文结构中穿插了许多诗词，但这些诗词不是对散文结构的点缀装饰，而是小说内容的有机组成部分，如黛玉的《葬花词》《柳絮词》《秋窗风雨夕》，宝玉的《芙蓉女儿诔》，宝钗的《柳絮词》等，对表现人物性格起了重要作用。

四、洪昇与《长生殿》

（一）洪昇的生平及《长生殿》创作

康熙剧坛，曲词俱佳者以《长生殿》为最。其作者洪昇（1645—1704），字昉思，号稗畦，钱塘（今浙江杭州）人。他出身仕宦之家，却家道中落，故而肩负着光复门庭之重任。康熙七年（1668），他为了功名赴京城国子监肄业。一年后，复返回钱塘。自康熙十三年（1674）至三十（1691）年，举家八口在京城生活。他的诗中"伤心作客三千里，屈指依人二十秋""贱知客里谋生苦"等当是此期生活的写照。《长生殿》即作于此期。南归后，他曾"日与缁锡游"，试图"超然泯荣辱"，但终放不下尘世，实际上过着纵情于诗酒的生活，终在醉酒归途中落水而亡。其成名于《长生殿》，也因《长生殿》被搬演于国忌期而断送了政治前程。他一生创作剧本《回文锦》《回龙记》等10种，唯有《长生殿》和杂剧《四婵娟》流传了下来。著有诗集《稗畦集》《稗畦续集》《啸月楼集》等3种。

《长生殿》剧情取材于唐以来的热门故事——天宝遗事。继杜甫的《丽人行》《哀江头》之后，题咏此故事的有白居易的《长恨歌》，陈鸿的《长恨歌传》；宋代乐史的《杨太真外传》则描写更加详尽，为戏剧提供了丰富的资料；元明以来，无论诸宫调、院本、杂剧、南戏、传奇、弹词、鼓词中，都有关于这个故事的创作。其中以元人白朴的杂剧《梧桐雨》和明人吴世美的传奇《惊鸿记》影响最大。但是，这些作品或以宫廷生活的腐败荒淫为主题，或以同情李杨爱情为主题，或者这两方面均有涉及。他们多接近历史真实，总结历史教训，抒写作家情怀。《长生殿》"盖经十余年，三易稿而始成"，洪昇最先以李白故事写成《沉香亭》，又改成"李泌辅肃宗中兴"的《舞霓裳》，再易其稿才写成了"念情之所钟，在帝王家罕有""专写钗盒情缘"的《长生殿》。

（二）《长生殿》的主要内容及创新

《长生殿》共50出，以李隆基与杨玉环的爱情为剧情主线，勾画出了二人的情感历程。从《定情》到《窥浴》，李、杨二人还谈不上有感情，两相关注还停留在"声色之好"的层面；《密誓》则象征他们的情感脱去肉欲，发展为两厢情重恩深，"愿世世生生，共为夫妇，永不相离"的夫妻情谊，马嵬之变《埋玉》中的死别则使他们的情感又上一高度。在下半部分，《冥追》《闻铃》《情悔》《哭像》《雨梦》等集中强化了他们生守前盟、死抱痴情的精诚。他们最终感动天地鬼神，在忉利天官永团圆。在《长生殿》中，作者抛却历史陈说，对李杨爱情进行了净化与审美化描写，使杨玉环成为观众同情的对象。其中，作者隐去杨玉环曾是寿王妃的事实，对其出身进行净化，甚至说她是蓬莱仙子脱生，以仙缘证李杨的爱情基础；将与梅妃争宠改为人物对自身爱情的巩固与正当防卫，赢得了观众的同情；将安史之乱的祸端归罪于诸杨，使杨玉环成为一个无辜者，这样杨玉环之死就演化成为爱情而死，成为"生擦擦为国捐躯"的爱国行为。下半部分对人物生死情缘的渲染，使人物表现为一个钟情、纯情、至情之形象。

《长生殿》以"安史之乱"为李、杨爱情的政治背景，作者没有将杨玉环视为红颜祸水，看作"安史之乱"的祸端，而是对李隆基"占了情场，弛了朝纲"的行为进行了指责，认为是一个"败而能悔""国倾而复平"的例子，并试图借此以实现"垂戒来世"的政治批评意图。然而，他将政治祸乱的原因归结于"贪侈"，所阐述的"乐极哀来"等道理是肤浅的，其批判也是无力的。其中对诸杨或专权纳贿，或"恁僭窃，竞豪奢，夸土木"，浪费民脂民膏，祸害贫民百姓的批判较为生动；借雷海青等下层艺人之口，对降贼者的指责也可谓淋漓尽致。

《长生殿》中还有一种"情缘总归虚幻"的人生感伤意识。如第五十出【前腔】唱道："羡你死抱痴情犹太坚，笑你生守前盟几变迁。总空花幻影当前，总空花幻影当前，扫凡尘一齐上天。"【黄钟过曲·永团圆】："尘缘倥偬，忉利有天情更永。不比凡间梦，悲欢和哄，恩与爱总成空。"如此等等，将现实情缘归于虚幻，鼓吹仙道的永恒，其中不乏对现实的不满与皈依仙道的价值观念。

《长生殿》将对李、杨爱情的审美与"安史之乱"相结合，又渗透有否定现实情缘的仙道观念，对唐以来的传统题材进行加工创新，赋予了它更为复杂、深厚的底蕴。

（三）《长生殿》的艺术成就

该剧上半部的现实主义与下半部的浪漫主义相结合，将一个历史上的悲剧故事演绎为宣扬钟情、纯情、至情的喜剧故事。再现手法与表现手法共同使用，增强了戏剧的表演性与可看性。喜剧的结局，再次张扬了明中叶以来对情的鼓吹，在封建迷信时代对追求爱情者具有一定积极鼓舞作用，表现出了相对的进步性。

作者精心设计，使用钗盒道具组织故事，推进情节，使戏剧结构紧凑而精妙。在《密誓》中钗盒第一次出现，为李、杨定情之象征；在《埋玉》中，钗盒两分为失盟之象征；在下半场《情悔》等出中，钗盒屡屡出现，为寻盟与情怨的象征，最后在《重圆》中再次出现，正如【尾声】所唱"死生仙鬼都经遍，直作天宫并蒂莲，才证却长生殿里盟言"为证盟之象征。钗盒出现往往是故事的转折点，起到了起承转合之功能，具有明显的结构作用。

《长生殿》精细排场与清新流畅的语言，非它剧能比。该剧场面安排上轻重、冷热、庄谐参错，均出于匠心经营，从而将传奇剧的创作艺术推向了新的高度；《长生殿》的曲文吸纳了大量唐诗宋词及元曲现成句子，语言精美，叙事简洁，写景如画。

五、孔尚任与《桃花扇》

（一）孔尚任的生平及创作

孔尚任（1648—1718），字聘之，又字季重，号东塘，别号岸堂，自称云亭山人，山东曲阜人，孔子第64代孙。孔尚任少年时代，苦读经传，博览史书，却未曾获取功名。

康熙二十三年（1684），康熙皇帝南巡北归时到曲阜祭孔，孔尚任因御前讲《论语》受到褒奖，被破格任命为国子监博士。康熙二十四年（1685），他受命至扬州参与疏浚黄河海口的工作。这或许是康熙给他的建功机会，但治河衙门内部矛盾重重，互相掣肘，无心治河。在建功无望的情况下，他便留恋诗酒，俨然主持风雅的名士。就是在此期，他访遍当地名山大川，尤其有意识地探访明朝遗老，踏勘南京故地，为《桃花扇》写作积累了丰富的资料。孔尚任于康熙二十九年（1690）返北京后，又做了多年的国子监博士，才转为户部官员。他在京所任为闲职，与闲曹、流寓的文人墨客相唱和的同时，他开始了《桃花扇》的创作，于康熙三十八年（1699）六月定稿，一些王公官员竞相借抄，康熙也索去阅览。次年春，《桃花扇》上演，引起朝野轰动，孔尚任也随之莫名地被罢官。

孔尚任有诗文集《石门山集》《湖海集》《岸堂集》《长留集》；文集《岸塘文集》；词集《绰约词》；戏曲作品《桃花扇》之外，有《小忽雷》。

（二）《桃花扇》的主要内容

《桃花扇》是清初汉族文人追忆历史、反观历史心理的余绪。它将爱情与王朝兴亡相结合，写成了"借离合之情，写兴亡之感"的历史剧作。所谓"离合之情"即江淮名妓李香君与复社文人侯方域爱情的悲欢离合；"兴亡之感"为南明弘光小朝廷的兴亡历史。

故事是从当时的清流——复社文人声色犬马的生活开始的。如果说侯方域迷恋名妓李香君只是个案的话，《侦戏》一出中陈贞慧、方密之、冒辟疆为看戏，竟然向阉党余孽阮大铖借戏，则说明了所谓清流在清兵南下之际仍沉迷于声色，严守门户之见。《却奁》一出是李渔所说的"主脑"——一切故事均从此出而生。李香君虽为女流，却慧眼识破了阮大铖阴谋，以助妆奁拉拢侯生，毅然却奁，从而卷入政治斗争的旋涡，赋予儿女私情以政治化意义。接着，侯方域被逼出走，两厢分离。在《拒媒》《守楼》《寄扇》《骂筵》等出中表现了李香君对爱情的贞定，并反映了南明王朝内部贪图眼前享乐的腐败生活；在《阻奸》《移防》《草檄》等出中则通过侯方域的舞台活动见证了江北四镇的内讧及史可法等将领的抗清斗争。

李香君是一位政治化的妓女，她对待爱情的态度与政治倾向相一致。剧作通过她的一系列舞台活动，不仅仅展现了南明朝廷声色犬马的生活，同时也揭示了当时所谓中流砥柱的复社文人沉醉于歌楼妓馆、迷恋酒色的精神状态。侯方域是复社文人，属于社会清流。戏曲开场，在生活上，他迷恋于李香君；在政治上，侯方域先是与明代阉党余孽相对抗，后来被逼离开南京，加入了抗清志士史可法的幕府，通过他一系列的舞台活动，再现了南明朝廷内部的党争及南明抗清、失陷的全过程。侯李二人的政治态度使他们的悲欢离合始终与南明政治的兴衰相联系，故而此剧能够"借离合之情，写兴亡之感"。

剧作还勾勒了马士英、阮大铖等一系列误国奸佞的形象及柳敬亭、苏昆生等有气节的下层人物的光辉形象，均十分生动鲜活。

（三）《桃花扇》的艺术成就

剧作的写实性。《桃花扇》是孔尚任在大量资料调查及实地勘察的基础上创作的，他在《桃花扇凡例》中说："朝政得失，文人聚散，皆确考时地，全无假借。至于儿女钟情，宾客解嘲，虽稍有点染，亦非乌有子虚之比。"剧作忠于历史文献，在清初戏曲中除《清忠谱》外，它当属文学作品中史料价值最高的一种。

鲜明的戏剧线索。剧作的线索即"桃花扇"。其中赠扇、溅扇、画扇、寄扇、撕扇既有照应之功能，也标志着情节发展的阶段性，线索功能鲜明。

独特的戏剧结构。《桃花扇》最大的创造是它奇特的时空转换结构。其中剧作上本前的"试一出《先声》"，末尾"闰二十出《闲话》"；下本前的"加二十一出《孤吟》"，剧尾"续四十出《余韵》"均为剧作上演时间——康熙二十三年（1684），空间为《桃花扇》演出的舞台。剧作其他40出则讲南明故事，其时间、空间也随故事情节而变化。台上人物老礼赞、张道士既是剧中人物，也是当时在世的真实人物，他们或细参离合之情，或总结兴亡之感，将现实时空与故事时空进行巧妙转换，形成了独特的戏剧结构。

如果说该剧有缺陷的话，便是由于孔尚任对音乐不精熟，《桃花扇》尚有案头之作的嫌疑。

参考文献

[1] 陈国恩. 中国现代文学的历史与文化透视 [M]. 武汉：武汉大学出版社，2005.

[2] 陈映婕. 民间文学 [M]. 北京：学苑出版社，2012.

[3] 陈志伟，刘建中. 突破与超越 对中国文学发展的定点思考 [M]. 兰州：甘肃文化出版社，2011.

[4] 储兆文. 中国古典文学 [M]. 西安：西北工业大学出版社，2008.

[5] 丁牧. 中国文学的历史 [M]. 北京：中国商务出版社，2018.

[6] 段宝林. 中国民间文学概要 [M]. 北京：北京大学出版社，1998.

[7] 方维规. 当代中国比较文学研究文库 文学话语与历史意识 [M]. 上海：复旦大学出版社，2015.

[8] 高有鹏. 中国现代民间文学史论 中国现代作家的民间文学观 [M]. 开封：河南大学出版社，2004.

[9] 郭昕，母润生. 中国古代文学 [M]. 重庆：重庆大学出版社，2006.

[10] 胡永良，杨学军. 民间文学 [M]. 杭州：西泠印社，2014.

[11] 黄涛. 中国民间文学概论 [M]. 北京：中国人民大学出版社，2010.

[12] 冷成金. 中国文学的历史与审美（修订版）[M]. 北京：中国人民大学出版社，2012.

[13] 刘大杰. 中国文学发展史 [M]. 北京：商务印书馆，2017.

[14] 刘守华，陈建宪. 民间文学教程 [M]. 武汉：华中师范大学出版社，2002.

[15] 刘锡诚. 双重的文学 民间文学+作家文学 [M]. 南昌：百花洲文艺出版社，2016.

[16] 鲁太光. 重建当代中国文学想象 [M]. 北京：中国言实出版社，2016.

[17] 孟修祥. 中国古代文学与文化研究 [M]. 哈尔滨：黑龙江人民出版社，2007.

[18] 米玛. 民间文学 [M]. 北京：民族出版社，2005.

[19] 祁连休，程蔷，吕微. 中国民间文学史 [M]. 石家庄：河北教育出版社，2008.

[20] 钱可村. 现代中国文学作家 [M]. 上海泰东图书局，1928.

[21] 石兴泽. 当代中国文学 悲壮辉煌的历史脚步 [M]. 济南：齐鲁书社，2007.

[22] 谭达先. 论中国民间文学 [M]. 哈尔滨：黑龙江人民出版社，2003.

[23] 武文. 中国民间文学古典文献辑论 [M]. 北京：民族出版社，2006.

[24] 徐中玉. 中国古典文学精品普及读本 民间文学 [M]. 广州：广东人民出版社，2019.

[25] 杨树增. 中国历史文学 先秦两汉 [M]. 呼和浩特：远方出版社，2004.

[26] 杨秀. 民间文学 [M]. 贵阳：贵州人民出版社，2017.

[27] 赵凌河等. 历史变革中的中国现代文学 [M]. 北京：文化艺术出版社，2014.

[28] 郑振铎. 中国文学 [M]. 合肥：安徽人民出版社，2012.

[29] 周柳燕. 中国文学简史 [M]. 北京：对外经济贸易大学出版社，2013.